Helmut Baumgärtner

Schneewehen

Ein dramatischer Winterurlaub

ROMAN

Die deutsche Nationalbibliothek verzeichnet diese Publikation in der deutschen Nationalbibliografie; detaillierte bibliografische Daten sind im Internet über http://dnb.dnb.de abrufbar.

TWENTYSIX – Der Self-Publishing-Verlag
Eine Kooperation zwischen der Verlagsgruppe
Random House und BoD – Books on Demand

Herstellung und Verlag:
BoD – Books on Demand, Norderstedt.

ISBN: 978-3-740-750978

- KAPITEL 1 -

Es sollte eigentlich ein schöner Urlaub werden. Geprägt von abwechslungsreichen Skiabfahrten in malerischen Landschaften. Mit Einkehrschwüngen in die urigen Berghütten, die es hier sehr zahlreich geben sollte. Unterhaltsame Abende, im Kreise von netten Menschen, sollten die Tage angenehm abrunden. Den Stress und die Sorgen des Alltags hofften sie hinter sich gelassen zu haben. Nur Angenehmes sollte ihnen widerfahren. Nach vielen harten Arbeitswochen freuten sie sich darauf. Die Risiken bei dieser Sportart waren ihnen bewusst, aber warum sollte gerade ihnen etwas passieren. An solche Gedanken wollten sie keine Zeit verschwenden. Auch das Wetter war natürlich ein entscheidender Faktor, der für ein gutes Gelingen eine nicht unerhebliche Rolle spielte. Dabei waren sie voller guter Hoffnung. Schon einmal hatten sie in einem zweiwöchigen Skiurlaub sieben Tage im Hotel verbringen müssen, wegen andauerndem, starkem Schneefall. Die meisten Liftanlagen und Pisten waren gesperrt. Mit Karten spielen und ständigem Essen und Trinken überbrückten sie die Zeit. Das war nicht ihre Absicht und sollte ihnen möglichst nicht noch einmal passieren, hofften sie zumindest jetzt. Sie hatten ihre Erwartungen sehr hoch angesetzt. Alles, was in ihrer eigenen Macht stand, wollten sie in jedem Fall dafür tun.

Ihr Blick in die Runde des großen, bis jetzt noch schwach besetzten Speisesaales, blieb an einem der ersten Tische in der Mitte des Raumes hängen.

Es war noch früh am Abend. Die Essenszeit hatte gerade erst begonnen. Ein Großteil der Gäste bevölkerte wahrscheinlich noch die Sauna, den Whirlpool und das Schwimmbad, um sich vom anstrengenden Skifahren aufzuwärmen und die stark beanspruchten Muskeln wieder zu lockern. Hauptsächlich die erst neu angereisten Urlauber schienen schon für den Abend gerüstet zu sein und ihre Plätze einzunehmen.

Das Paar am ausgewählten Tisch machte einen legeren und sympathischen Eindruck. Ihr Outfit war etwas kontrastreich. Er im bunten T-Shirt, mit leger über die Schulter geworfenem Pullover, sie mit einem paillettenbesetzten Oberteil, zu einem schwarzen kurzen Rock. Wahrscheinlich waren sie noch nicht so sehr lange zusammen und deshalb nicht gut aufeinander abgestimmt. Für einen Gala-abend wäre sie entsprechend festlich gekleidet, für einen normalen Abend in einem Sporthotel war es etwas overdressed. Es passte nicht zur Kleidung des Partners. Längst vorbei sind erfreulicherweise die Zeiten, in denen die Männer sich allabendlich in Anzug und Krawatte, und die Frauen in eine Abendrobe zwängen mussten.

Der erste Eindruck dieses Paares war für Jana und Mark recht vielversprechend. Würde auch noch die Chemie zwischen ihnen stimmen, könnte man sich an ihrem Tisch niederlassen.

Der Mann machte einen sportlichen Eindruck. Braungebrannt, groß und schlank, hinterließ er den Eindruck eines erfolgreichen Unternehmers, der ausreichend Zeit im Freien verbringen konnte.

Wahrscheinlich bewegte er sich viele Stunden auf dem Golfplatz oder beim Tennis, ohne dabei seine Geschäfte zu vernachlässigen.

Sie dagegen könnte man für eine unterwürfige Ehefrau halten, die es gut verstand, das Beste aus sich zu machen. Ihr zartes hübsches Gesicht mit dem sehr dezenten Make-up, und ihre aufwendig gepflegte Frisur, ließen darauf schließen, dass sie bestimmt einige Zeit für ihr Aussehen aufwendete. Der Erfolg blieb nicht aus. Die Aufmerksamkeit der meisten Männer war ihr ebenso gewiss, wie auch der Neid mancher Frauen.

Die beiden waren ein auffallend hübsches Paar.

Jana und Mark steuerten zielstrebig den Tisch an. Wie recht oft in Urlaubshotels, kann der erste Kontakt die nächsten Tage entscheidend prägen, weil die Tischnachbarn während ihres Urlaubes zusammen bleiben. Deshalb war es wichtig eine gute Wahl zu treffen. Aus den Erfahrungen in der Vergangenheit hatten sie gelernt. Natürlich sollten beide gleichermaßen damit zufrieden sein. Zumal Jana manchmal bei fremden Frauen zur Eifersucht neigte, und daraus keinen Hehl machte. Sie konnte dann richtig giftig werden, und unfreundlich jede Unterhaltung sowie ein freundschaftliches Näherkommen unterbinden. Die Gefahr bestand jetzt bei der sehr adretten Frau am ausgewählten Tisch offensichtlich nicht. Die beiden verhielten sich wie frisch verliebt. Für fremde Frauen oder Männer hatten sie wahrscheinlich gar keinen Blick übrig. Sie himmelten sich an und waren mit sich selbst hinreichend beschäftigt.

Besonders eine Bekanntschaft, bei einem Urlaub in früheren Jahren, hatte Jana Vorsicht gelehrt.

Damals hatten sie mit einem etwa gleichaltrigen Ehepaar sehr schnell Freundschaft geschlossen. Wie sich bald herausstellte, hatten die Frau und Mark die gleichen sportlichen Interessen, die sie mit viel Ehrgeiz verfolgten. Sie waren sofort ein Herz und eine Seele. Ihr Verhältnis war so herzlich, dass man nicht ausschließen konnte, dass es allein der Sport war, der sie verband. Zumal sie beide gute und leidenschaftliche Tänzer waren, was sie abends öfter eindrucksvoll demonstrierten. Für Jana, die nicht gerne tanzte und keine großen sportlichen Ambitionen hatte, blieb damals für viele Stunden des Tages nur der etwas korpulente und weniger attraktive Mann zur Unterhaltung übrig. Dieser entpuppte sich als ein Langweiler, der auch im Urlaub nur überheblich belehrend kommunizieren konnte. Sie wurde nicht warm mit ihm, und musste sich in die Lektüre von Büchern und Illustrierten flüchten. Nur dadurch entging sie seinen Referaten, über Themen, die sie nicht sonderlich interessierten. Letzten Endes war es für Mark ein sehr gelungener Urlaub, während Jana, von Eifersucht geplagt, sich seiner Treue nicht mehr ganz sicher war. So etwas sollte ihr nicht noch einmal widerfahren.

Eine andere, auch nicht besonders angenehme Erfahrung, machten sie mit einem etwas älteren Ehepaar bei ihrem letzten Winterurlaub. Allein rein optisch präsentierten sich die beiden schon nicht gerade einladend.

Der Mann, schwerfällig und behäbig, trug einen beachtlichen Bierbauch vor sich her, auf den er auch noch stolz war. Das konnte niemand, außer ihm, so richtig nachvollziehen. Seine Frau wollte mit ihrem Auftreten sicher von ihm ablenken. Ihre elegante und sichtbar teure Bekleidung, stand im krassen Gegensatz zu ihrer formlosen Figur, und ihrem sonstigen Erscheinungsbild. Für eine Taille war an ihrem Körper kein Raum mehr vorhanden. Die aus eleganten Pumps herausquellenden dicken Beine, kamen durch einen viel zu kurzen Rock übermäßig stark zur Geltung, und rundeten das Gesamtbild negativ ab. Ihr Gesicht und der Hals waren bedeckt mit einem dick aufgetragenen Make-up, das einem Maler zur Ehre gereicht hätte. Zur Vertuschung ihrer vielen Falten und Flecken war es dennoch nicht ausreichend. Ein sehr greller Lippenstift und dazu noch übermäßiges Rouge auf den Wangen, gaben ihrer gesamten Erscheinung einen vulgären Touch. Falls sie etwas vertuschen wollte, hatte sie nur genau das Gegenteil bewirkt. Ablenken sollte bestimmt auch der umfangreiche Schmuckladen, den sie stolz mit sich herum führte. Es gab fast keine Stelle an ihr, die nicht beringt oder behängt war. Die Frau zeigte anscheinend gerne alles was sie besaß. Mark meinte am ersten Abend, als sie alleine auf dem Zimmer waren und sich darüber unterhielten:

„Die ist ja behängt wie ein Weihnachtsbaum."

Jana mochte es zwar eigentlich nicht, wenn man über andere Menschen lästerte, musste ihm aber in diesem Falle uneingeschränkt zustimmen.

„Diese Frau bräuchte dringend eine Beratung. Für die Figur kann sie ja nichts, aber ein Spiegel oder eine gute Freundin, die sie aufklären würden, wie sie sich angemessen kleidet, könnten Wunder wirken und ihre Unzulänglichkeiten vertuschen. Aber dazu fehlen ihr wohl der gute Geschmack und auch die erforderliche Selbstkritik."

Die beiden brauchten offensichtlich nur eine Plattform, um sich selbst präsentieren zu können. Sie strotzten geradezu vor Selbstbewusstsein und Überheblichkeit. Am Tisch ließen sie kaum jemand anderen zu Wort kommen. Ein Wettbewerb über das nächste Thema fand nur zwischen den beiden statt. Alle übrigen waren zu Statisten verdammt. Dass meistens niemand zuhörte, nahmen sie nicht wahr. Zu gerne hörten sie sich selbst reden. Dabei waren sie auch noch lautstark und belästigten die umliegenden Tische damit. In kürzester Zeit bekam man detailliert ihre ganzen Lebensumstände und ihre Vermögensverhältnisse offenbart. Auch an Ratschlägen und Informationen, was man wie machen sollte, sparten sie nicht. Anlagestrategien und Rezepte für gute Geschäfte, manchmal schon hart am Rande der Legalität, wurden langatmig ausgebreitet. Kurzum waren sie anscheinend der festen Überzeugung, die erfolgreichsten Menschen auf diesem Planeten zu sein. Kritiken am Umfeld und an der aktuellen Politik blieben natürlich auch nicht aus. Zaghafte Widerspruchsversuche wurden von ihnen gleich im Keim erstickt. Ihre Ansichten teilte keiner am Tisch uneingeschränkt, aber man ließ sie einfach reden, ohne interessiert zuzuhören.

Mark bemerkte einmal, als beide gerade nicht mit am Tisch waren, zur Belustigung aller anderen:

„Die haben das Sternzeichen Klugscheißer."

Leider gab es keine anderen freien Plätze mehr. Die Bedienungen hatten die Tischbelegung fest in dieser Zusammensetzung eingeteilt. Mark und Jana, sowie die zwei weiteren Paare am Tisch, konnten nicht mehr entkommen und wurden auch in den nächsten Tagen zu unfreiwilligen Opfern. Meistens wurden sie bereits schon am Eingang des Speisesaales abgefangen, damit sie keine Minute ausweichen konnten.

Beim Essen und Trinken war das Paar ebenfalls eine ganz besondere Kategorie. Stocherten sie am Anfang noch mit weit übertriebenen Gesten und abgespreiztem kleinen Finger vornehm tuend auf ihren Tellern herum, wandelte sich das schnell mit zunehmendem Alkoholgenuss zum völlig stillosen und exzessiven Fressen und Saufen. Er fand beim großzügigen ständigen Nachgießen die Öffnungen der Gläser nicht mehr, und bekleckerte dafür die Tischdecke. Ein Teil der Speisekarte war nach dem Essen von seinem Hemd abzulesen. Selbstredend, dass auch die stets hervorragende Qualität des ausgezeichneten Hotels, nicht ihren gehobenen Ansprüchen gerecht werden konnte. Zu Hause, und auch dort wo sie sonst verkehren würden, war angeblich alles deutlich besser. Die provokante Frage von Mark, warum sie dann nicht gleich zu Hause geblieben wären, oder ein besseres Hotel ausgewählt hätten, wurde von ihnen überhört oder geschickt übergangen.

„Ein typischer Fall, bei dem sich Einkommen und Vermögen, zu Intelligenz und dem Benehmen diametral verhalten. Ein Beispiel von Neureichen, die sicher nicht nur durch ihrer Hände Arbeit zu ihrem Geld gekommen sind."

Diese Äußerung von einem der Tischnachbarn erhielt allgemeine Zustimmung.

Wenigstens tagsüber war es Jana, Mark und den anderen gelungen, sich von dieser unpassenden Gesellschaft fernzuhalten. Zu unterschiedlich waren die Kondition und die sportlichen Leistungen.

Aus diesem Erlebnis resultierend, würden sie sich konsequent verabschieden, sollte sich etwas Ähnliches abzeichnen. Jede Stunde ihres Urlaubes war zu kostbar, um sie aus Rücksichtnahme auf andere oder aus Höflichkeit zu vergeuden.

Entsprechend kritisch beäugten sie jetzt das ins Auge gefasste Paar und hatten ein gutes Gefühl. Angeregt unterhielten sich beide, unterbrochen von herzhaftem Lachen. Sie schienen lustig zu sein. Der erste Eindruck war vielversprechend.

Nach kurzem vergewissern, dass die restlichen Plätze am Tisch noch frei waren, stellte man sich kurz vor. Ohne Umschweife duzte man sich gleich. Es begann der übliche Anfangsdialog. Die Anreise, mit bekannten, unvermeidlichen Staus, Herkunft, Dauer des Aufenthaltes, Hotelqualität, Schneelage, Pistenbedingungen und die aktuellen Prognosen über die Wetterlage waren alsbald abgearbeitet.

Die Chemie untereinander schien gut zu passen und bei den Interessen ergaben sich Parallelen. Alle waren begeisterte Skiläufer und Tennisspieler.

Bevorzugte Skigebiete und Urlaubsziele waren größtenteils die gleichen oder ähnlich. Damit hatte man schon ausreichend Themen zur Unterhaltung. Vom Alter her waren alle etwas über Dreißig. Die unterhaltsamen Gespräche wurden nur durch die zahlreichen Gänge zum üppigen Diner-Buffet oder zur Getränkebeschaffung unterbrochen.

Mit Ulla und Torsten hatten Jana und Mark wohl keine schlechte Wahl getroffen. Bereits der erste Abend begann erfreulich abwechslungsreich.

Zwei hübsche junge Damen, die sich höflich gleich mit ihren Vornamen als Jasmin und Maria vorstellten, baten zwischenzeitlich sich zu ihnen setzen zu dürfen. Allen vier schien ihr Auftreten angenehm. Auch sie hatten die Lage sondiert, und die beiden Paare den vielen Familien mit Kindern, und den lautstarken Gruppen junger Männer vorgezogen. Besonders bei letzteren war ihre Skepsis zu groß, zum Opfer ständiger Anmachversuche zu werden. Die Auswahl ihrer Gesellschaft wollten sie selbst bestimmen. Zunächst etwas schüchtern, integrierten sie sich in die Tischrunde, wurden aber sehr bald lockerer und gesprächiger. Beide waren erst 26 Jahre jung und derzeit gerade einmal wieder ohne feste Bindungen.

Die Kommunikation lief, in der nun größeren Runde, harmonisch und heiter weiter.

Ein Hauptthema waren natürlich zuerst die zahlreichen Erlebnisse und sowohl die guten, wie auch die schlechten Erfahrungen, bei bisherigen Winterurlauben. Jeder wollte und konnte etwas Unterhaltsames dazu beitragen.

Torsten hatte sich schon einmal einen Beinbruch zugezogen. Eine lange Narbe an der Stirn, die von der Kante eines Skis stammte, hatte er als Souvenir von diesem Sturz behalten. Übermütig war er, quer über die Piste, auf einen abgesteckten Slalom an der Seite eines Hanges zugefahren. Die bereits stark ausgefahrene Spur konnte er nicht richtig einschätzen. Zu schnell umrundete er die ersten Stangen, bis er etwas zu steil nach oben gefahren war. Die Skispitzen gingen in die Luft, bevor er die Kurve nehmen konnte. Rücklings war er auf eine Eisplatte gestürzt und hatte sich dabei mehrfach überschlagen. Da die Bindung von einem Ski nicht rechtzeitig aufging, beugte sich sein Wadenbein dem Widerstand und brach. Der zweite Ski flog über ihn und schlug ihm auf den Kopf. Mehrere Wochen dauerten Behandlung und Genesung.

„Das möchte ich nicht noch einmal erleben. Seit diesem Unfall fahre ich wesentlich vorsichtiger."

„Es hätte aber noch viel schlimmer ausgehen können, so gefährlich wie es aussah", ergänzte Ulla, die den Sturz aus einer sicheren Entfernung mitbekommen hatte.

„Das war eine filmreife Szene, als er durch die Luft flog. Wie wild ruderte er mit beiden Händen, bevor er hart auf die Piste knallte und hinunter rutschte. Der Hang war so steil, dass er ein langes Stück brauchte, bis er zum Stillstand kam. Schade, dass ich es nicht filmen konnte. Trotz meiner Angst, dass es schlecht ausgehen könnte, habe ich ein Lachen darüber nur mit Mühe unterdrücken können. Es wäre mir auch sehr bald vergangen.

14

Die Bergwacht war schnell zur Stelle und hat ihn mit einem Akia abgeholt. Nach dem Abtransport haben wir damals noch zu dritt einen Ski suchen müssen. Unter der Neuschneedecke, war er auf dem eisigen Untergrund, den steilen Abhang weit hinuntergerutscht. Von oben war er nicht mehr zu sehen, wir mussten lange im Schnee stochern. Die restlichen drei Urlaubstage durfte Torsten dann in einer Klinik verbringen, bis ihn ein Krankenwagen nach Hause gebracht hat."

„Was ist denn ein Akia, das Wort habe ich noch nie gehört", fragte Maria interessiert dazwischen.

Torsten übernahm die Erklärung.

„Das ist ein Schlitten, der aussieht wie ein Boot. Die Bergretter verwenden ihn zum Transport von Verletzten. Die liegen darin wie in einer Wanne. Der Name kommt aus dem Polnischen, obwohl der Schlitten als Transportmittel eigentlich von Samen und Eskimos geschaffen wurde. Hast du bestimmt einmal irgendwo gesehen und wirst du sicher hier auch noch zu Gesicht bekommen. Sei froh, wenn du ihn niemals ausprobieren musst. Die Fahrt damit ist nicht besonders gemütlich. Ein oder auch zwei Mann bringen Verletzte damit ins Tal. Man polstert sie zwar gut ab und bettet sie weich, aber die Skipisten sind ja nicht gerade aus Watte. Alle Unebenheiten des Geländes bekommt man am ganzen Körper zu spüren. Die Bergwacht kann mit dem Gerät bestens umgehen. Sie fahren mit einem Tempo, dass man schwindelig wird. An den Skihängen, die besonders unfallträchtig sind, haben sie den Akia oft am Motorschlitten hängen."

Alle anderen berichteten der Reihe nach von kleinen Blessuren, wie Prellungen, Blutergüssen, Zerrungen, und von den glimpflich verlaufenen Stürzen. Jeder hatte seine Erfahrungen gemacht. Die zwei jungen Frauen natürlich etwas weniger, da sie noch Anfänger waren.

Mark gab seine abenteuerlichsten Episoden zum Besten und sorgte für allgemeine Erheiterung.

Besonders lustig fanden sie eine unbeabsichtigte Fahrt auf die Terrasse eines Gasthauses.

Das ganze Skigebiet hatte keinerlei größere sportliche Herausforderungen für ihn zu bieten.

Schwungholend auf einem der wenigen Hügel der sonst recht seichten Piste, hatte er die vor dem Lift wartende Reihe angepeilt, um sich rasant und publikumswirksam dahinter einzureihen. Nicht eingeplant war die junge Frau, die offensichtlich aus dem Nichts kommend, genau diesen Platz in letzter Sekunde einnahm. Mit einer viel zu hohen Geschwindigkeit ankommend, gab es für ihn nur zwei Möglichkeiten. Entweder musste er knapp vor der Frau bremsen, mit der Wahrscheinlichkeit sie umzureißen, oder zwischen ihren Skispitzen und dem Ski des Vordermannes hindurchfahren, um danach erst zu stoppen. Beides war mit einem erheblichen Risiko verbunden. Viel Zeit zum Nachdenken hatte er nicht. In Sekundenschnelle wählte er die zweite Lösung, als das vermeintlich kleinere Übel.

Mit voller Fahrt preschte er zwischen der Frau und ihrem Vordermann hindurch, was diese mit Flüchen und Schreckensschreien quittierten.

Nach dem unfallfrei überwundenen Hindernis war das Anhalten auch noch nicht sofort möglich. Hinter einem, vorher nicht bemerkten Absatz, über den er springen musste, lag etwa einen Meter tiefer die Terrasse eines Gasthauses. Zum Glück hatte man den Schnee darauf zu einem stattlichen Berg angehäuft, den er in der Not blitzschnell anpeilte. Es war warm an diesem Tag und der Schneeberg entsprechend weich. Der Bremsschwung hinein war spektakulär. Mit wild wedelnden Armen gelang es ihm, mit etwas Mühe, gerade noch das Gleichgewicht zu halten. Der nasse Schnee spritzte nach allen Seiten davon und traf die Gäste samt ihrem Kaffee und Kuchen. Nur selten hatte er bisher so beschämt und schnell das Weite gesucht. Seine Entschuldigungen und bedauernden Gesten, die er mit hochrotem Kopf von sich gab, stießen auf nur wenig Verständnis. Üble Beschimpfungen, wovon Blödmann, Pistensau und Idiot noch die harmlosesten waren, begleiteten seine Flucht. Hals über Kopf stürmte er zum Lift und hoffte, dass ihn später niemand mehr wiedererkennen würde. Zu peinlich war ihm der Vorgang. Glücklicherweise hatte es wenigstens Jana nicht mitbekommen. Sie wäre sicher hart mit ihm ins Gericht gegangen und hätte ihm eine zu riskante Fahrweise vorgeworfen. Heil überstanden sorgte diese Erzählung später immer für Gelächter.

Ein junger Mann namens Jonas wollte sich nach der Erzählung noch mit an den Tisch gesellen. Scherzhaft wurde er von Torsten zuerst einer Art Aufnahmeprüfung unterzogen.

„Fährst du Alpin-Ski, oder bist du ein Grüß-Gott-Skifahrer?", lautete die mit ernster Miene gestellte Frage an ihn, die allgemeines Erstaunen hervorrief, worauf er gleich erklärend fortfuhr.

„In der Schweiz habe ich einmal auf den Loipen beobachten können, wie sich die Langläufer bei den Begegnungen immer sehr höflich mit einem ‚Grüß Gott' begrüßten. Dabei verbeugten sie sich mit geneigtem Kopf. Bei starkem Betrieb blieb ihnen kaum noch die Zeit zum Luftholen. Das sah ausgesprochen lustig aus. Im Hotel nannte man sie deshalb scherzhaft ‚Grüß-Gott-Skifahrer'."

Jonas outete sich als leidenschaftlicher Alpin-Skifahrer. Langlauf war für ihn nur eine Option, bei zur Abfahrt ungünstigen Pistenverhältnissen, oder bei zu schlechtem Wetter. Freundlich wurde er daraufhin in die Runde aufgenommen.

Es war offensichtlich und verständlich, dass sein Interesse an der Tischrunde in erster Linie den jungen Frauen galt. Beide waren ausgesprochen attraktiv, und soweit man es erkennen konnte, mit recht gut proportionierten Figuren gesegnet. Ihr ausgeprägter sächsischer Dialekt, den sie oftmals vergeblich zu verbergen versuchten, war allerdings nicht nach jedermanns Geschmack und ein wenig gewöhnungsbedürftig. Sie würden aber trotzdem in diesem Club bestimmt viele Anmachversuche erleben. Die Männer waren im Hotel in großer Überzahl und die abendliche Après-Ski-Atmosphäre würde dazu animieren. Jasmin und Maria hinterließen nicht den Eindruck, als würden sie der Feierlaune und dem Flirten ausweichen.

Auch Jonas entpuppte sich als unterhaltsamer und sehr angenehmer Gesprächspartner.

Bis lange Zeit nach dem Essen harrten sie noch, bei ausreichend Wein, mit munterem Geplänkel und vielen Späßen im Speisesaal aus.

Da alle erst angereist waren, beschloss man zu später Stunde, beim obligatorischen Espresso und dem unverzichtbaren abschließenden sogenannten ‚Absacker' an der Hotelbar, die Skiabfahrten am nächsten Morgen gemeinsam zu erkunden. Anfangs zierten sich Jasmin und Maria ein wenig. Sie hatten Angst, nicht mithalten zu können, ließen sich jedoch bald überreden. Je nach Leistungsstand könnte man sich danach nochmals neu orientieren und entsprechend aufteilen. Die Anmeldung und die Einteilung zu den Skikursen waren erst am Nachmittag vorgesehen.

Mit urlaubsspezifischer Gemächlichkeit machte sich die illustre Gruppe am Morgen gemeinsam auf den Weg zum ersten Lift, der als Einstieg in das Skigebiet, die Skifahrer in die Höhe beförderte. Schon jetzt waren alle gut gelaunt.

Oben angekommen, wurde schon nach wenigen Schwüngen klar, dass die beiden jungen Damen, die erst das zweite Mal Skiurlaub machten, ihren Plan einen Kursus zu machen, beibehalten sollten. Man wählte deshalb, aus Rücksicht auf sie, eine einfache Familienabfahrt aus. Mit fachkundiger Unterstützung aller anderen, gelang es mit Mühe, sie mit ihrer Schneepflugtechnik die Piste hinunter zu bekommen. Besonders Jonas wich nicht von ihrer Seite und gab ihnen ständig Instruktionen.

Trotz der leichten Piste und zahlreicher Pausen kamen sie ziemlich mitgenommen unten an und waren erstaunt, welche Strecke und Neigung sie bereits gemeistert hatten.

„Wir haben ja alle irgendwann angefangen", bremste Mark ihre Entschuldigungen, dass sie alle etwas über Gebühr aufgehalten hätten.

Ulla nahm die beiden tröstend in die Arme.

„Ich habe mich anfangs viel schlechter angestellt als ihr. So manche Träne habe ich vergossen, und deprimiert fast jeden Tag mehrmals beschlossen wieder aufzuhören. Hätte mein Lebensgefährte mich nicht immer wieder ermuntert, wäre ich nie beim Skifahren geblieben. Ich habe es aber nicht bereut. Haltet durch, es ist die Mühe wert. Sehr schnell schon werdet ihr Fortschritte machen."

Gemeinsam machte man einen Einkehrschwung in die nächste Hütte. Nach einem Glühwein waren alle wieder ausgelassen und entspannt wie zuvor.

Am Nachmittag ließen sich Jasmin und Maria in einen Kurs einteilen, nachdem die Skilehrer ihre vorhandenen Kenntnisse begutachtet hatten.

Auch Jonas wollte sein Können noch verfeinern und sich einer Skigruppe anschließen. Er wurde zu seinem Leidwesen in einen höheren Kursus als die beiden Frauen eingestuft. Gerne wäre er bei ihnen geblieben, aber der sportliche Ehrgeiz siegte.

KAPITEL 2

Gemeinsam zogen die beiden Paare los, um die Abfahrten der Reihe nach zu erkunden.

Zahlreiche Pisten mit den unterschiedlichsten Anforderungen machten die Auswahl schwer. Da sie einige Urlaubstage vor sich hatten, beschlossen sie, systematisch von einer Seite zur anderen die Berge abzufahren, um alles kennen zu lernen. Die Abfahrten, die ihnen am besten gefielen, könnten sie ja dabei öfter frequentieren. Berücksichtigen würden sie jeweils den Stand der Sonne, um diese maximal auszunutzen. Mit ihrer Planung waren sie recht zufrieden. Ob es sich auch so durchführen ließe, würde sich zeigen. Für eventuell notwendige Änderungen waren sie flexibel. Genug Spielraum für Einkehrschwünge war einkalkuliert.

Jana und Ulla hatten zunächst Bedenken sich den beiden Männern auszuliefern, die übermütig nach den sportlichen Herausforderungen suchten. Keine Piste schien den beiden zu schwierig. Sie steckten voller Selbstvertrauen und männlicher Abenteuerlust. Nachdem sie einige Abfahrten bei herrlichen Schneeverhältnissen und optimalem Wetter hinter sich gebracht hatten, legte sich die Skepsis etwas. Munter ging es über zahlreiche Berge und durch verschneite Täler. Die schönen Aussichten auf die fernen Berggipfel luden öfter zum Verweilen und Genießen ein. An manchen Stellen hatten sie einen grenzenlosen Weitblick auf ein herrliches Bergpanorama mit schneebedeckten Gipfeln und in idyllische Täler.

Der nur sehr geringe Betrieb an den Liftanlagen ermöglichte ihnen schnelle Aufstiege. Alle vier waren begeistert von der abwechslungsreichen Landschaft und der Vielfalt der gut präparierten Pisten. Sie freuten sich auf die weiteren schönen und vielversprechenden Urlaubstage.

Oberschenkel und Waden zeigten bereits die ersten Ermüdungserscheinungen, als sie sich auf eine noch unbekannte Talabfahrt begaben. Nach anfänglich mittlerem Schwierigkeitsgrad, führte die Route in immer steileres Gelände und forderte ihre Geschicklichkeit und Körperbeherrschung heraus. Die deutliche Markierung als schwarze Abfahrt hatten die Frauen übersehen und die Männer ignoriert. Je nach Schneelage, waren diese Kennzeichnungen ohnehin so manches Mal nicht einzuordnen. Oft waren die schwarzen Abfahrten leichter zu fahren, als die blau gekennzeichneten sogenannten Familienabfahrten, mit vereisten schmalen Wegen durch den Wald.

Einige Zeit hielten Jana und Ulla das von Mark und Torsten vorgegebene scharfe Tempo tapfer mit und waren mit den kurzen Pausen zufrieden. Als sie jedoch eine Engstelle erreichten, die durch einen nur etwa zwei Meter breiten Felsdurchgang in einen extrem steil abfallenden Hang führte, streikten sie plötzlich. Sie waren nicht sonderlich ängstlich, aber diese enge Passage und die steile Piste dahinter erschienen ihnen zu schwierig und zu gefährlich. Selbst die Männer hatten erhebliche Mühe gehabt, den steinharten, vereisten Hang zu bewältigen, was ihnen nicht gerade Mut machte.

Immer wieder hatten sie kämpfen müssen mit dem Gleichgewicht, und um die Geschwindigkeit im beherrschbaren Rahmen zu halten. Die Kanten der Ski griffen kaum auf dem eisigen Untergrund. Zum Anhalten brauchten sie einige Meter und erhebliche Kraft beim Einsetzen der Kanten.

Mark und Torsten warteten jetzt bereits eine ganze Weile ungeduldig in der Hälfte des Hanges. Alle ihre Aufmunterungsversuche an die beiden Frauen schlugen bisher fehl. Jana und Ulla weigerten sich strikt weiterzufahren. Mühevoll kämpften sie sich notgedrungen wieder den Hang hinauf zu ihnen, was fast schwieriger war als das Abfahren. Ausweichmöglichkeiten um diesen Hang herum gab es keine. An den Rändern begann bewaldetes, völlig unpassierbares Gelände. Auch der Rückzug zur nächsten Abzweigung war zu lang und zu steil, um überhaupt in Erwägung gezogen zu werden. Das Tal war ausschließlich über diese Abfahrt zu erreichen, da gab es kein Zurück mehr.

Schweißgebadet kamen sie bei den Frauen an der Engstelle an. Schützend hangabwärts vor ihnen verharrend, um sie gegebenenfalls mit ihren Skiern und dem Körper aufzuhalten, konnten sie beide endlich zu langsamem seitlichem Rutschen durch die schmale Stelle bewegen. Dahinter war wieder eine lange Verschnaufpause nötig. Danach dirigierten sie Jana und Ulla quer über den Hang mit nur leicht talwärts geneigten Skiern, damit sie nicht zu viel Geschwindigkeit aufnehmen konnten. Immer wieder wurde die Fahrt durch zögerliches Verhalten unterbrochen.

„Nur direkt vor die Skispitzen schauen, nicht den Hang abwärts", kommandierte Torsten ständig. Er hoffte, ihnen damit etwas die Angst zu nehmen. Die Neigung und auch die Länge der Piste waren beängstigend. Wohl deshalb wurden sie, auf der weitgehend leeren Abfahrt, nur selten von anderen Skifahrern überholt. Anscheinend trauten sich nur die routiniertesten Könner auf diese extrem schwierige schwarze Abfahrt.

An der Seite des Hanges mussten sie umdrehen, aber dazu fehlte ihnen jetzt die Courage. Mit der Einsicht, dass sie wohl oder übel weiterkommen müssten, entsann sich Jana, welche Notlösung sie als Anfängerin im Kurs gelernt und genutzt hatte. Sie legte sich der Länge nach an den Berghang und drehte die Ski und anschließend den Körper, flach auf dem Rücken liegend, in die neue Richtung, um dann aufzustehen und an die gegenüberliegende Seite zu fahren. Dort wiederholte sie den Vorgang. Immer mit nur ganz leicht talabwärts gerichteten Skiern. Ulla machte es ihr genauso nach. So war eine praktikable Lösung gefunden, die schwierige Piste zu überwinden. Den Blick abwärts vermieden sie dabei weitgehend, um nicht wieder den Mut zu verlieren. Es dauerte ziemlich lange, bis sie unter ständiger Hilfestellung und Aufmunterung den Hang überwunden hatten. Unterbrochen nur ab zu von einigen harmlosen Bodenkontakten. Eine längere Verschnaufpause war am Ende des Hanges wieder notwendig. Respektvoll schauten sie zurück nach oben und wunderten sich, dass es so lange und steile Abfahrten überhaupt gibt.

„Das müssen wir nicht noch einmal haben. Wenn ich zurückschaue, habe ich im Nachhinein noch die Hosen voll", meinte Ulla zu Jana.

Der Rest der Fahrt bis ins Tal war einfach und dementsprechend schnell überwunden. Erlösend war es für alle, wieder harmloseres Gelände unter den Skiern zu haben. Gerade rechtzeitig vor dem Einbruch der Dunkelheit erreichten sie den letzten Abschnitt und kurz darauf die Talstation.

Unten angekommen, hing trotz anerkennender lobender Worte der Männer, bei beiden Paaren der Haussegen schief. Sicher war es die übermäßige körperliche Beanspruchung, die ihre Laune trübte. Wortlos verschwanden Jana und Ulla ins Hotel und ließen die Männer kommentarlos zurück.

Obwohl alle vier vorab gemeinsam die Karten mit allen Pisten und den verschiedenen Schwierigkeitsgraden eingehend studiert hatten, waren jetzt nur alleine die Männer schuld, dass sie in dieses schwierige Gelände geraten waren. Die Fahrt hatte sie an die Grenze der Belastbarkeit gebracht.

Torsten und Mark trösteten sich gegenseitig mit einem Bier nach dem anderen an der Hotelbar. Sie waren sich zunächst keiner Schuld bewusst.

„Wir hätten ihnen vorher sagen müssen, dass es eine schwarze Piste ist", meinte aber Mark später.

Nach dem abends obligatorischen Schwimmen im Hallenbad und einem kurzen Saunabesuch traf sich die komplette Clique wieder am Essenstisch.

Zwischen den beiden Paaren herrschte immer noch eine ziemlich eisige Stimmung. Auf den Zimmern gab es vorher Auseinandersetzungen.

Nur kurz weihte Mark die Tischnachbarn über die Ursache ein. Er wollte es nicht zur allgemeinen Diskussion stellen und weiteren Vorwürfen keinen erneuten Raum schaffen. Es war vorbei, und vor allen Dingen, gut ausgegangen.

Die drei Kursteilnehmer berichteten von ihren Erfahrungen und ließen den Tag Revue passieren.

Während Jonas eine recht gute Gruppe erwischt hatte, die ihn stark forderte, nannte man den Kurs von Jasmin und Maria scherzhaft ‚Fallobstrunde'. Einige Teilnehmer, die meisten davon weiblich, hatten die Abfahrten immer wieder mit vielen bunten Punkten verziert. Modische neonfarbige Skianzüge schmückten als leuchtende Farbkleckse die Pisten. Oft hatten einige Schüler unfreiwillige Bodenberührungen in voller Körperlänge und mussten ihre Ausrüstung wieder einsammeln und sortieren. Bei niedrigem Tempo auf harmlosen Hängen war das ohne ernstere Folgen geblieben. Aber zu Schadenfreude und Gelächter lud es manchmal ein, weil die Stürze komisch aussahen. Akrobatisch schleuderten die Gestrauchelten ihre Gliedmaßen durch die Luft auf der Suche nach dem Gleichgewicht, bevor die Anziehungskraft der Erde dann doch den Kampf gewann.

Da sie fast immer unterhalb einer Sesselbahn entlangfuhren, waren sie hilflos den Scherzen und Sprüchen der Aufwärtsfahrenden ausgeliefert, die sich über das Schauspiel amüsierten. Manches Mal erschallte von oben der gehässige Ruf, der den Fortgeschrittenen hinreichend bekannt ist:

„Hallo, du hast da eben gerade etwas verloren."

Diejenigen, die noch darauf hereinfielen und den Hang hinter sich erfolglos absuchten, um dann irritiert bei dem Rufer nachzufragen, bekamen die gemeine und schadenfrohe Erklärung:

„Dein Gleichgewicht natürlich."

„Wir haben vormittags bei euch mehr gelernt als heute Nachmittag im Kursus. Das war reine Zeitverschwendung", meinte Maria.

„Die meiste Zeit haben wir mit dem Aufheben der Kursteilnehmer, Einsammeln der Ausrüstung und Warten auf die Nachzügler verbracht. Gegen unsere Mitschüler sind wir die reinsten Asse. Ab Morgen sind wir einem Fortgeschrittenen-Kurs zugewiesen worden. Hoffentlich wird das besser, sonst geben wir auf und machen nur Après-Ski. Das ist erbaulicher und weniger frustrierend."

„Vergiss aber nicht zu erwähnen, dass auch wir beide einige Stürze auf den Hängen hinterlassen haben. Ein paar blaue Flecken bleiben mir schon zurück und dir ganz bestimmt auch", warf Jasmin ergänzend ein.

„Das war doch euer erster Tag heute, werdet nicht gleich schon ungeduldig. Nur Übung macht den Meister. Das braucht seine Zeit. Einige Stürze gehören eben dazu und auch das richtige Fallen muss erst gelernt sein", tröstete Torsten witzelnd.

Mark schaltete sich dann auch ein.

„Ich kann mich noch sehr gut an meine ersten schmerzlichen Fahrversuche erinnern, auch wenn es schon einige Jahre her ist. Ich bin im Flachland aufgewachsen, da hat man nicht von Kindesbeinen an einen Bezug zu den Bergen und zum Skifahren.

Auf die Ferne hat es mir immer gefallen und mich gereizt, also wollte ich es auch lernen. In einem Winterurlaub in Ischgl habe ich mit ausgeliehenem Material meine ersten Versuche unternommen. Das erste Schleppliftfahren mit so langen ‚Füßen', an einem Hang mit geringer Steigung, empfand ich schon als große Herausforderung. Die Fahrt brachte mich bereits zum Schwitzen. Ohne eine Instruktion, nur durch das Zuschauen, wird man schon ein bisschen rutschen können, dachte ich mir dann, als ich oben ankam. Die Stehversuche waren schon ganz gut, also ab in den Hang. Das Gefälle reichte gerade so aus, um ein bisschen Fahrt aufzunehmen. Schon glitt ich mutig los und schaffte eine beachtlich lange ‚Schussfahrt' von ungefähr vierzig Metern. Dabei merkte ich gleich, dass die Ski nicht mir und offensichtlich auch nicht zusammen gehörten. Sie entwickelten ein mir damals noch unverständliches Eigenleben. Während der eine nach links fuhr, tendierte der andere mehr nach rechts. Da sie mit mir fest verbunden waren, hatte das Ganze eine anatomische Grenze. In der Mitte war nun einmal mein Körper und der blieb auch dort. Im weiten Spagat bekam ich dann die Erdanziehungskraft gleich stark zu spüren. Mit dem nachlassenden Schmerz sortierten meine grauen Zellen, was wohl noch heil geblieben war. Zu meinem Glück war außer meinem Stolz nichts gebrochen, nur eine Zerrung blieb zurück. Der Sturz hatte positive Folgen. Von nun an fiel ich, wenn überhaupt, nur noch auf die Seite. Eines der wesentlichsten Dinge hatte ich somit schon gelernt.

Bis zum Abend kam ich dann ganz gut zurecht, merkte aber noch sehr viele leichte Unsicherheiten. In der Folgezeit habe ich lieber Skikurse belegt und festgestellt, dass es doch besser ist, Skifahren unter Anleitung, quasi von der Pike auf, zu lernen."

„Das hast du aber sehr blumig beschrieben, du solltest einen Leitfaden für Anfänger schreiben", meinte Ulla nach diesen Ausführungen.

Nach weiteren unterhaltsamen Gesprächen, begaben sich alle gemeinsam in die Diskothek des Hotels, um gemütlich den Abend ausklingen zu lassen. Jana und Ulla hatten ihre frostigen Mienen jetzt abgelegt und sich von der guten Laune der anderen anstecken lassen. Den Männern hatten sie wohl verziehen. Es war ja gut ausgegangen.

Trotz der ungewohnten körperlichen Belastung, die sie am ganzen Leib als Muskelkater spürten, waren alle recht tanzfreudig. Wie wohl die meisten Winterurlauber hatten auch sie sich viel zu wenig vorbereitet. Ihre anderen sportlichen Betätigungen zu Hause hielten sie für ausreichend. Dass beim Skifahren ganz andere Muskelbereiche strapaziert werden, war ihnen zwar bekannt, wurde aber auf die leichte Schulter genommen. Skigymnastik war ihnen zu lästig gewesen. Ausreden, meistens war es der chronische Zeitmangel, waren immer parat. Die Folgen bekamen sie zu spüren. Wie alljährlich fassten sie auch dieses Mal wieder den Vorsatz, sich bei dem nächsten Skiurlaub besser trainiert auf die Pisten zu begeben.

Hinter den beiden jungen Frauen waren, wie es kaum anders zu erwarten war, viele Werber her.

Ständig wurden sie zum Tanzen aufgefordert oder man versuchte sie zu einem Drink einzuladen. Die jungen Männer kamen jedoch nicht zum Zuge und handelten sich reihenweise Körbe ein. Jasmin und Maria tanzten nur mit den neu gewonnenen Freunden aus der Tischrunde. Der einzige, der eine Chance gehabt hätte, weil besonders Maria sich brennend heiß für ihn interessierte, war Erik, ihr Skilehrer. Schon auf der Piste hatte sie ihn ins Auge gefasst und taxiert. Gutaussehend, groß, schlank und braungebrannt, verstanden auch die Männer, dass er bei Frauen Sehnsüchte wecken konnte. Sein Gang und seine Mimik wirkten recht weltmännisch und sehr selbstbewusst. Erik machte nur keinerlei Anstalten sich ihr zu nähern. Kein Wunder, die Auswahl an schönen jungen Frauen war beträchtlich. Einige von ihnen waren wohl weniger zum Skifahren, sondern hauptsächlich wegen der zahlreichen Après-Ski-Partys in diesen Ort gereist. Er war für seine gute Stimmung in der alpenländlichen Atmosphäre bekannt.

Marias schmachtenden Blicke und ihre Signale in Eriks Richtung, verloren sich leider unbemerkt im Raum und kamen bei ihm nicht an. Um ihr zu helfen, schob Mark sie mitleidig während eines Tanzes einfach in seine Arme und bat ihn, mit ihr weiter zu tanzen bis er zurück wäre. Bevor Erik widersprechen konnte, war Mark schon durch die Tür zur Toilette verschwunden. Mit hochrotem Kopf blieb Maria nichts anderes übrig, als sich von ihm weiter über das Parkett führen zu lassen. Sie genoss es sichtlich, wollte es aber nicht zugeben.

Trotzdem beide durch die Überrumpelung perplex waren, kam zwischen ihnen eine angeregte Unterhaltung zustande. Am Tisch zurück, beschimpfte Maria später Mark zwar als Kuppler, war aber froh über die Unterstützung. Erstaunlich ist, welche Anziehungskraft die Skilehrer, ebenso wie auch die Tennistrainer, auf viele Frauen ausüben. Was aber, dem Vernehmen nach, sehr oft von diesen schamlos ausgenutzt wird.

Auch Maria entpuppte sich für Erik sicher als leichte Beute. Nach einiger Zeit forderte er sie von sich aus wieder zum Tanzen auf. Sie hielten sich noch einige Zeit auf dem Parkett auf und waren danach kurze Zeit engumschlungen an der Bar zu sehen, bevor sie den beobachtenden Blicken dann gänzlich entschwunden waren.

Jasmin, darüber nicht sonderlich erfreut, spülte ihren Unmut mit übermäßig viel Alkohol hinunter, bevor Ulla sie vorsorglich auf ihr Zimmer brachte. Vielleicht war es Eifersucht. Beide waren Single und hatten Abenteuern Spielraum eingeräumt. Als gute Freundinnen seit der Schulzeit, gingen sie zu Hause oft zusammen auf Tour, nicht zuletzt, um neue Bekanntschaften zu machen. Kleinlich waren sie nicht. Nur gab es manchmal einen Wettbewerb zwischen ihnen, wer von beiden mehr Erfolg hatte und schneller zum Zuge kam. Je nach Attraktivität der Errungenschaften endete es in freundlicher Unterstützung, oder aber in zickiger Eifersucht. Gemeinsam hatten sie im Hotel ein Zimmer belegt. So war es für Jasmin leicht feststellbar, dass Maria es vorzog, die Nacht woanders zu verbringen.

Jonas und die beiden Paare hielten sich noch eine Weile in der Disco auf und unterhielten sich. Bei der glücklicherweise zu der fortgeschrittenen Stunde etwas leiseren Musik, war das möglich. Zuerst war Jonas das Opfer, von dem man etwas über seine Beziehungen wissen wollte. Im heiratsfähigen Alter, interessierten sich hauptsächlich Ulla und Jana für seine Vorlieben bei Frauen und seinen Geschmack. Ulla stachelte ihn auf und warf einen Blick in die Runde der zahlreichen jungen und zum Teil recht attraktiven Frauen.

„Hier hast du eine große Auswahl. Wenn du dir eine Partnerin suchen möchtest, solltest du keine Zeit vergeuden. Ob daraus etwas Dauerhaftes wird, scheint mir allerdings mehr als zweifelhaft."

Jonas schaute sich etwas verlegen um, ohne ihr gleich darauf zu antworten.

„Wenn du dich nicht traust, helfen wir gerne. Aus der Gruppe heraus ist es einfacher als alleine. Suche dir doch einmal eine aus und wir werden sie animieren zu uns zu kommen. Einige schauen so gelangweilt in die Runde, als würden sie nur auf eine Ansprache warten. Die sind doch auch auf der Suche. Es muss ja nicht immer sofort funken. Wenn du einen Korb bekommen solltest, steck ihn weg und lass dich nicht entmutigen."

Nachdem er sich zunächst eine Weile zierte, spielte er das Spiel mit. Sehr schnell wurde dabei klar, dass er sehr differenzierte Vorstellungen schon beim Äußeren der jungen Damen hatte. So war ihm eine viel zu groß, die nächste etwas zu klein und einige der anderen etwas zu korpulent.

Bei den übrigen hatte er immer im Detail etwas auszusetzen. Die Nase der einen passte nicht zum Rest, an der Gestik einer anderen gab es einiges auszusetzen. Die Art, wie sich manche gekleidet hatten und ihre Piercings und Tattoos gefielen ihm nicht. Keine wollte seinen Ansprüchen genügen.

„Du musst ihnen doch erst einmal eine Chance geben und nicht schon nach den Äußerlichkeiten alle ausschließen, sonst wird das nie etwas. Oft sind es das Wesen und der Charakter, die mehr beeindrucken als die Hülle", empfahl ihm Jana.

Es war absolut aussichtslos, es war keine für ihn zu finden. Schließlich gaben sie es auf, obwohl die intensiven Beobachtungen und Beurteilungen der fremden Frauen ihren eigenen Reiz hatte und kurzweiligen Unterhaltungswert besaß.

Jana erzählte daraufhin der Runde ausführlich, wie sie ihren Mark kennen und lieben gelernt hatte. Sie waren bereits einige Jahre zusammen in die Schule gegangen, hatten aber nichts füreinander empfunden. Jeder ging seinen Weg und sammelte seine Erfahrungen. In der gleichen Stadt lebend, begegneten sie sich öfter zufällig. Die gemeinsame Schulzeit und der Werdegang der anderen Schüler waren dann das wesentlichste Gesprächsthema, das sie verband. Als sie sich nach einigen Jahren auf der Party eines ehemaligen Schulkameraden erneut wiedersahen, sprang der Funke über. Beide hatten zu dieser Zeit gerade keinen Partner und waren froh darüber, nicht ganz alleine als Single in der Menge unterzugehen. Nach einigen wenigen Verabredungen entstand bereits eine Beziehung.

Sie fragten sich später, wieso sie ihre Sympathien füreinander nicht schon viel früher erkannt hatten. Sehr schnell heirateten sie und bereuten die vielen verlorenen Jahre, die sie vorher getrennt verbracht hatten. Jetzt führten sie eine harmonische Ehe. Beide standen mit beiden Beinen erfolgreich im Berufsleben und ergänzten sich blendend. Für die überaus sensible Jana war Mark der Beschützer. Sie war für ihn der ruhende Pol, der seine ständige Unruhe zügelte.

„Mark hat unbedingt jemanden gebraucht der ihn an der Leine hält. Seine Unternehmungs- und Abenteuerlust hat Schranken gebraucht. Er hätte sich sonst übernommen und nie Ruhe gefunden. Anfangs war es schwierig. Immerzu wollte er nur zum Sport oder zu Unternehmungen jeder Art. Morgens war er dann nur schwer aus dem Bett zu kriegen. Mittlerweile ist er häuslicher geworden und lebt sich nur am Wochenende und im Urlaub aus. Ihr seht ja selbst, dass er ständig unterwegs ist und keine fünf Minuten auf seinem Allerwertesten sitzen kann. Ich bin dagegen eher häuslich, am liebsten halte ich mich zu Hause auf. Eine schöne gemütliche Wohnung und ein gutes Buch genügen mir vollends. Laufende Urlaube brauche ich auch nicht unbedingt. Alleine das Kofferpacken und die Vorbereitung sind mir schon zu lästig. Aber wir haben uns gut arrangiert. Bei allem, was mir nicht liegt, ist er alleine unterwegs und tobt sich aus."

„Kinder habt ihr ja offensichtlich demzufolge noch keine? Habt ihr diesbezüglich Absichten?", fragte Ulla interessiert.

„Wir hatten bisher keine Zeit und auch beide keine Ambitionen dazu. Wahrscheinlich sind wir schon zu alt und wollen uns nicht umgewöhnen. Sie haben uns bisher auch nicht gefehlt. Wir leben ganz gut ohne sie und genießen unsere Freiheiten. Später werden sie uns vielleicht einmal fehlen, wer weiß das im Voraus schon."

Nach dieser Antwort wandte sich Jana an Ulla und Torsten, die beide während der ganzen Zeit sehr aufmerksam zugehört hatten, und von deren Verbindung sie auch gerne etwas gewusst hätte.

„Habt ihr denn Kinder oder Absichten? Ihr seid anscheinend noch nicht sehr lange verheiratet oder zusammen. So frischverliebt wie ihr herumturtelt muss eure Liebe noch sehr jung sein."

Die beiden sahen sich daraufhin einen Moment lang verdutzt an. Diese unverhoffte Frage schien ihnen nicht besonders zu gefallen.

Ulla schaute verlegen nach unten. Die gerade erst gewachsene nette und sehr freundschaftliche Beziehung zu Jana und Mark, nötigte sie aber dann doch zu einer Antwort. Die neue Freundschaft wollte sie nicht gefährden.

„Wir sind gar nicht verheiratet, zumindest nicht miteinander. Wir leben auch nicht zusammen. Torsten ist mit einer anderen Frau verheiratet. Ich bin nur eine ehemalige Kollegin und Freundin von ihm aus früheren Zeiten, die er einmal heiraten wollte. Versprochen hatte er es früher jedenfalls. Daraus ist bis jetzt leider noch nichts geworden und wird wahrscheinlich auch niemals mehr etwas werden, damit habe ich mich abgefunden."

So wie sie es sagte, klang es recht provokativ. Torsten machte daraufhin schlagartig einen sehr erbosten Eindruck. Der Verlauf der Unterhaltung schien überhaupt nicht in seinem Sinne zu sein. Die bisher recht gute Stimmung war schlagartig dahin. Giftig schaute er Ulla an.

„Das gehört aber nicht hierher. Lasst uns den Abend nicht mit unseren Konflikten vermiesen."

Tonfall und Lautstärke erschreckten alle. Wie konnte die bisher sehr angenehme Atmosphäre so plötzlich kippen und ins Gegenteil umschlagen. Allgemeines peinliches Schweigen breitete sich daraufhin aus. Ausgesprochen grob nahm Torsten danach Ulla bei der Hand und gab ihr damit zu verstehen, dass es für sie beide Zeit zum Aufbruch war. Sie entschwanden schnell mit nur kurzem Abschiedsgruß.

Jana hatte wohl in ein Wespennest gestoßen.

KAPITEL 3

Der Blick aus dem Fenster am nächsten Morgen zeigte ein wolkenverhangenes, trübes Wetter. Die Skiabfahrten lagen unter einem diffusen Licht. Dichte Nebelschwaden zogen über die Gipfel der Berge. Es sah alles andere als vertrauenserweckend aus. Sollte wirklich schon der dritte Urlaubstag nicht gerade wunschgemäß verlaufen? Eine schöne Tour war eigentlich für diesen Tag geplant. Einige Gäste, die den Ort schon öfter besucht hatten, und sich gut auskannten, hatten ihnen die schönsten Strecken mit den urigsten Berghütten auf einer Karte eingezeichnet. Vielleicht würde man sich unterwegs begegnen, da sie im gleichen Gebiet fahren würden. Wetter und Sicht machten einen Strich durch die Rechnung. Die Stimmung sank auf den tiefsten Punkt. Rechnen musste man zwar immer damit, aber nur ungern wollte man es wahrhaben. Es war ergiebiger Schneefall, begleitet von stark böigen Winden bis hin zur Sturmstärke angesagt. Die Temperatur sollte weiter deutlich fallen. Wie verlässlich die Wetterprognosen sind, zweifelte man aus der Erfahrung heraus gerne an. Die Hoffnung stirbt aber bekanntlich erst zuletzt. So wie es jetzt aussah, stimmte es aber leider. Zwangsläufig stellte man sich jetzt schon auf ein Alternativprogramm im Fitnessbereich des Hotels oder auf einen Bummel durch das Dorf ein. Es wurde glücklicherweise einiges an Abwechslung und Wellness geboten, mit dem man den ganzen Tag auch recht angenehm verbringen könnte.

Nach dem Frühstück lockerte der Himmel aber doch überraschend auf und strafte die Vorhersage Lügen. Nebelschwaden und Wolken hatten sich verzogen, zumindest soweit man es überblicken konnte. Alles drängte zu den Liftanlagen. Jeder wollte die Zeit zum Skifahren ausnutzen, solange es noch möglich war. Falls es schlechter werden würde, könnte man immer noch abbrechen. Alle waren ja zum Skifahren angereist und die nicht gerade preiswerten Skipässe wollten sie, so weit wie irgend möglich, ausnutzen. Jede Stunde galt es auszukosten. Jana und Ulla waren zwar skeptisch, ließen sich aber überreden.

„Schon sehr oft haben wir uns den ganzen Tag verderben lassen, weil wir unser vorher geplantes Tagesprogramm geändert haben, nur wegen den schlechten Vorhersagen und es hinterher bereut", meinte Mark beschwörend.

Jasmin, Maria und Jonas brachen auf zu ihren Skikursen, die sich am Sammelplatz trafen. Von dort würden sich die Gruppen auf verschiedene Liftanlagen und Pisten verteilen. Unsicher über die Wetterentwicklung strebten alle Skilehrer die am nächsten liegenden Abfahrten an, um möglichst kurze Rückwege zu haben.

Mark und Torsten versprachen, an diesem Tag für eine bessere Auswahl der Abfahrtsstrecken zu sorgen. Zweifelhafte oder sehr schwierige Pisten wollten sie meiden, um die Frauen nicht wieder in so große Bedrängnis zu bringen. Die Abfahrt am Vortag auf der schwarzen Piste war allen vieren eine Lehre. Das sollte sich nicht wiederholen.

Ulla machte eine betretene Miene. Sicher war das noch die Folge des abschließenden Gespräches am Abend vorher, nach Janas indiskreter Frage. Aber keiner verlor ein Wort darüber, um nicht wieder das angenehme Klima zu vergiften. Sollten doch die beiden sich alleine zusammenraufen, da wollte ihnen niemand hineinreden.

Die ersten Abfahrten verliefen harmonisch. Gut präparierte Pisten veranlassten zu rasanten Fahrten mit wenigen kurzen Verschnaufpausen. Bei mäßigem Betrieb gehörten ihnen die Pisten und Lifte fast alleine. Kurze Wettfahrten gegeneinander sorgten für spannende Abwechslung. Ab und zu fuhren Torsten und Mark neben den präparierten Pisten in den hohen Tiefschnee und nahmen jede sich bietende Herausforderung an. Manches Mal versanken sie fast völlig im tiefen Pulverschnee. Mit hohem Tempo und übermütigen Sprüngen kamen sie wieder auf die beschilderten Routen zurück. So verging der Vormittag im Fluge.

Die Temperatur war zwischenzeitlich schon sehr stark gesunken. Klirrende Kälte setzte ihnen jetzt gewaltig zu. Jana und Ulla forderten einen baldigen Einkehrschwung. Zunächst mussten sie aber mit einer Sesselbahn wieder nach oben, da sie sich in einem entlegenen Streckenabschnitt hinter dem Berg befanden. Sie mussten sowieso wieder auf die andere Bergseite zurück. Während der Fahrt mussten sie sich eng aneinanderschmiegen, so sehr spürten sie die Kälte. Am Ausstieg fühlten sich die Glieder an, als wären sie aus Glas. Damit stieg bestimmt das Verletzungsrisiko erheblich.

Für eine schnelle Rast blieb ihnen nur die Hütte auf der Bergspitze übrig, da sie gerade auf den höchsten Gipfel geraten waren. Bei Glühwein und einer kleinen Brotzeit wärmten sie sich wieder auf. Die sonst immer sehr fröhliche Stimmung in der Hütte kam heute nicht auf. Viele Sportler rundum klagten über die mittlerweile so ungemütlichen Temperaturen. Zum Skifahren war es ihnen zu kalt. Die meisten beschlossen, sich auf die letzte Fahrt für diesen Tag zu begeben. Sie planten, ab der Bergstation mit der Kabinenbahn abzufahren. Sportlicher Ehrgeiz trat zurück, der Gesundheit wurde der Vorzug gegeben. Lieber wollten sie im Dorf gemütlich einkehren.

Draußen wurde es inzwischen immer düsterer. Man könnte meinen, die Nacht würde bereits am frühen Nachmittag beginnen. Der Wind frischte auf und dichter Schneefall hatte eingesetzt. Jana, Ulla, Mark und Torsten rüsteten sich auch zum zügigen Aufbruch. Sie mussten aber noch eine geraume Zeit warten, bis die Kellnerin endlich abkassierte. Als allerletzte Gäste verließen sie die Hütte, in der sich auch das Personal zur Abfahrt rüstete. Für heute war niemand mehr zu erwarten. Alle Sesselbahnen, die das letzte Stück hierher führten, hatten den Betrieb bereits wetterbedingt einstellen müssen. Die leeren Sessel schaukelten schwungvoll im Wind.

Bei extrem schlechter Sicht, dichtem Schneefall und starken Windböen kämpften sich die vier den ersten Hang hinunter. Wie Nadelstiche bohrten sich Eiskristalle in die unbedeckten Körperstellen.

Alle Kleidungsstücke waren zwar verschlossen, trotzdem drang der eisige Wind hindurch. Bereits nach kurzer Zeit hatten sie eiskalte Glieder.

An eine zügige Abfahrt war jetzt nicht mehr zu denken. Es war ein behutsames, langsames und ganz vorsichtiges Vorantasten. Ständig mussten sie anhalten, sich neu orientieren und ihre Brillen vom Schnee befreien. Die Hände, insbesondere die beiden Daumen, waren vom Halten der Skistöcke trotz dicker Skihandschuhe schon stark unterkühlt. Bei jedem Halt mussten sie massiert werden, damit das Blut zirkulierte.

Als einzige Orientierung dienten ihnen nur die schemenhaft erkennbaren Masten der Sesselbahn, die weitgehend neben der Abfahrt verlief. Außer ihnen war weit und breit kein Mensch mehr auf der Piste zu sehen. Alle hatten bereits das Weite gesucht und sich in Sicherheit gebracht.

Den letzten Hang vor der Station der Seilbahn hatten sie bald erreicht. In einiger Entfernung war undeutlich der Umriss des Gebäudes erkennbar, das gab wieder etwas Auftrieb.

Allen war bereits klar, dass sie mit der Seilbahn ins Tal fahren würden, zu ungemütlich war das Wetter. Da machte Skifahren absolut keinen Spaß mehr. Sehnsüchtig fieberten sie einem warmen Zimmer und gemütlicher Entspannung entgegen.

Plötzlich fehlte Jana, die als letzte der Gruppe losgefahren war. Ein Blick zurück bestätigte die Vermutung, dass sie gestürzt sein könnte. Passiert war ihr offensichtlich nichts Schlimmeres. Sie versuchte nur den verlorenen Ski wieder anzuziehen.

Als Mark und Torsten sich bereits anschickten, das kurze Stück zu ihr klettern, weil sie anscheinend Schwierigkeiten hatte, konnte sie aber aufstehen und ihre Fahrt fortsetzen. Besonders weit kam sie allerdings nicht. Bereits nach nur wenigen Kurzschwüngen hatte sie wieder einen Ski verloren. Verzweifelt und hilflos saß sie im Schnee. Den Männern blieb jetzt doch nur übrig, ihr zu Hilfe zu eilen. Sie kletterten zu ihr zurück. Mit klammen Fingern untersuchten sie die Bindung und stellten fest, dass sich eine Schraube gelöst hatte. Ratlos begutachteten sie den Schaden.

Ausgerechnet bei dem ungünstigen Wetter und mitten am Berg musste diese Panne passieren.

Zwei dunkle Schatten bewegten sich aus dem Schneegestöber heraus auf die Gruppe zu. Es war der Hüttenwirt und seine Bedienung. Hilfsbereit hielten sie an und schauten sich die Ursache des Stillstandes an. Eine schnelle Lösung des Problems fiel ihnen jedoch auch nicht ein.

„An der Bahnstation hängen Werkzeuge, damit werdet ihr es sicher notdürftig reparieren können. Beeilt euch aber. Es ist wahrscheinlich, dass die Kabinenbahn auch nicht mehr lange fahren kann. Wir haben Unwetterwarnung mit sehr hohen Windgeschwindigkeiten bis hin zur Sturmstärke gemeldet bekommen", schrie der Wirt gegen den heulenden Wind an, bevor die zwei eilig weiter fuhren, um die nächste Bahn noch zu erreichen.

Mittlerweile war die Sicht fast null. Der Schnee setzte sich auf ihre Kleidung und die Brillen. Ein zügiges Vorankommen war somit unmöglich.

Da Jana mit nur einem Ski sowieso nicht fahren konnte, schnallten alle ihre Bretter ab. Sie machten sich, eng zusammengeschart und dabei alle freien Körperstellen schützend, zu Fuß auf den Weg abwärts. Mit Skistiefeln im steilen Gelände war es ein ständiges rutschen und stolpern mit dem Ergebnis, dass sie nach vielen Minuten nicht weit gekommen waren. Mark hatte Ulla und Torsten mehrmals angeboten, schon vorauszufahren, was die beiden jedoch energisch ablehnten. Eine halbe Stunde dürfte es gedauert haben, bis sie klappernd vor Kälte und erschöpft die vermeintlich rettende Bahnstation endlich erreicht hatten.

Direkt neben dem Eingang hingen tatsächlich, zugänglich für Touristen, angekettete Werkzeuge in ausreichender Auswahl. Da sie eine Rückfahrt mit der Kabinenbahn einer Abfahrt auf Skiern bei den schlechten Bedingungen vorziehen wollten, war die Reparatur eigentlich nicht erforderlich. Ein Skiservice im Dorf hatte bestimmt professionellere Möglichkeiten. Für die Fahrt mit der Bahn mussten sie sowieso die Ski abschnallen.

Ein Blick in das Innere der Station belehrte sie aber schnell eines Besseren. Sie waren schon zu spät gekommen, nichts ging mehr. Die Seilbahn stand still. Chancenlos pendelte eine Kabine einige Meter vor der Einfahrt in die Halle. In diese konnte sie bei der extremen Windstärke nicht einfahren ohne anzuschlagen. Die Sicherheitsabschaltung der Liftanlage hatte sie gebremst und den Transport abgestoppt. Der Sturm schleuderte sie wild nach beiden Seiten hin und her wie eine Schaukel.

Jetzt bemerkten alle vier mit Schrecken die bereits fest verschlossenen Zugänge und die gähnende Leere innerhalb des Gebäudes. Schutz suchen im Innern des Hauses war somit nicht mehr möglich. Die Ein- und Ausgänge waren vergittert. Alle anderen Skitouristen und auch das gesamte Personal waren bereits geflüchtet, solange es noch möglich gewesen war. Außer ihnen war hier oben niemand mehr zu sehen. Die sonst nach dem Ende des Seilbahnbetriebes üblichen Kontrollabfahrten der Bergwacht würden bestimmt auch ausfallen. Es gab für die Pistenkontrolleure keine Möglichkeit zügig und sicher nach oben zu kommen. Hilfe war von ihnen somit wohl keine zu erwarten.

Notgedrungen versuchten Torsten und Mark nun doch, die gelöste Bindung an Janas Ski wieder zu befestigen. Es würde ihnen nichts anderes übrig bleiben, als auf den Skiern abzufahren. Im etwas windgeschützteren Eingangsbereich gingen sie ans Werk. Glücklicherweise war die lose Schraube nicht unterwegs verlorengegangen. Locker hing sie in der Bohrung, bekam jedoch keinen Halt. Zweimal fiel sie in den Schnee und musste erst wieder gesucht werden. Verzweifelt schraubten sie weiter, aber sie fasste nicht. Ohne Hilfsmittel hatten sie kaum eine Chance. Mark nahm in der Not sein Halstuch und klemmte eine Ecke davon rund um das Gewinde. Den noch überhängenden Teil riss er radikal ab, obwohl es ein teures Stück war. Jana hatte es ihm einmal geschenkt und er hatte es sehr gerne getragen. In der Notlage war ihm aber jedes Mittel recht und etwas anderes fiel ihm nicht ein.

Unterbrochen wurde die Arbeit des Öfteren durch wiederholt erforderliches Aufwärmen der kalten Finger. Tatsächlich hatte die Schraube durch den Schal jetzt einen festen Halt. Damit war es ihnen anscheinend doch gelungen, den Ski provisorisch fahrbereit zu machen.

„Wir haben unser Möglichstes getan. Hoffen und beten wir, dass es hält bis ins Tal", meinte Mark anschließend, als er Jana in die Bindung half.

„Langsam fahren müssen wir ja sowieso. Im Dorf werden wir es kontrollieren lassen. Falls es nicht mehr zu richten sein sollte, kaufen wir neue Ski. Es sind sowieso nicht mehr die Aktuellsten."

Jana nickte zustimmend, sie wollte aus diesem miesen Wetter schnell heraus ins Warme.

Vor Kälte schlotterten jetzt allen Vieren die Knie. Gegenseitig rieben sie sich die Körper. Sie sprangen hin und her und machten Gymnastikübungen, um die Blutzirkulation anzuregen.

Mittlerweile hatte der Wind schon annähernd Orkanstärke erreicht. Er trieb eisige Schneekristalle mit aller Kraft vor sich her.

Sie vereinbarten, eng hintereinander zu bleiben und dabei ständig den Boden vor ihren Skispitzen zu beobachten, um nicht neben die Piste zu fahren. Mark führte die Gruppe an und suchte angestrengt die Strecke. Die Fahrspuren anderer Skifahrer, die diese Abfahrt noch vor kurzer Zeit frequentiert hatten, waren vollkommen verweht. Präparierte Stellen oder Kettenabdrücke von Pistenraupen waren keine zu sehen. Alles war nur einheitlich undurchdringlich grau soweit man sehen konnte.

Wie beim Autofahren im Nebel hatte er manchmal den Eindruck, nach der falschen Seite abzukommen und musste immer die Richtung korrigieren. Unebenheiten waren bei diesem diffusen Licht überhaupt nicht rechtzeitig zu erkennen. Manchmal meinte man bei kleinen Mulden den Boden unter den Füßen zu verlieren. Mit lockeren Knien musste man dann versuchen, dem wechselnden Untergrund gerecht zu werden. Soweit Bäume die Seitenränder der Abfahrtsstrecke säumten, hatten sie wenigstens die ungefähre Richtung im Griff. Manchmal ging das Gelände aber übergangslos in der Unendlichkeit unter.

Bis aufs äußerste angespannt und konzentriert quälte sich die Gruppe langsam vorwärts. Es war wohl die Angst, die zeitweise sogar die eisige Kälte etwas vergessen ließ. Mutig kamen die Frauen hinterher. Sie hatten sich jetzt damit abgefunden, dass es keine Alternative gab und das Jammern und Heulen samt hysterischen Verweigerungen eingestellt und fuhren schweigend mit.

Die sonst gewohnte Freude am Skifahren war mittlerweile allen gänzlich vergangen.

Jana und Mark hatten in allen ihren bisherigen Winterurlauben meistens schönes Wetter gehabt. Wie herrlich waren dann die Abfahrten zwischen den vom Reif oder Schnee überzogenen Bäumen. Auf den Höhen konnten sie die Weitsicht über viele Bergmassive genießen. Bei den Fahrten in die Täler lagen oft die reinsten Bilderbuchlandschaften vor ihnen. Damit hatte die heutige Fahrt absolut nichts gemeinsam.

Mark versuchte immer mal wieder Jana etwas aufzumuntern. Sie war anfällig für Erkältungen und es war stark zu befürchten, dass diese Fahrt ernste Folgen nach sich ziehen würde. Zitternd wie Espenlaub ließ sie sich nur mühevoll mitziehen. Sie wäre in diesem Urlaub viel lieber in den Süden geflogen, um Sonne, Meer und Strand zu genießen und sich träge treiben zu lassen. Nur Mark zuliebe hatte sie sich gebeugt, weil er seinen Lieblingssport unbedingt ausüben wollte. Nun musste sie diesen Reinfall miterleben.

Wie waren jetzt alle diejenigen zu beneiden, die noch rechtzeitig die Bahn erreicht hatten. Wahrscheinlich würden sie sich bereits in den warmen, und meist sogar überheizten Lokalen amüsieren, während sie sich frierend über die Piste quälten. Sicher waren auch ihre Tischnachbarn schon lange unten im Tal. Bestimmt waren die Skilehrer kein Risiko mit ihren Schützlingen eingegangen und hatten sie rechtzeitig in Sicherheit gebracht. Sehr wahrscheinlich war ihnen das sowieso viel lieber, als sich mit den Schülern auf den Pisten zu beschäftigen. Ihre Bezahlung war ja dadurch nicht gefährdet. Zudem war es oft üblich, dass sie von den Wirten eingeladen wurden. Die Lokale freuten sich über die vielen Gäste und honorierten das.

Für jeden der mühevoll überwundenen Hügel waren die vier jetzt dankbar. Jeder einzelne Meter brachte sie dem Ziel ein Stück näher. Hoffentlich würden sie das Tal mit heilen Knochen erreichen. Das Verletzungsrisiko war ja bekanntlich unter diesen Umständen besonders hoch.

Wie gut würden ihnen allen später zwei bis drei Saunagänge tun. Das Abendessen hatten sie sich auch mehr als verdient. Gesprächsstoff würde die abenteuerliche Tour beim abendlichen Umtrunk bestimmt genug hergeben. So schnell würde sie nicht vergessen werden.

Zuerst einmal musste das noch beachtlich lange letzte Stück der Talabfahrt überwunden werden. Es zog sich noch ganz gewaltig in die Länge und steigerte ihre Ungeduld. Hektische Eile war aber jetzt nicht das richtige Mittel, Sicherheit ging vor.

KAPITEL 4

Robbi und sein Freund Micha waren versierte Bergsteiger und Tourengeher. Fast ihre gesamte Freizeit sowie die meisten Urlaube, verbrachten sie in den Bergen der Alpen. Im Sommer machten sie Wanderungen oder Klettertouren und im Winter Skitouren oder Abfahrten. Zum Leidwesen ihrer Frauen, die nur bei leichten Wanderrouten und beim Skifahren auf harmlosen Pisten mit von der Partie waren. Oft waren ihnen die Anforderungen zu hoch, dann gingen die Männer alleine auf Tour.

„Machen wir heute endlich einmal wieder eine Bergtour ohne Frauenbehinderung?", bemerkte Robbi dann gerne scherzhaft.

Für diesen Tag hatten sie eine Skitour auf einen entfernten Berggipfel ausgewählt. Die unberührten Schneelandschaften, abseits von dem Touristenrummel, der meistens auf den präparierten Pisten herrschte, reizte sie. Für den recht beschwerlichen Aufstieg sollte sie anschließend eine herrliche Tiefschneeabfahrt entschädigen.

Ihre Frauen hatten sich für eine gemütliche Wellnessrunde im Hotel mit Massage, Kosmetik und Saunieren entschieden. Anschließend wollten sie noch ein wenig shoppen, oder sich mit Prosecco an der Bar tummeln. Sicher waren einige Gäste den Skipisten ferngeblieben, so dass es ihnen nicht langweilig werden würde. Bestimmt würden sie kurzweilige Unterhaltungen finden.

„Müsst ihr euch diese anstrengende Bergtour bei diesen ungünstigen Wetterprognosen antun?

Was ist denn, wenn es sich plötzlich verschlechtern sollte, dann steht euch ein ziemlich weiter Rückweg bevor? Ihr habt keine Seilbahn in der Nähe, nicht einmal eine Berghütte, wo ihr Unterschlupf finden würdet", fragten sie besorgt, als die zwei sich für die Tour vorbereiteten.

„Jetzt oder nie, schaut euch doch einmal die herrlichen Berge an. Unser Urlaub ist viel zu kurz, um bei jedem kleinen Luftzug einen Rückzieher zu machen", antwortete Robbi entschieden. Ehrgeiz und Abenteuerlust verdrängten alle Bedenken.

„Wir sind bestens gewappnet und unsere erste Tour dieser Art ist es ja auch nicht. Wir passen schon gut auf uns auf und kommen heil wieder zu euch zurück", ergänzte Micha optimistisch.

Auf einer Wanderkarte gingen sie noch einmal die einzelnen Abschnitte ihres geplanten Aufstiegs und der Abfahrt durch. Die markantesten Punkte zeichneten sie in die Karte ein.

Sie waren für jedes Wetter ausgerüstet. Beide führten LVS (Lawinen-Verschütteten-Suchgeräte), auch Lawinen-Piepser genannt, am Körper mit sich. Kleine Schneeschaufeln und ausklappbare Sonden, gehörten ebenso wie ein Kompass und Handys, mit zur Ausrüstung. Neben ausreichend Getränken, etwas Verpflegung und zusätzlichen Windjacken, gab das ein recht stattliches Gewicht auf den Schultern. Aber das machte beiden nichts aus, etwas Ballast musste sein, meinten sie noch scherzhaft. Vor dem Hotel verabschiedeten sie sich von den Frauen, die gutes Gelingen wünschten und sie nochmals zur Vorsicht mahnten.

Sie genossen die morgendliche Ruhe in der jetzt noch unberührten Natur. Bald würden die ersten Liftanlagen öffnen und lärmende Skifahrer die Pisten stürmen. Ihre Route hatten sie abseits dieses Trubels gewählt. Wegen der Anstrengungen beim kräftezehrenden Aufstieg schwiegen sie meistens und konzentrierten sich auf den Weg vor ihnen. Den Blick immer vor den Füßen und nur gelegentlich einmal zu den Bergspitzen zur Orientierung. Die Strecke und alle Geländeformationen hatten sich beide eingeprägt. Micha legte ein recht hohes Tempo vor, zügig ging es bergauf. Durchtrainiert wie sie beide waren, verfügten sie über eine gute Kondition. Bei den nur kurzen Verschnaufpausen faszinierte sie jedes Mal der herrliche Anblick der reifbedeckten Bäume und Sträucher im schwachen Sonnenlicht. Trotz der in erster Linie sportlichen Ambitionen, hatten sie durchaus Sinn für die Schönheiten der Bergwelt.

Etwa im letzten Drittel ihrer Route bemerkten sie bedrohlich dunkle Wolken näher kommen. Noch locker, aber zunehmend dichter werdend, kamen sie plötzlich recht schnell über den Gipfeln hervor. Ein Umschlagen des Wetters hatten sie bei ihren Touren schon öfter erlebt. Sie erkannten, dass nichts Gutes auf sie zukam, fühlten sich aber gewappnet. Ehrgeiz und die männliche Eitelkeit übertrumpften alle gebotene Vorsicht. Keiner von beiden wollte bereits vor dem Gipfel umkehren und die Abfahrt antreten. Zumal sie für ihren Rückweg eine ausgefallene Strecke auf der jetzt noch abgewandten Seite des Berges geplant hatten.

Dort gab es eine abwechslungsreiche Landschaft, die sie reizte und die es zu erkunden galt. Erst weit unten im Tal würden sie auf diese Seite des Berges zurückkommen. Mit noch erhöhter Schrittfrequenz eilten sie voran. Die mittlerweile stark gesunkene Temperatur merkten sie an freien Körperteilen. Gesicht und Hals bedeckten sie alsbald mit ihren Halstüchern. Angemessen warme Kleidung hatten sie wegen der vorhergesagten Schlechtwetterfront sicherheitshalber sowieso an. Lieber nahmen sie das Schwitzen beim Aufsteigen in Kauf, anstatt später vielleicht frieren zu müssen.

Schneller, als sie erwartet hatten, erreichten sie keuchend das Gipfelkreuz. Erschöpft sanken sie in den Schnee, um wieder neue Kraft zu sammeln. Zügig stärkten sie sich dabei mit Schokoriegeln und ergänzten wieder die verbrauchte Flüssigkeit. Robbi machte ein Selfi vor dem Kreuz und schickte es über WhatsApp an seine Frau Lisa. Sie sollte wissen, dass sie die Bergspitze erreicht hatten und jetzt wieder den Rückweg antreten würden.

„So, das wäre erledigt. Wie vereinbart, wissen unsere Frauen zu ihrer Beruhigung wo wir sind", wandte sich Robbi erklärend an Micha.

„Ist euer Verhältnis eigentlich ganz in Ordnung oder habt ihr im Moment größere Spannungen?", wollte Micha neugierig von ihm wissen, als sie ein wenig Luft geschöpft hatten und sich unterhalten konnten. Robbi schaute ihn ganz erstaunt und überrascht an. Einen Moment lang blieb er ihm eine Antwort schuldig. Erst nach nachdenklichem Zögern fragte er schließlich zurück.

„Was weißt du denn davon, hat Lisa etwa mit Martina geredet und sich bei ihr ausgeweint?"

Martina, Michas Lebensabschnittsgefährtin und Lisa waren enge Vertraute, die ständig Kontakt pflegten. Obwohl sie sich zweimal in der Woche zum Fitnesstraining trafen, konnten sie zusätzlich noch stundenlang miteinander telefonieren. Für die Männer, deren Dialoge stets kurz und sachlich verliefen, blieb es ein Rätsel, worüber sie sich so lange unterhalten konnten.

„Ich weiß nichts, Martina hat mir nichts erzählt. Es ist aber nicht zu übersehen, dass zwischen euch etwas nicht stimmt. Wenn du nicht darüber reden willst, kannst du es ruhig lassen. Lisa geht nur recht kühl und abweisend mit dir um, haben wir festgestellt. Wir hoffen nur, es ist nichts Ernstes. Es wäre sehr schade um unsere Freundschaft."

„Das wird schon wieder werden, es war nur ein Ausrutscher von mir. Durch einen dummen Zufall hat sie es bemerkt. Sie wird es mir sicher verzeihen können. Es ist eine längere Geschichte, die du als Mann wahrscheinlich verstehen kannst. Erzähle ich dir aber ein anderes Mal in Ruhe, jetzt müssen wir starten, es wird hier immer ungemütlicher."

Micha gab sich mit dieser Erklärung zufrieden. Ihre lange Verbundenheit war stabil und vertraut. Über Männergeheimnisse konnten sie sprechen, ohne Sorge haben zu müssen, dass sie verbreitet wurden. Zu den Frauen würde niemals etwas durchsickern. Sie beendeten die kurze Pause und rüsteten sich zur Abfahrt. Die Ausrüstung wurde noch überprüft und die Kleidung verschlossen.

Erst auf der anderen Seite des Berges spürten sie den starken Wind, gegen den sie ankämpfen mussten. Manchmal drohte er sie umzuwerfen. Der Schnee wurde glattgeblasen wie Beton.

Anfangs fiel die Orientierung zwischen kleinen Felsblöcken unterhalb des Gipfels noch recht leicht. Mit dem immer weiter zunehmenden Sturm und dem starken Schneegestöber wurde sie aber bald zur großen Herausforderung.

Im lichter werdenden abfallenden Gelände oberhalb der Baumgrenze, wurde die Sicht dann nochmals wesentlich schlechter.

Zügiges Fahren war gar nicht möglich, vielmehr stocherten sie langsam durch das Schneetreiben. Immer mussten sie genau aufpassen die Richtung einzuhalten, da sie diese Seite des Berges nicht so detailliert verinnerlicht hatten.

Die steilen Schneefelder, die sie durchqueren mussten, duldeten keinen noch so kleinen Fehler. Oft ging es mehrere hundert Meter in die Tiefe. Der Wind hatte den Schnee völlig plattgewalzt und hart zusammengepresst. Sie fuhren meistens wie auf blankem Eis, obwohl sie sich immer einzelne Schneehügel aussuchten. Jeder Meter musste mit voller Konzentration überwunden werden. Ihre während des Aufstiegs erhitzten Muskeln kühlten spürbar aus und wurden klamm und steif.

Beim nächsten Stopp orientierten sie sich erneut und stellten mit Erstaunen fest, wie wenig sie bis jetzt vorangekommen waren. Angst kannten zwar beide so gut wie nicht, aber Respekt und Vorsicht sind im Gebirge immer die besten Begleiter.

„Bei dieser schlechten Sicht finden wir vielleicht die Durchfahrt zwischen den Schluchten nicht", rief Robbi kurz nach der Weiterfahrt gegen den stürmischen Wind.

„Ich glaube, wir sollten lieber wieder zurück auf die andere Seite fahren, da ist es windgeschützter. Zur Not können wir zu den Skiliften queren."

Micha hatte Vertrauen in die Erfahrung seines Freundes. In vielen gemeinsamen Touren hatte er immer die beste Lösung parat.

„Die Abfahrtspisten durch die Waldschneisen sind bestimmt wesentlich besser durch die Bäume abgeschirmt, als dieses vollkommen freie Gelände. Also los, beeilen wir uns dort hin zu kommen, es wird immer schwieriger."

Recht schnell konnten sie den Hang queren und bald kamen sie, etwas dem Wind abgewendet, auf eine lockere Schneedecke. Der Berggipfel und die einzelnen Felsblöcke schirmten sie ein wenig ab.

Schon hatten sie Hoffnung, jetzt besser voran zu kommen. Auf dem weniger kräftezehrenden Stück machten sie viel Strecke gut. Zwischen einzelnen Felsen und zum Teil aufgehäuften Schneewehen suchten sie ihren Weg. Ihre jahrelange Routine in unterschiedlichem Gelände zahlte sich aus.

Plötzlich machte der vorausfahrende Micha ein unmissverständliches Handzeichen zum Anhalten. Sofort hielt Robbi neben ihm an. Rechts von ihnen war nur ganz schwach eine Schlucht erkennbar. Von der studierten Karte wussten beide sofort, dass sie auf den falschen Weg geraten waren. Sie waren bereits viel zu weit nach unten gekommen.

Die Schluchten, die sich überall durch den Berghang zogen, waren absolut unpassierbar. Es blieb
ihnen nichts anderes übrig, als wieder ein Stück
aufwärts zu steigen. Vielleicht konnten sie ja im
oberen Bereich auf die andere Seite traversieren.

Auch jetzt zeigte sich, wie gut eingespielt sie
aufeinander waren. Eine kurze Handbewegung
genügte ihnen vollkommen für die Verständigung.
Mühevoll quälten sie sich gegen den Sturm und
das Schneetreiben bergauf. Vereinzelt versanken
sie in tiefen Schneewehen.

Extrem kräfteraubend erklommen sie Meter für
Meter, bis der obere Teil der Schlucht nur noch als
kleine Mulde vor ihnen lag. Nur etwa zweihundert
Meter trennten sie noch vom gegenüberliegenden
Waldrand, von dem sie sich Schutz erhofften.
Nach mehrmaligem intensivem Durchatmen setzte
Micha an, im unberechenbaren Tiefschnee quer
durch die Mulde zu fahren. Die entsprechende
Technik hatte er gelernt und ausreichend geübt.

Anfangs ging noch alles recht gut. Als er aber
etwa die Hälfte der Strecke hinter sich hatte, geriet
die Schneedecke unter ihm plötzlich in Bewegung.
Es schien so, als wollte der ganze mittlere Teil der
Mulde in einem kompletten Stück ins Tal rutschen.
Micha stand darauf, als wäre er ein Bestandteil
davon. Wie mit einem Floss auf einem reißenden
Fluss zog es ihn immer weiter abwärts.

Robbi, der sich mit einigem Abstand hinter ihm
befand, konnte gerade noch rechtzeitig stoppen
und erschrocken den Freund beobachten. Wie auf
einer Welle glitt dieser auf dem Schneebrett dahin.

Hoffentlich rissen ihn die Schneemassen nicht mit in die Tiefe. Viel Erfahrung und eiskalte Nervenstärke halfen Micha schließlich, auf dem Schneebrett hinzugleiten wie ein Surfer auf den Wellen. Immer wieder korrigierte er dabei die Skier in Richtung Waldrand.

Bange Minuten zerrannen, in denen Robbi der Atem stockte und Angst seine Glieder zu lähmen versuchte. Schließlich schaffte es Micha mit etwas Schwung, die Kante der Schlucht zu überwinden. Mit Geduld und Körperbeherrschung hatte er das Gleichgewicht gehalten und sich mitgleiten lassen, als sei es das Normalste auf der Welt. Erschöpft stand er auf der anderen Seite der Schlucht und zeigte an, dass er alles heil überstanden hatte. Wie knapp er einem tragischen Unfall entgangen war, würde er sicher erst später realisieren.

Das Schneebrett rutschte weiter in die Schlucht, bevor es in der Undurchdringlichkeit des Waldes verschwand. Es war nicht auszuschließen, dass es sich weiter unten zu einer Lawine vermehrte, falls der angrenzende Wald es nicht aufhalten konnte. Die Neuschneedecke hatte keine Haftung auf dem vereisten Untergrund gehabt.

Robbi nutzte die noch verbliebene geringere Schneehöhe unterhalb des Abbruchs, um ebenfalls das Hindernis zu überwinden. Er hoffte, dass die Kante über ihm hielt und nicht nachrutschte.

Als auch er unversehrt am Waldrand ankam, lagen sich beide erlöst in den Armen und atmeten erst einmal tief durch. Der Freund hatte ihm unter dem Einsatz seines Lebens einen Weg geebnet.

„Das machen wir aber lieber nicht öfter. Ich habe befürchtet die Nerven zu verlieren, so stand ich unter Anspannung", gestand Micha, dem die übermäßige Anstrengung deutlich anzusehen war.

„Ein Glück, dass wir es gut überstanden haben. Unseren Frauen dürfen wir das nicht erzählen, die würden uns nie mehr auf Tour gehen lassen."

Für eine kurze Pause nahmen sie sich keine Zeit mehr. Zu lang war die unbekannte noch vor ihnen liegende Wegstrecke, bei dem ungünstigen Wetter. Es blieb ihnen nur die Hoffnung, den richtigen Weg zu finden. Immer schräg zum Tal preschten sie in den Wald. Der Schneesturm wurde durch Bäume etwas abgemildert und die Sicht war dadurch auch besser. Dafür waren aber ständig Zweige und Äste im Weg, die der Wind abgerissen hatte oder die der Schneelast nicht standhalten konnten. Manchmal mussten sie dichtem Gestrüpp ausweichen und kleine Umwege machen.

Gefühl für die Zeit hatten beide längst verloren. Es galt nur noch, heil das rettende Tal zu erreichen. Wie ein Wunder kam es ihnen vor, als sie endlich im diffusen Licht die Schneise erkennen konnten, die für eine Piste in den Wald geschlagen worden war. Nur wenige Minuten gönnten sie sich im Schutz der Bäume eine Pause, um durchzuatmen und die strapazierten Glieder ausruhen zu lassen. Kurz schnallten sie die Ski ab und legten auch ihre Rucksäcke in den Schnee, um Lockerungsübungen zu machen. Bei der Kälte mussten sie unbedingt Krämpfen vorbeugen. Allein im Gelände konnten sie sich das nicht erlauben.

Obwohl kaum etwas genau zu erkennen war, waren sie ziemlich sicher, dass es die längste Piste in diesem Skigebiet sein müsste, die sie jetzt erreicht hatten. Bei besseren Bedingungen würden sie für die Abfahrt höchstens eine halbe Stunde benötigen. Heute müssten sie bei dieser schlechten Sicht ein Vielfaches einplanen. Sie versuchten im ‚Blindflug' den günstigsten Weg zu finden. In der Mitte des Hanges blies sie der Wind fast von ihren Skiern. Der Versuch am Waldrand, abgeschirmt von den Bäumen etwas besser voranzukommen, scheiterte an hohen Schneewehen, die der Sturm angehäuft hatte. Nach dem Schrecken in der Schlucht waren sie lieber mit einem langsamen, aber dafür sicheren Vorankommen zufrieden.

Ihrem Gefühl nach dürften sie vom Gipfel aus jetzt etwa zwei Stunden unterwegs gewesen sein, als sie im Nebelschleier einen verschneiten Wegweiser sahen und sofort ansteuerten. Sie hatten das obere Drittel der Strecke hinter sich gebracht. Hier teilte sich die Piste in zwei Richtungen. Sie entschieden sich für die vom Wald eingesäumte schmale Route, in dem Glauben, dort geschützter zu sein. Weiter unten würde sich diese Abfahrt auch nochmals teilen.

Ohne sich darüber zu wundern, bemerkten sie beim Queren des Hanges, dass die Bahn still stand. Sicher waren die Liftanlagen und Abfahrten bereits seit einiger Zeit gesperrt. Bei diesem Sturm und dem starken Schneefall würde wohl kein Mensch mehr freiwillig auf den Berg fahren. Die Skifahrer waren bestimmt schon lange wieder im

Tal und würden jetzt die Après-Ski-Hütten und Gaststätten bevölkern oder in den Saunen und Hallenbädern der Hotels die klammen Glieder aufwärmen. Gerne hätten sie diese Tour auch schon hinter sich gebracht.

Überrascht waren sie, als doch einige Zeit später Stimmen aus dem undurchdringlichen Schleier an ihre Ohren drangen. Sollten bei den scheußlichen Bedingungen tatsächlich Skifahrer unterwegs sein? Gab es, außer ihnen, noch mehr so Verrückte? Kurz darauf erkannten sie schemenhaft einige Menschen talabwärts vor ihnen auf der Skipiste. Sofort hielten sie auf die kleine Gruppe zu und wurden freudig begrüßt. Sie waren auf Skifahrer gestoßen, die wohl auch ihren Heimweg suchten.

- KAPITEL 5 -

Ulla sah die beiden Tourengeher, die plötzlich aus dem undurchdringlichen Grau auftauchten, als erste, und empfing sie überrascht und erfreut.

„Seid ihr von der Bergwacht?", fragte sie sofort, sichtlich erleichtert über die vermeintliche Hilfe.

Die sehr professionell aussehende Ausrüstung der beiden hatte zu ihrer Vermutung geführt.

„Leider nein, wir sind nur Touristen auf dem Rückweg ins Tal, wie ihr wahrscheinlich auch."

Ihre Enttäuschung konnte sie nach der Antwort von Robbi kaum verhehlen. Aber die jetzt größere Gemeinschaft brachte etwas mehr Beruhigung. In einer größeren Gruppe fühlte man sich sicherer. Micha erläuterte kurz, dass sie eigentlich nicht auf der Piste abwärts wollten, aber das Wetter sie zu dem Umweg veranlasst habe. Ulla berichtete, dass die Seilbahn, als sie dort ankamen, schon nicht mehr in Betrieb gewesen war, und sie deshalb notgedrungen mit den Skiern abfahren mussten. Nach Begrüßung der restlichen Skifahrer und kurzer Absprache ging es nun gemeinsam weiter abwärts. Der Schneefall und der Sturm blieben gleichmäßig ungestüm und setzten ihnen weiter zu.

Mit Mühe war nach kurzer Zeit eine Teilung der Piste zu erkennen. Wegweiser gab es keinen. Sperrungen waren nicht zu sehen. Sie entschieden sich für die rechte Seite. Die Gruppe konnte nicht wahrnehmen, dass sie sich in einem gesperrten Terrain bewegten. Der Sturm hatte alle Schilder umgeworfen und mit einem Schneewall bedeckt.

Erst nach einigen Minuten wunderten sie sich über den schlechten Zustand der Piste. Aufgeworfene Schneeberge reihten sich aneinander. Hier war schon lange keine Pistenraupe im Einsatz gewesen. Es könnte sich aber auch um eine Tourenabfahrt handeln, die als Buckelpiste und Alternative zu den gleichmäßig präparierten normalen Abfahrten absichtlich so naturbelassen worden war.

Die Konzentration, die sie zur Bewältigung der Abfahrt ständig brauchten, verdrängte die anderen Gedanken. Quälend langsam bewegten sich die nun sechs Skifahrer diszipliniert hintereinander die Hänge hinab. Ständig mussten sie sich wieder neu orientieren, da nur schwache Konturen den Verlauf der Strecke erkennen ließen. Zum Glück konnten alle ein wenig Tiefschneefahren und ihre Kondition erlaubte es. Immer wieder versanken sie in hohen Schneewehen und mussten deshalb mit kräftigen Springbewegungen versuchen voran zu kommen. Es grenzte fast an ein Wunder, dass sie sich dabei nicht aus den Augen verloren hatten und alle gleichermaßen mitkamen.

Ein lauter, freudiger Aufschrei entfuhr Jana nach geraumer Zeit. Ganz abrupt war sie stehen geblieben. Aufmerksam scharten sich alle anderen um sie, um den Grund dafür zu erfahren.

„Da ist eine Berghütte, in der bleibe ich jetzt bis dieses verfluchte Scheißwetter vorüber ist. Keinen einzigen Schritt mache ich mehr vor die Tür, selbst wenn es noch Tage dauern sollte."

Alle erkannten nun die Konturen des Hauses auf das sie deutete. Es stand seitlich am Rand der

Piste, deren weiterer Verlauf nicht mehr erkennbar war. Sie fuhren zügig darauf zu. Ein Mann kam gerade aus der Eingangstür, als sie anhielten und die Ski abschnallen wollten.

„Wo kommt ihr denn auf einmal her und wieso? Die Piste ist bereits seit vorgestern gesperrt. Habt ihr die Absperrung denn nicht zur Kenntnis genommen? Der Strom ist ausgefallen, der Sessellift läuft nicht. Hier kommt ihr nicht nach unten", teilte er ihnen in mürrischem Ton mit.

„Entschuldigung! Wir haben keine Absperrung gesehen, wo soll die denn gewesen sein?", fragte Micha genervt über den unfreundlichen Empfang.

„Das haben wir gerne. Bei diesem Sauwetter die Berge bevölkern, ohne sich vorher zu informieren. Die Hütte ist seit Tagen schon nicht mehr geöffnet und der Hang gesperrt. Man kommt von hier aus nur mit dem Lift nach oben, anders geht es nicht weiter. Das sollte man unbedingt vorher wissen. Die Anzeigetafeln im Tal und an den Liftstationen sind groß genug. Könnt ihr Flachlandtiroler nicht lesen, oder habt ihr Tomaten auf den Augen?"

So ungewohnt rabiat angeschnauzt, standen jetzt alle sechs perplex und verunsichert vor ihm in der Kälte. Es war wohl die große Sorge, was er in dieser aussichtslosen Situation mit ihnen anfangen sollte, die seine ohnehin schon schlechte Stimmung auf den Nullpunkt gebracht hatte.

Um in seiner Hütte nach dem Rechten zu sehen und einige Utensilien heraus zu holen, war er mit dem Schneemobil hierhergekommen und vom Unwetter überrascht worden. Wann er den Betrieb wieder aufnehmen konnte war ungewiss. Deshalb hielt er die Kontrolle für sinnvoll. Zwischenzeitlich sollte nichts verderben. Für sich selbst sah er kein Problem ins Dorf zurück zu kommen, nur für seine unwillkommenen Gäste. Wie sollte er sie ohne den Lift aus diesem Tal wieder herausbringen? In der Hütte konnte er sie, ohne Stromversorgung und Heizung, auch schlecht zurücklassen.

„Kommt halt erst einmal herein ins Haus. Es ist zwar ungeheizt und dunkel, aber vor dem Sturm und dem Schneefall seid ihr wenigstens geschützt. Dann müssen wir weiter sehen, was ich mit euch anfangen kann. Im Moment fällt mir nichts ein."

Er sperrte missmutig die Hütte wieder auf und ließ sie in die ungemütlich kalte Gaststube.

Weiterhin ratlos dreinblickend, wurde er etwas freundlicher. Es war wahrscheinlich der Anblick der schlotternden, durchgefrorenen Gestalten, die sein Mitleid erregten. Besonders die zwei Frauen gaben ein jämmerliches Bild ab. Sichtlich geschafft von der Anstrengung der Abfahrt, ließen sie sich erschöpft auf der nächsten Bank nieder.

„Ich bin der Sepp, meiner Familie gehört diese Hütte. Im Sommer betreiben wir hier eine kleine Jausenstation. Während des Winters haben wir nur in den länger anhaltenden Schönwetterperioden zeitweise offen. Ich kann euch deshalb nur die Getränke anbieten die hier noch lagern. Vielleicht finden sich auch noch Kekse oder Schokoriegel. Sonst ist nichts hier, weil für uns durch den Stromausfall und die Sperrung der Abfahrt, die Saison leider wahrscheinlich schon vorzeitig beendet ist."

Dankbar wurde dieses Angebot angenommen. Mittlerweile waren alle durstig und ausgelaugt. Ein Rest Obstschnaps, der sich bei dem Vorrat auch noch befand, machte sehr schnell die Runde und wärmte wenigstens von innen ein wenig.

Aus einem Nebenraum hatte Sepp mittlerweile einige Petroleumlampen geholt, die nun die Hütte spärlich ausleuchteten.

Jeder stellte sich vor und man versicherte noch einmal, nicht leichtfertig in den abgesperrten Hang eingefahren zu sein. Als Sepp von Janas Pech mit der Skibindung hörte, wodurch sie die letzte Bahn verpasst hatten, wurde er noch zugänglicher. Er zeigte Verständnis für die Notlage, in die alle vier dadurch unverschuldet geraten waren.

„Das ist ein großes Malheur zur falschen Zeit. Ein Glück, dass ihr es noch reparieren konntet."

Robbi und Micha erzählten ihm, wie sie auf ihrer Route zufällig die anderen getroffen hatten. Von ihrer sportlichen und gewagten Tour war Sepp sehr beeindruckt. Er kannte den Gipfel und seinen Schwierigkeitsgrad recht gut. Wie sie ihren Rückweg durch das wild zerklüftete Gelände als Ortsfremde überhaupt gefunden und bewältigt hatten, fand er sehr erstaunlich.

„Da habt ihr aber sehr großes Glück gehabt."

Mark fingerte schon einige Zeit wiederholt mit klammen Fingern an seinem Smartphone herum.

„Hier habe ich kein Telefonnetz. Könntet ihr auch einmal mit euren Handys versuchen, ob ihr eine Verbindung bekommt? Dann könnten wir die Bergwacht rufen."

Sepp machte darauf eine unmissverständliche Geste und klopfte sich aussagekräftig an die Stirn.

„Was willst du damit erreichen? Bei dem Wetter wird niemand den Berg heraufkommen. Auch Hubschrauber können bei den Sichtverhältnissen und dem Sturm nicht eingesetzt werden. Entweder müssen wir hier bleiben, oder uns etwas anderes einfallen lassen", schimpfte er kopfschüttelnd und jetzt auch wieder wütend, wegen der Naivität und Unwissenheit von Mark.

„Wir sind in den Bergen, falls ihr das noch nicht gemerkt haben solltet. Da steht kein Taxi an jeder Ecke und telefonieren kann man nicht überall. Funklöcher gibt es jede Menge. Es wäre schlimm, wenn die Berge voller Mobilfunkmasten wären."

Resignierend schwiegen alle. Mark schaute ganz beschämt vor sich auf den Boden. Natürlich gab er Sepp vollkommen Recht. Wie konnte er so unüberlegt Hoffnung auf Unterstützung schüren.

Die beiden Frauen saßen zusammengekauert, vor Kälte und Sorge zitternd, in der Ecke der Hütte und waren Tränen der Verzweiflung recht nahe. Abwechselnd massierten sie sich gegenseitig die blutleeren und unterkühlten Füße und Hände.

„Auf was haben wir uns da eingelassen, wären wir euch besser heute Morgen nicht gefolgt."

Dem Jammern von Jana pflichtete Ulla bei.

„Das hilft uns jetzt auch nicht weiter. Lasst uns lieber überlegen was wir tun können. Hier bleiben in der eiskalten Hütte möchte ich jedenfalls nicht", meinte Mark, in Gedanken weiter fieberhaft nach einer Lösung suchend.

„Die ganze letzte Abfahrt bis zur Abzweigung wieder hoch stiefeln, schließe ich allein wegen den beiden Frauen schon aus."

Erbost meldete sich sofort darauf Ulla zu Wort.

„Schiebe das bitte nicht auf uns Frauen. Ihr seid doch auch stehend K.o. Schaut euch selbst mal an, wie mitgenommen ihr ausseht. Torsten kriegt schon keinen Fuß mehr vor den anderen und du siehst auch alles andere als fit aus. Ihr Bürohengste habt doch auch keine ausreichende Kondition mehr. Robbi und Micha sind vielleicht die einzigen die eine Chance haben. Außerdem wäre es bei dem Sturm reiner Selbstmord. Wir müssten ja nicht nur den Berg gegen den Wind hoch, wir müssen auch drüben wieder runter. Das dürfte sogar noch ein beachtliches Stück sein. Unsere Ski und die Stöcke müssten wir ja auch den Hang hinauf schleppen. Ich frage mich, wieso du daran überhaupt denken kannst. Das ist doch vollkommen illusorisch."

Nach kurzer Pause wandte sie sich an Sepp.

„Sagen sie bitte, gibt es denn wirklich gar keine andere Möglichkeit nach unten zu kommen?"

Sepp hatte in sich zusammen gesunken vor sich hin gestiert. Er war ebenfalls auf der Suche nach einem Ausweg.

„Nein, von hier aus geht es nur über den Berg. Nach unten sind Schluchten, die selbst für geübte Bergsteiger im Sommer eine Herausforderung sind. Erst im letzten Jahr sind welche abgestürzt und mussten verletzt geborgen werden. Die Piste ist der einzig mögliche Weg, rechts und links geht nichts. Da ist nur abschüssiges Gelände. Ich könnte mit dem Schneemobil ins Dorf fahren und dort versuchen Hilfe zu holen. Aber, wie schon gesagt, macht das wenig Sinn. Bei diesem Wetter kann keiner was tun. Ich bin selbst bei der Bergwacht. Es wäre sogar sehr verantwortungslos noch weitere Menschen in Gefahr zu bringen. Außerdem würde es Stunden dauern, bis die Pistenraupen hier oben wären, um euch zu holen. Wenn wir wenigstens ein Notstromaggregat hier hätten, dann könnten wir bleiben. Aber es hat sich bisher nicht gelohnt, eins anzuschaffen."

Alle schauten deprimiert vor sich hin, bis Sepp nach einigen Minuten ruckartig aufblickte.

„In der Scheune steht eine uralte Schneekatze, wie wir sie genannt haben. Das ist eine umgebaute Pistenraupe mit einer Passagierkabine oben drauf, wie man sie bei Polarexpeditionen verwendet. Früher haben wir damit die Übernachtungsgäste zu dem Gasthof im hinteren Tal gefahren. Seit alle Straßen und die Liftanlagen besser ausgebaut sind, wird sie nicht mehr gebraucht und rostet jetzt vor sich hin. Ob sie noch läuft wage ich zu bezweifeln. Sie war seit mindestens zwei Jahren nicht mehr in Betrieb. Wenn ihr wollt, können wir uns das uralte Ding wenigstens einmal anschauen."

Mark war sofort bereitwillig aufgesprungen.

„Das wäre doch eine Lösung. Schauen wir uns das Gefährt an, bevor wir hier ganz erfroren sind. Vielleicht kriegen wir es startklar. Auf besseres Wetter brauchen wir nicht zu warten."

Alle marschierten hektisch voller Erwartung die paar Schritte zur Scheune. Sie merkten dabei, dass das Wetter kein bisschen besser geworden war. Der Sturm drohte sie umzuwerfen und scharfe Eiskristalle bohrten sich in die unbedeckte Haut.

Der Anblick, der sich ihnen dort bot, war alles andere als vertrauenserweckend. Vollkommen eingekeilt zwischen Schneefräsen, Werkzeugen, Zaunteilen, altem Mobiliar und Gerümpel, stand im Hintergrund ein rostiges und total verstaubtes Ungetüm. Die Zeit hatte an ihm sichtbare Spuren der Vernachlässigung hinterlassen.

„Kommt und packt mit an, dann wird es euch wenigstens ein wenig wärmer", rief Mark allen Zauderern zu, und schon räumten sie die überaus zahlreichen Hindernisse aus dem Weg.

Mit wildem Eifer fegte Sepp das Fahrzeug ab und versuchte die Fensterscheiben etwas sauberer zu machen. Mit nur wenig Erfolg. Er gab dieses Vorhaben schnell wieder auf. Falls sie das Vehikel jemals zum Laufen bringen würden, könnten der Schnee und die Scheibenwischer bei der Säuberung helfen. Ansonsten wäre es nur vergebliche Liebesmühe und Zeitverschwendung.

Alle Hoffnung auf einen doch noch gefundenen Ausweg aus ihrer ungünstigen Lage, hatte bei den Touristen, angesichts des Zustandes von diesem Monster, der puren Verzweiflung Platz gemacht. Keiner glaubte auch nur im Entferntesten an einen Erfolg. Trotzdem bemühten sie sich weiter. Keine noch so kleine Chance sollte ungenutzt bleiben.

Der erste Startversuch zeigte keine Reaktion. Nichts rührte sich, kein Laut war zu vernehmen. Sepp ließ sich nicht beirren. Logischerweise war die Batterie abgeklemmt und ausgebaut worden, wie er gleich rekapitulierte. Nach nur kurzer Suche war sie gefunden, besser gesagt, ausgegraben aus dem wild übereinanderliegenden Gerümpel, und entstaubt. Berechtigte Zweifel, inwieweit sie Strom abgeben würde, überkamen alle. Bei dem vielen Pech, das dieser Tag ihnen schon gebracht hatte, sollte ihnen eigentlich einmal das Glück hold sein.

Nach dem Einbauen und Anschließen der Stromquelle, starrten dann alle gebannt auf das Ungetüm. Mit Erleichterung nahmen sie das leise summende Geräusch der Zündspule wahr, das vorhandene Energie signalisierte. Aber der Motor machte keine Anstalten anzuspringen. Sofort machten sich Sepp und Mark über die Maschine her. Werkzeuge waren glücklicherweise recht schnell gefunden. Während Mark die Zündkerzen ausbaute und reinigte, kontrollierte Sepp den Treibstoff, das Öl und alle beweglichen Teile. Die Benzinleitungen und alle Kabel machten einen noch brauchbaren Eindruck.

Knisternde Spannung lag in der Luft, als Sepp in das Fahrzeug kletterte und erneut den Startknopf drückte. Jaulend versuchte der Anlasser den Motor in Gang zu setzen. Immer wieder drehte Sepp den Zündschlüssel um. Gleichzeitig spielte er mit den unterschiedlichsten Gaspedalstellungen, um den idealen Zündpunkt zu finden.

Während alle dem erlösenden Geräusch eines laufenden Motors entgegenfieberten, schien Sepp über eine stoische Gelassenheit zu verfügen. Mit viel Geduld probierte er unablässig weiter.

Langsam schwand bei den Umstehenden der letzte Funken Hoffnung. Jana heulte fortwährend leise vor sich hin und wurde von Mark tröstend in die Arme genommen.

Mehr als fünfzehnmal hatte Sepp den Anlasser bereits betätigt. Jetzt befiel ihn offensichtlich die Wut der Verzweiflung. Er ließ den Startknopf nicht mehr los und gab Vollgas. Was konnte denn schon passieren, außer dass die Batterie schwach würde. Sollte der Motor nicht anspringen, wäre sie ohnehin überflüssig. Trotz dem ständigen Luftzug des Sturmes, der durch das offene Scheunentor blies, breitete sich penetranter Benzingestank aus.

Plötzlich, als keiner mehr damit gerechnet hatte, sprang mit ohrenbetäubendem Lärm der Motor an. Das Fahrzeug vibrierte und dröhnte, als würde es jede Sekunde auseinanderfliegen. Ein beißender Qualm und der Gestank nahmen ihnen fast die Atemluft. Trotzdem schöpften sie neuen Mut.

Sepp ließ die Maschine erst noch ein Weilchen mit hoher Drehzahl weiterlaufen, um die Batterie ausreichend aufzuladen.

Obwohl das Gefährt jetzt noch keinen einzigen Meter gefahren war, wirkte das Motorengeräusch ungemein beruhigend. Nachdem sie die Ausfahrt, soweit es nötig war, freigeräumt hatten, legte Sepp den Gang ein und setzte das Fahrzeug langsam in Bewegung. Erstaunlicherweise normalisierte sich das Dröhnen des Aggregats. Der leistungsfähige Dieselmotor lief vollkommen rund. Damit reduzierten sich auch die Vibrationen zusehends, und das ganze Fahrzeug machte nicht mehr so einen

Höllenlärm wie vorher. Alle beweglichen Teile waren wohl wieder aus der langen Starre erweckt und geschmiert worden.

Schnell packten alle ihre Sachen zusammen. Sepp verschloss die Hütte wieder und sie machten es sich in der Kabine bequem, so gut das möglich war. Für sieben Personen und die Ausrüstung war es sehr eng. Das ertrugen sie gerne, in der Hoffnung auf ein baldiges Ende ihrer chaotischen Tour.

KAPITEL 6

Der Sturm war mittlerweile eher noch stärker geworden, als vorher. Das Schneetreiben und die grimmige Kälte waren gleich geblieben.

Wie ein balzender Hirsch röhrend, setzte sich der große Koloss ganz gemächlich in Bewegung, euphorisch bejubelt von den Insassen. Sie fühlten sich endlich erlöst von den Strapazen.

Schon im unteren seichten Bereich des Hanges breitete sich, durch die Heizung des Gefährts, in der Kabine eine wohlige Wärme aus. Ausgekühlt, waren sie für jeden Temperaturanstieg dankbar. Penetranten Gestank nach Treibstoff, Öl und Kupplungsabrieb mussten sie in Kauf nehmen. Zusätzlich hatte der Innenraum auch noch einen fauligen Eigengeruch, wie ein alter Omnibus. Er erinnerte etwas an die Ausflüge in der Schulzeit. Einigen bekam das nicht sonderlich gut. Aber im Moment sahen sie darin ihr geringstes Problem und unterdrückten den aufkommenden Brechreiz.

Die Scheibenwischer arbeiteten in vollem Tempo und so allmählich konnte man etwas besser durch die Frontscheibe schauen. Zu sehen gab es allerdings nur das Schneegestöber vor einem gleichmäßigen undurchdringlichen Hintergrund. Ohne die genaue Kenntnis dieses Berges wäre man bestimmt hoffnungslos ins Leere gefahren und irgendwann über eine Böschung oder in eine Schlucht gestürzt. Sepp kannte vermutlich jede Kurve. Mit einer beeindruckenden Gelassenheit fuhr er zügig und zielstrebig drauflos.

Ganz allmählich bekamen sie die Steigung des Hanges stärker zu spüren. Die Schräglage presste alle fest in die Sitze. Tiefer Schnee machte die Fahrt zusehends beschwerlicher, und das Fahrzeug kam sehr gemächlich unter lautem Antriebsgeräusch voran. Glücklicherweise hatte die Pistenraupe ausreichend viel PS unter der Haube. Die Skifahrer bekamen jetzt ein anderes Gefühl für die extreme Neigung, die man sonst nur von oben nach unten bewältigte. Immer wilder wühlten die Ketten. Manchmal hatte man sogar den Eindruck, dass der Schnee nur unter dem Fahrzeug durchgeschoben wurde, ohne dass es sich vorwärts bewegte. Das schwere Ungetüm vibrierte und schnaubte, als wollte es sich jeden Moment aufbäumend sträuben noch weiter bergauf zu fahren. Sepp holte aus dem Motor heraus was nur ging. Er verlor jedoch nie das Gefühl für die Traktion, und konnte so das Durchdrehen der Ketten verhindern.

Je weiter sie den Berg hoch kamen, umso höher wurden die Schneeberge, die sich bedrohlich vor ihnen aufbäumten. Bald waren sie kaum noch zu bewältigen. Bei dem weiter gleichbleibend starken Schneesturm konnten sie es mehr spüren als sehen. Von Glück reden konnten sie, dass sie Sepp in die Hände gefallen waren. Mit seiner professionellen Ruhe und einem Feingefühl, das man diesem raubeinigen Menschen kaum zugetraut hätte, ließ er das Gefährt dann leicht zurückrutschen und fuhr im flacheren Winkel erneut an. Mit dem Fahrzeug war er wohl vertraut durch lange Erfahrung bei jedem Wetter. Nur im Schneckentempo ging es schnaubend den Berg hinauf. Manchmal erreichte die Schneekatze dabei eine recht beängstigende Schräglage. Die Insassen bekamen die berechtigte Angst, jeden Moment könnte sie seitlich umkippen und sich überschlagend den Abhang hinab rollen.

Die beiden Frauen, die anfangs immer wieder ängstliches Stöhnen vernehmen ließen, gewöhnten sich allmählich an die Situation. Sie kuschelten sich geduldig aneinander.

„Hoffentlich hält die Maschine diese Tortur durch, ohne dass sie auseinander fliegt", bemerkte Micha zwischendurch sorgenvoll.

„Halte lieber den Mund und male den Teufel nicht an die Wand", entgegnete ihm Robbi resolut.

„Wir werden es schon noch schaffen."

Dunkelheit machte sich langsam breit, aber die ganze Zeit über waren sie ja auch schon ohne Sicht unterwegs gewesen. Die Scheinwerfer ließen nur starkes Schneegestöber erkennen.

„Bald müssten wir an der Abzweigung sein, an der ihr die Absperrung übersehen haben müsst", äußerte kurz darauf Sepp, der sich die ganze Zeit in Schweigen gehüllt hatte. Keine Äußerung, nicht einmal ein Fluch waren ihm über die Lippen gekommen. Kein Wunder, die Fahrt forderte seine volle Konzentration und grenzte an Schwerarbeit. Dicke Schweißperlen bedeckten seine Stirn.

„Schaut, das sind die Absperrgitter gewesen", rief plötzlich Torsten und zeigte auf die Seite. Draußen ragte das Stück eines Gitters mit dem Teil eines Schildes aus dem tiefen Schnee direkt neben dem Fahrzeug. Einige abgerissene Fetzen eines roten Absperrbandes flatterten im Wind. Der Sturm musste alles umgeworfen und durch die Luft gewirbelt haben, und der Schnee hatte es weitgehend zugedeckt. Kein Wunder, dass sie es übersehen hatten.

„Das war von der anderen Seite wirklich nicht auszumachen, als wir von oben herunter kamen", meinte Robbi und Sepp nickte zustimmend.

„So, das Schlimmste haben wir sicher hinter uns. Von nun an geht's nur noch bergab", meldete Sepp mit einem Seufzer der Erleichterung. Er hielt an und machte den Motor zunächst einmal aus, damit er etwas abkühlen konnte.

„Wir sind jetzt auf der Talabfahrt. Ich muss euch allerdings warnen, die ist sehr steil. Aber ich nehme stark an, ihr wollt nicht mit euren Skiern weiterfahren?", fragte er in die Runde.

„Um Gottes willen nein, bitte fahre uns direkt zum Hotel. Sobald ich ein Netz auf mein Smartphone bekomme, werde ich unser Abendessen und eine Flasche Champagner vorbestellen. Du bist selbstverständlich dazu eingeladen. Wer weiß, wie es uns ohne dich ergangen wäre. Du hast uns gerettet." Jana klopfte ihm dabei anerkennend fest auf die Schulter, die anderen nickten zustimmend.

„Was sollte ich denn sonst mit euch tun, mir blieb ja keine andere Wahl. Es ist außerdem ganz gut, dass die Schneekatze wieder einmal in Betrieb genommen wurde. Vielleicht ist sie in Zukunft doch noch für irgendetwas zu gebrauchen."

„Du kannst ja einen Pistentaxidienst betreiben, so wie jetzt mit uns", meinte Torsten scherzhaft.

Sepp lachte herzhaft, bevor er ernst antwortete.

„Das hätte gerade noch gefehlt. Unsere schöne Natur durchpflügen und die Luft verschmutzen, damit jeder Dickarsch leicht die Möglichkeit hätte, die Berge ohne den kleinsten Schweißtropfen zu erklimmen. Wo würde das denn hinführen? Eine Genehmigung würde es dafür nicht geben, und das finde ich auch gut so. Durch die Abfahrten und die Liftanlagen wird schon genug zerstört."

Alle tranken zunächst einen Schluck und holten die in der Hütte mitgenommenen Schokoriegel aus ihren Taschen. In der Not ist der Mensch mit allem zufrieden. Mark, Torsten und Robbi stiegen trotz des schlechten Wetters aus, um endlich mal wieder eine Zigarette zu rauchen.

„Ich leide schon an Entzugserscheinungen, aber in der Raupe zu rauchen, wollte ich niemanden zumuten", meinte Torsten. In mehreren Anläufen war es ihnen endlich gelungen, ihre Glimmstengel anzuzünden. Gierig zogen die drei den Rauch in die Lungen. Die klirrende Kälte, die sie draußen wieder umgab, sorgte dafür, dass sie so schnell rauchten wie nie zuvor. Eilig stiegen sie wieder ein und schauten in die entspannten Gesichter der anderen. Sichtlich erlöst wirkten sie alle. Eine sehr große Anspannung war von ihnen gefallen, der schwierigste Abschnitt dürfte jetzt überwunden sein. Falls sie zügig fahren könnten, wären sie in etwa einer Stunde im Tal.

Sepp startete den Motor wieder. Als wäre es selbstverständlich, dass er auf Anhieb ansprang, ließ niemand einen Kommentar dazu vernehmen.

Auf der Skipiste ging es zunächst schnell voran. An beiden Seiten säumten auf diesem ersten Stück dichte Wälder die Piste. Immer flache Bereiche suchend und alle Kuppen umfahrend, rutschte das Gefährt abwärts. Manchmal mussten die Ketten mehr bremsen als antreiben. Die starke Neigung und der Wind, den sie jetzt im Rücken hatten, schoben das schwere Vehikel weiter vorwärts. Überanstrengt von den Belastungen der vielen vergangenen Stunden, herrschte weitgehend Schweigen in der Kabine. Das heulende Geräusch des schwer arbeitenden Motors hätte sowieso bei einem Gespräch übertönt werden müssen. Bleierne Müdigkeit hatte sie übermannt.

„Jetzt kommen zwei sehr steile Stücke. Falls ihr sie noch nicht kennt, das ist eine schwarze Abfahrt, auf der auch Weltcuprennen ausgetragen werden. Es ist die anspruchsvollste in der ganzen Region. Vor großen Rennen wird sie manchmal zusätzlich gewässert, damit sie vereist. Um internationalen Anforderungen zu genügen, muss das wohl so sein. Hier zu fahren ist eine Herausforderung und nur guten Skifahrern zu empfehlen. Stützt euch besser alle gut ab, der Neigungswinkel wird euch stark nach vorne drücken", ließ Sepp verlauten. Nach dem was sie schon erlebt hatten, ängstigte diese Aufforderung aber niemand mehr. Sie hatten alle Vertrauen in ihren Chauffeur.

Die Raupe schnaubte jetzt im niedrigsten Gang. Mit dem Spiel der Kupplung wechselte Sepp, stets angepasst an die Verhältnisse, zwischen bremsen mittels Motor und dahingleiten lassen. Ab und zu brach das Gefährt seitlich aus und rutschte ohne Kontrolle den Hang hinab. Er konnte es jedoch immer wieder gerade noch abfangen, bevor es sich um die eigene Achse drehen konnte. Die Knie fest an die Lehnen der Sitze davor gepresst, folgten die Körper der Insassen den Bewegungen des Pistenfahrzeugs. Einige blaue Flecken durch ständiges Anstoßen würden sie bestimmt als Erinnerung an diese Fahrt mitbekommen.

Die beiden Paare hielten sich mittlerweile fast ständig fest an den Händen. Janas Fingernägel krallten sich in Marks Finger und Arme, wenn sie gerade wieder einmal seitlich abdrifteten oder zu wild rutschten.

Am Ende des ersten Steilhanges war eine kurze, flache Ebene, die für eine Verschnaufpause sorgte, aber schnell durchfahren war.

„So, das war der Vorgeschmack, das nächste Stück wird noch steiler. Es ist aber etwas kürzer", brüllte Sepp laut in die Kabine.

Kaum hatte er es ausgesprochen, wurden sie in atemberaubendem Tempo den Hang hinab geschoben. Die Raupe folgte nur der Schwerkraft. Das ständige Gegenlenken, um in gewünschter Richtung zu bleiben, trieb dicke Schweißperlen auf die Stirn von Sepp. Er hatte alle Hände voll zu tun.

Robbi und Micha, die beide rasante Abfahrten gewohnt waren, nahmen es noch gelassen. Allen übrigen entwichen ständig ängstliche Laute.

„Ich wusste gar nicht, dass man auf Schnee auch surfen kann", versuchte Robbi zu scherzen und die Gruppe etwas aufzuheitern. Sofort fiel ihm

Michas Fahrt auf der Schneewehe am Vormittag wieder ein und er bereute seinen Ausrutscher.

Der Humor hatte aber alle seine Weggefährten offensichtlich verlassen. Niemand reagierte darauf. Sie sehnten sich nur noch nach einem guten Ende dieses bisher so unglücklich verlaufenen Tages. Zu viel Ungemach und Pech hatten sie alle heute schon ertragen müssen.

„Wie ist es überhaupt möglich, diese Pisten bei dem starken Neigungswinkel zu präparieren?", wollte Micha von Sepp wissen.

„Die Pistenraupen ziehen sich an Stahlseilen mit einer Winde nach oben. Dafür gibt es an den Seiten feste Verankerungen zur Befestigung. Ohne diese Unterstützung würden sie den ganzen Berg hinab rutschen. Es wäre sonst auch viel zu gefährlich für die Fahrer. Natürlich geht das nur bei gesperrten Abfahrten am Abend oder in der Nacht."

Eine scharfe Kurve am Ende des Hanges wurde als nächstes zur Herausforderung. Die Piste war an dieser Stelle sehr schmal, es gab wenig Spielraum. Mit hoher Geschwindigkeit rauschte die Raupe um die Ecke. Sie neigte sich sehr stark und drohte über den Pistenrand hinaus abzudriften und umzustürzen. Sepp gab Vollgas und steuerte hartnäckig dagegen.

„Da hat nur die Flucht nach vorne geholfen", ließ er verlauten, als das heil überstanden war. Alle entspannten sich wieder etwas und lösten sich aus der Angststarre und der Verkrampfung.

Hinter der Kurve war das Gelände etwas überschaubarer. Eine schmale Piste, an beiden Seiten abgeschirmt von Bäumen, bot ein wenig Schutz vor Sturm und Schneetreiben. Sie war nicht mehr ganz so steil und schlängelte sich nur in recht harmlosen Windungen den Berg hinunter.

Im guten Glauben, endlich etwas geschützter zu sein vor dem Unwetter, lehnten sich alle beruhigt zurück. Dem heulenden Dröhnen, das auf einmal zusätzlich zu dem lauten Motorgeräusch zu hören war, schenkten sie zunächst keine Beachtung. Das Rauschen in den Ohren schwoll aber zunehmend weiter an und wurde intensiver. Plötzlich drohte es den Kopf zu sprengen. Lautes Donnern drang in den Innenraum der Raupe. Die Atemluft schien zunehmend dünner zu werden.

Plötzlich waren sie von total dunkler Nacht umgeben. Haltlos trieben sie in das unbekannte Nichts vor ihnen. Die Scheinwerfer waren nicht mehr erkennbar. Hin und her geschleudert gab es keine Kontrolle mehr.

Laute Angstschreie übertönten alle anderen Geräusche. Das Fahrzeug war zu einem Spielball von unbekannten Elementen geworden. Stark schaukelnd schleuderte es von rechts nach links und zurück. Harte Schläge deuteten mehrmals darauf hin, dass sie an Hindernisse gestoßen sein mussten. Eine ungeheure Kraft trieb sie den Berg hinunter. Wie von einer Geisterhand wurden sie weiter geschoben. Bei jedem Schub versuchte Sepp dagegen zu steuern. So sehr er rotierte, er hatte keine Gewalt über das Gefährt. Bei zunehmender Geschwindigkeit wurden sie herum geworfen, wie in einem Flugzeug bei sehr starken Turbulenzen.

Manches Mal erreichten sie einen Neigungswinkel kurz vor dem Umkippen. Längst hatten sie sich ziemlich viele Körperteile schmerzhaft angestoßen. Alles ging so schnell, dass sie nicht mehr in der Lage waren, sich ausreichend abzustützen. Nach allen Seiten und vor und zurück wurden sie durch die Kabine und gegen die Mitinsassen gewirbelt. Zwischendurch schien die Schneekatze ohne jede Bodenhaftung frei durch die Luft zu fliegen. Der Magen hob sich dadurch unangenehm, wie bei einem Fall in die Tiefe. Plötzlich schlugen sie hart auf. Wie bei der Landung nach einem Sprung aus großer Höhe. Dass sie sich nicht auch noch seitlich überschlugen, lag bestimmt an dem starken Druck, dem sie von hinten ausgesetzt waren.

Das ist wohl das Ende, dachten die meisten.

Jana entsann sich ihrer religiösen Gesinnung. Streng katholisch war sie erzogen worden. Wann war sie eigentlich das letzte Mal in einer Kirche? Zur Beichte war sie jedenfalls in den letzten Jahren nicht gegangen. Mark gehörte keiner Konfession an, sicher hatte sie das davon abgehalten. Würden jetzt ihre Stoßgebete trotzdem erhört werden? Ich habe mir doch nichts zuschulden kommen lassen, wodurch ich dieses Schicksal verdient hätte.

Mark hatte seine Gedanken bei Jana. Warum habe ich sie vor diesem Unglück nicht bewahren können. Immer habe ich bisher sorgfältig auf sie aufgepasst. Dieses zerbrechliche Wesen konnte sich stets auf ihn verlassen. Nun hatte er das erste Mal total versagt. Ohne ihn hätte sie sich nie auf die Berge gewagt. Früher war sie nur in behüteten

Bereichen unterwegs. Wanderungen im Flachland waren schon ein großes Abenteuer gewesen für sie. Seinen Wünschen hatte sie sich aus Zuneigung gebeugt. Er hatte stets daran gearbeitet, dass sie ihre Erlebnisse teilen konnten und sie zum Sport und zu vielen Unternehmungen überredet. Nun plagten ihn deshalb Schuldgefühle.

Auch Ulla fragte sich, ob dies nun das Ende sein sollte, und ließ ihr Leben vor ihrem geistigen Auge ablaufen. Was hatte sie zu verlieren, außer ihrem Leben? Gerade in letzter Zeit haderte sie mit allem. Alleine lebend, ohne Anhang und feste Freunde, ‚siechte' sie dahin. Den wenigen Unternehmungen, wie jetzt dem Skiurlaub mit Torsten, fieberte sie wochenlang entgegen und danach zehrte sie lange Zeit davon. Mit 44 Jahren hatte sie die Hoffnung auf eine Familie endgültig begraben. Ehemann und Kinder gab es wohl nicht mehr für sie. Der Zug war abgefahren. Sie würde wohl alleine als alte Jungfer enden.

Torsten starrte völlig geistesabwesend ins Leere. Mutlos ergab er sich dem Schicksal, ohne an etwas Bestimmtes zu denken. Ändern konnte er es nicht.

Nur Robbi und Micha schienen noch ein wenig Hoffnung zu haben. Wahrscheinlich, weil sie schon sehr viele gefährliche Situationen erlebt und immer wieder gut überstanden hatten.

„Das ist eine Lawine", waren die letzten Worte, die sie von Sepp lautstark vernahmen, als das Fahrzeug sich mehrmals schnell um die eigene Achse drehte, bevor es mit einem ungeheuren Schlag anschlug und stehen blieb.

Auf das Dach prallten schwer einzuordnende Brocken. Gleichzeitig knallte irgendetwas durch die Windschutzscheibe, die berstend zersplitterte.

Die Schneekatze stand nun vollkommen still. Der Motor war mittlerweile abgestorben.

Völlig undurchdringliche Dunkelheit umgab sie. Eine Totenstille hatte die markerschütternden lauten Schreckensschreie abgelöst, die ihre letzten Minuten bei der unkontrollierten Schleuderfahrt begleitet hatten. Eine dicke eisige Masse hatte sich über sie gelegt. Das Rauschen, der nun weiter nach unten in das Tal rollenden Lawine, drang nicht mehr bis zu ihnen durch.

Ein metallener Sarg, rundherum eingegraben in Schnee, Eis und Geröll umschloss sie.

KAPITEL 7

Lisa, die Ehefrau von Robbi, und Martina, die Lebensgefährtin von Micha, mit der er schon seit mehr als sechs Jahren zusammenlebte, ließen den Tag ganz gemütlich angehen. Nach dem Frühstück genehmigten sie sich zuerst einen Prosecco an der Hotelbar und sahen dabei dem munteren Treiben der Gäste zu. Über manche von ihnen, die nicht gerade den sportlichsten Eindruck hinterließen, lästerten sie abfällig und hatten ihren Spaß daran.

Männer, die kugelrunde Wohlstandsbäuche in enge Anzüge gequetscht vor sich trugen, hatten sie dabei ganz besonders im Visier.

„Ich frage mich immer, wie die ihre Schuhe zu machen können, bei der Spiegeleierfigur kommen die doch nicht mehr nach unten", meinte Martina.

„Wo hast du den Ausdruck denn aufgegabelt und was hat er zu bedeuten."

„Die können manche Körperteile der unteren Peripherie nur noch im Spiegel sehen."

Einige andere Männer versuchten beim Anblick der beiden attraktiven Frauen eine besonders gute Figur zu machen. Mit krampfhaft eingezogenem Bauch und gerader Schulter, stolzierten sie aufrecht und effekthaschend an ihnen vorbei durch die Halle zur Eingangstür. Martina, angeheitert vom Prosecco, meinte schmunzelnd dazu:

„Mich wundert es immer, dass die vor lauter Kraft überhaupt noch laufen können."

Manchmal lachten sie so laut schallend über ihre Späße, dass sie die Aufmerksamkeit auf sich zogen. Die offensichtlich allein reisenden Männer, die von der Heiterkeit der zwei Frauen angezogen wurden und mit ihnen anbandeln wollten, blitzten aber gnadenlos ab.

Danach hatten beide im Kosmetikstudio und bei einem Masseur Termine reserviert. Einige Bahnen im Schwimmbad und zwei Saunagänge sollten die Wellnessrunde abschließen. Beide, sonst ganztägig berufstätig und mit üblichen Hausfrauenarbeiten zusätzlich belastet, wollten in ihrem Urlaub in aller Ruhe etwas für Körper und Seele tun. Dafür fehlte ihnen sonst immer die Zeit. Eigentlich waren sie ganz froh, für diesen Tag die Männer einmal los zu sein. Sollten diese ruhig alleine ihrem Sport frönen. Deren Bergtouren mit den hohen Anforderungen wollten sie sich nicht antun. Das Tempo der Männer mitzuhalten, fiel ihnen sowieso immer schwer. Im Hotel war es viel gemütlicher, besonders bei der ungünstigen Wettervorhersage. Das Angebot an Wellness-Möglichkeiten war so umfangreich, damit könnten sie sogar leicht einige Tage füllen.

Es war bereits Nachmittag, als sie einen kleinen Imbiss im Hotelrestaurant einnahmen und ihre nächsten Aktivitäten planten. Nach der Massage, einigen Schwimmrunden im Hallenbad und zwei Saunagängen mit ausreichend Pausen dazwischen, fühlten sie sich entspannt und gewappnet für neue Unternehmungen. Bei einem Espresso überlegten sie, was sie jetzt noch unternehmen könnten.

„Robbi hat mir ein Selfi vom Gipfel geschickt. Sie sind schnell oben angekommen. Die beiden dürften bald wieder unten sein", teilte Lisa mit.

„Dabei habe ich gar keine Sehnsucht nach ihm. Ich bin froh, wenn ich ihn so schnell nicht sehe, der kann mir ruhig einige Zeit gestohlen bleiben." Schlagartig war ihre heitere Stimmung verflogen.

Martina schaute sie überrascht und fragend an. Sie spürte, dass die Freundin auf einmal betrübt und niedergeschlagen war. Woher kam dieser plötzliche Stimmungswandel? Eben noch war sie heiter, und jetzt in sich gekehrt und verschlossen. Hatte sie versucht ihre Probleme zu verdrängen, und mit übertriebener Fröhlichkeit zu überspielen?

„Warum das denn? Was ist mit euch beiden los? Wir haben uns gestern schon gewundert, wie kühl ihr miteinander umgeht. Besonders du hast Robbi so abweisend behandelt. Das sind wir von euch gar nicht gewohnt. Ihr seid bisher doch immer das Traumpaar schlechthin gewesen. Ein Vorbild für uns und alle unsere Freunde. Noch nie hat man Spannungen oder Streit bei euch gespürt. Alles schien immer harmonisch zu sein. Habt ihr etwa eine ernste Beziehungskrise?"

Lisa schaute deprimiert ins Leere und machte keine Anstalten sofort zu antworten.

„Du musst nicht darüber reden wenn du nicht willst, aber falls du einmal jemanden brauchst, um dich auszusprechen, bin ich jederzeit für dich da. Das weißt du ja hoffentlich. Wozu sind denn Freundinnen sonst da. Meistens tut es gut, wenn man sich die Probleme von der Seele reden kann. Dass ich alles für mich behalten kann, weißt du ja hoffentlich. Kein Wort wird gegenüber anderen über meine Lippen kommen."

Martina nahm sie dabei freundschaftlich in den Arm. Sie spürte, dass Lisa tröstlichen Zuspruch dringend brauchte und den Tränen nahe war.

Nach schweigsamen Minuten antwortete sie dann zögerlich und leise, wobei Martina merkte, dass es ihr ungeheuer schwer fiel.

„Robbi hat eine Geliebte. Angeblich war es nur ein One-Night-Stand, das behauptet er jedenfalls. Seiner Treue bin ich mir deshalb nicht mehr sicher. Zweifel plagen mich Tag und Nacht. Sie rauben mir den Schlaf. Ich weiß nicht, ob ich ihm glauben kann. Auf einem Fest in seiner Firma habe ich ihn schon einmal mit dieser Frau in einer sehr verfänglichen Situation angetroffen. Er behauptete damals, dass ich keinerlei Grund zur Eifersucht hätte. Es wäre ja nur eine rein geschäftliche Unterhaltung gewesen. Legt man denn bei solchen Gesprächen freundschaftlich den Arm um die Schultern des Gesprächspartners? Jetzt hat er mit ihr zusammen drei Tage auf einem Kongress im Ausland verbracht. Ich schließe nicht aus, dass er schon lange ein Verhältnis mit ihr hatte. Ich war anscheinend naiv, ihm immer zu vertrauen. Wie konnte er mich nur so gemein hintergehen? Gerade jetzt, wo wir uns beruflich und finanziell gefestigt haben. Seit einigen Wochen bemühen wir uns jetzt endlich intensiv um Nachwuchs."

„Demnach kennst du sie ja sogar. Bist du dir denn ganz sicher, dass es nicht nur eine berufliche Verbindung ist? Woher weißt du das überhaupt? Er hat es doch bestimmt nicht ohne Not erzählt oder von sich aus gebeichtet."

„Nein, das sicher nicht. Nur durch einen Zufall bin ich überhaupt dahinter gekommen. Er hatte in seinem Hotel einen Anzug vergessen. Bei seinen Papieren habe ich die Adresse gefunden und mich danach erkundigt. Man sagte mir, seine Frau, die erst nach ihm abgereist wäre, hätte ihn eingepackt und mitgenommen. Dass ich seine Frau bin, habe ich natürlich verschwiegen. Man nahm wohl an, dass ich aus seinem Büro anrufe. Am Abend habe ich ihn zur Rede gestellt. Genau genommen, habe ich ihm zuerst eine Vase an den Kopf geschmissen. Unter Tränen hat er gebeichtet und mir versichert, dass es nur ein einmaliger Fehltritt gewesen wäre und absolut nichts zu bedeuten hätte. Angeblich hat sie ihn verführt, er konnte nicht widerstehen. Es ist eine Kollegin aus einer anderen Abteilung in seiner Firma. Sie sieht verdammt gut aus und hat auch eine makellose Figur, soweit ich es beurteilen konnte. Er hat mir jetzt angeboten, sich umgehend versetzen zu lassen, damit er nicht mehr in ihrer Nähe ist. Aber was heißt das schon? Wer sagt mir, dass sie sich nicht auf Geschäftsreisen verabreden und wiedersehen. Er ist ja sehr häufig beruflich unterwegs. Wie kann ich ihm glauben oder ihn kontrollieren, wenn ich ihm nicht mehr vertrauen kann? Diese Unsicherheit macht mich ganz krank."

Martina hatte erstaunt zugehört und versucht sich in ihre Lage zu versetzen.

„Das ist schon eine harte Nummer, die hätte ich ihm, ehrlich gesagt, gar nicht zugetraut. Er ist doch immer so zuvorkommend. Was willst du jetzt tun, möchtest du ihn deshalb verlassen?"

„Es kommt noch schlimmer. In aller Offenheit hat er mir dann erzählt, wie zugänglich sie war und wie sie ihn angemacht hat. Anschmiegsam und so freizügig, wie er es von mir nicht kennen würde. Gegen sie käme ich ihm verklemmt vor. Niemals würde ich versuchen, ihn mit meinen weiblichen Attributen aus der Reserve zu locken. Das hat mich noch schlimmer getroffen, als sein Fehltritt selbst. Wir haben beide einen harten Job, nicht nur er alleine. Das weißt du ja. Wenn ich nach Hause komme bin ich ziemlich geschafft, da steht mir nicht unbedingt der Kopf nach Sex und Zärtlichkeit. Ich muss dann noch Einkaufen, das Abendessen machen, Waschen und Putzen. Er hilft mir zwar ein wenig, aber viel Zeit für romantische Gefühle bleibt uns dann kaum übrig. Außerdem bin ich streng katholisch erzogen und kann nicht so freizügig aus meiner Haut. Bei seiner starken Triebhaftigkeit und seinen sexuellen Ansprüchen, hätte er wohl am besten eine Nutte geheiratet. Ich weiß im Moment noch nicht genau was ich tun soll. Da dieser Urlaub schon sehr lange geplant war und bezahlt ist, hoffen wir, in dieser Zeit eine Lösung zu finden.“

Die Tränen, die ihr über die Wangen kullerten, zeigten wie nahe ihr diese Beichte ging.

Martina versuchte sie zu trösten, schmiegte sie fest an sich und trocknete ihr die Tränen. Noch vor kurzer Zeit waren sie beide so ausgelassen und fröhlich, und jetzt die abrupte Wende. Sicher hatte Lisa nur versucht, durch die ausgelassenen Späße von ihren Sorgen loszukommen.

„Ein klein wenig kann ich das nachvollziehen. Bei uns ist es glücklicherweise nicht so riskant. Micha hat auch Ansprüche, die ich nicht erfüllen kann oder will. Im Rahmen meiner Möglichkeiten versuche ich, dem gerecht zu werden. Er ist auch seltener alleine unterwegs, da kommen weniger Versuchungen auf. Wir sind nicht ganz so stark eingespannt wie ihr, und können uns deshalb mehr Zeit für uns nehmen. Du musst entscheiden, wie sehr du Robbi liebst, und ob du wieder Vertrauen in ihn haben kannst. Lasse es am besten eine Weile reifen, dann wirst du hoffentlich die richtige Entscheidung finden. Ihr habt ja beide hier einige Tage Zeit und Ruhe wieder zueinander zu finden. Sicher ist er bemüht, seinen Fehler wieder gut zu machen. Er hat doch gestern ständig versucht dir den Hof zu machen. Das war nicht zu übersehen. Jeder hat ja auch eine zweite Chance verdient, heißt es immer. Wir würden es jedenfalls sehr schade finden, wenn ihr euch trennt. So gut wie mit euch beiden, verstehen wir uns mit sonst niemandem. Solche Freunde sind dünn gesät, die findet man nicht so leicht."

Eine Weile schwiegen beide nachdenklich.

Lisa blieb bedrückt und Martina überlegte wie sie ihre Freundin ablenken und aufheitern könnte. „Lass uns ein bisschen shoppen gehen, damit du auf andere Gedanken kommst", schlug sie vor, und stand entschlossen auf, um Lisa anzutreiben.

Gemächlich verließen sie das Hotel und sofort erschraken sie über das ungemütliche Wetter. Das hatten sie drinnen gar nicht mitbekommen.

„Mein Gott, hoffentlich sind unsere Männer nicht im freien Gelände von diesem Schneesturm erwischt worden. Auf ihrer geplanten Tour sind sie doch vollkommen alleine, ohne irgendeine Hütte oder einen Unterschlupf", sorgte sich Lisa, die vor kurzer Zeit ihren Robbi verflucht hatte und eigentlich so schnell nicht wiedersehen wollte.

„Wie ich die beiden einschätze, sitzen die längst gemütlich in einer Kneipe und warten auf besseres Wetter. Wahrscheinlich sind sie noch rechtzeitig durchgekommen und verschont geblieben. Es sind ja einige Stunden vergangen seit ihrer Nachricht", entgegnete Martina äußerst gelassen. Erleichtert hatte sie Lisas Sorge um Robbi registriert. Es schien also Hoffnung zu geben für die Beziehung der beiden, schloss sie daraus.

Sie flüchteten schnell vor dem Schneesturm in eine Passage. Zwei Boutiquen, ein Sportgeschäft und ein großes Schuhgeschäft, die sie nacheinander aufsuchten, hatten sie sehr bald durchforstet. Außer einigen Accessoires fanden sie jedoch nichts, was sie begeistern konnte. Das war bei ihnen sehr ungewöhnlich. Wie die meisten Frauen, waren sie neuen Schuhen nie abgeneigt, obwohl sie beide ihre Schränke ausreichend voll davon hatten. An der Auswahl konnte es nicht liegen, die entsprach durchaus internationalem Niveau. Die Preise waren dementsprechend, das störte sie sonst aber nie. Ihnen stand wohl nicht der Kopf danach. Das vorher geführte Gespräch wirkte noch auf sie. Schnell kämpften sie sich durch das stärker gewordene Schneegestöber zum Hotel zurück.

Als erstes schauten sie, ob Robbi und Micha von ihrer Tour inzwischen zurückgekehrt waren. Das war aber nicht der Fall, was Martina umgehend dazu veranlasste, Micha anzuwählen. Sie bekam aber keine Verbindung. Anscheinend waren sie in einem Funkloch. Auf Nachfrage an der Rezeption erfuhren sie, dass die Liftanlagen wegen starkem Sturme bereits seit einiger Zeit still standen. Dass die Telefonverbindung nicht funktionierte, sei im Gebirge auch nicht außergewöhnlich.

„Selbst bei schönem Wetter haben wir hier in vielen Regionen Funklöcher und bekommen kein Netz", erläuterte der Hotelportier beruhigend.

Die beiden Frauen begaben sich auf ihr Zimmer, um noch etwa auszuruhen und die Rückkehr der Männer abzuwarten. Ruhelos lagen sie auf ihren Betten. Weder ein Buch, noch das gerade laufende Fernsehprogramm konnten sie ablenken.

Ein donnerndes Getöse schreckte Lisa plötzlich aus einem leichten Dämmerschlaf auf. Einordnen konnte sie es überhaupt nicht. Ein Blick aus dem Fenster verschaffte ihr auch keine Klarheit über die Ursache. Genauso plötzlich wie es gekommen war, verstummte es auch wieder. Völlig schlaftrunken und total verunsichert, musste sie nachdenken, wo sie sich befand und welche Tageszeit es war. Robbi war noch nicht im Zimmer, seine Ausrüstung und Kleidung war nicht zu sehen. Erschrocken rannte sie zum Nachbarzimmer. Auf ihr wildes klopfen wurde ihr sofort die Tür geöffnet. Kreidebleich stand Martina vor ihr. Sie hatte ihre sonst übliche Gelassenheit abgelegt und war sehr aufgeregt.

„Ich glaube, da ist gerade eine Lawine herunter gekommen. Dieses Geräusch habe ich schon einmal gehört, zum Glück aber damals weiter weg. Hoffentlich sind Micha und Robbi in Sicherheit." Zitternd klammerte sie sich bei diesem erregten Ausruf an Lisa.

Kaum hatte sie ausgesprochen, heulten schrill die Alarm-Sirenen im ganzen Dorf.

Hastig stürmten beide die Treppen hinunter zur Rezeption. Großer Tumult herrschte in der Halle. Die gerade im Haus verweilenden Personen hatten sich fast alle bereits eingefunden. Wild redeten sie durcheinander und spekulierten was geschehen sein könnte. Der Concierge telefonierte aufgeregt, während das Personal die Gäste zur Ruhe nötigte. Als er aufgelegt hatte, warteten alle gespannt auf eine aufklärende Information.

„Bitte bleiben sie ruhig. Am Nordhang ist eine Lawine heruntergekommen. Sie hat einige Häuser getroffen. Helfer sind unterwegs oder bereits vor Ort. Man vermutet einige Verschüttete. Mehr weiß man im Moment nicht, wir werden aber ständig auf dem Laufenden gehalten. Ich werde es ihnen sagen, wenn man näheres weiß. Alle, die helfen können und wollen, werden gebeten sich am Marktplatz einzufinden. Von außerhalb haben wir vorerst noch keine Hilfe zu erwarten. Der Pass und die Straßen sind teilweise vollständig verschüttet und nicht passierbar."

Kaum hatte er ausgeredet, bestürmten ihn gleich einige Gäste mit ihren Fragen, die er aber unbeantwortet lassen musste.

Bis auf die älteren Urlauber, die wahrscheinlich gesundheitlich nicht dazu in der Lage waren, machten sich die übrigen Gäste zügig auf den Weg zum nahen Ortszentrum. Nicht ohne sich vorher entsprechend wetterfest auszurüsten. Allein der Gedanke, bei dem Unwetter das Haus verlassen zu müssen, war schon schaurig genug. Sie konnten sich sicher Angenehmeres vorstellen. Jedoch die Erkenntnis, wie leicht man zum Opfer werden könnte, trieb sie an. Falls sie nicht helfen könnten, wollten sie wenigstens so nah wie irgend möglich am Geschehen sein. Mit Grauen dachten sie daran, was sie an der Unglücksstelle erwarten würde.

Auch Lisa und Martina zogen unverzüglich los. Sie wurden von der Angst getrieben, ihre Männer könnten unter den Opfern sein. Aus allen Häusern rundum strömten weitere Menschen ins Zentrum.

Am Sammelplatz wurden sie von Mitgliedern der örtlichen Feuerwehr und der Bergwacht in Gruppen eingeteilt und an verschiedene Seiten der Unglücksstelle geführt. Einheimische hatten schon brauchbare Werkzeuge herbeigeschafft. Noch war das Ausmaß der Schäden nicht zu überblicken. Das Schneetreiben behinderte die Sicht. Von allen Seiten räumten Helfer bereits Geröll, Schnee und Balken zur Seite, um Zugang zu den Häusern zu schaffen, die von Schneemassen begraben waren. Die Bergwacht suchte mit Sonden und Rettungshunden an exponierten Stellen nach Verschütteten.

Zunächst war alles sehr unübersichtlich, jeder schaufelte und räumte wild drauflos. Erst als ein paar Bauern mit Schneeschiebern und Schaufeln an ihren Traktoren ankamen, bekam das ganze System und konnte besser koordiniert werden.

Zwischendurch waren immer mal wieder Rufe zu hören, die auf Erfolg bei der Suche schließen ließen. Ob es Mensch oder Tier war, ob tot oder lebendig, würde sich erst nach dem Ausgraben herausstellen. Fieberhaft wurde gearbeitet, die Zeit drängte. Unter Eis und Schnee begraben sind Überlebenschancen bekanntlich zeitlich begrenzt.

Nach einiger Zeit wurden Lisa und Martina, zusammen mit vielen anderen helfenden Frauen, von den Organisatoren aus dem Verkehr gezogen. Zu viele Menschen erschwerten den Überblick und behinderten sich gegenseitig, auch die neugierigen Kinder und die Schaulustigen wurden vertrieben.

„Vielen Dank für die Hilfe. Ihr habt jetzt genug getan und wir haben noch genügend Leute. Geht am besten ins Hotel zurück und ruht euch aus", meinte der Feuerwehrmann, der sie behutsam aber bestimmt vom Einsatzort weg schob.

Als wollten sie die eigenen Männer ausgraben, hatten sich beide bis zum Letzten verausgabt. Schwer waren alle ihre Gliedmaßen und unter den dicken Skianzügen rann der Schweiß. Körperlich anstrengende Arbeiten waren sie nicht gewohnt. Sie machten sich auf den Weg zu ihrem Hotel, in der Hoffnung, ihre Männer jetzt dort vorzufinden.

Unterwegs kamen sie am Marktplatz vorbei. Dort hatte man ein provisorisches Krisenzentrum eingerichtet. Die Polizisten und Gemeindebeamten notierten alle Einzelheiten, die zusammengetragen wurden. Die Lage war überschaubarer geworden.

„Wir haben leider Tote und einige Verletzte zu beklagen. Touristen sind bis jetzt nicht dabei. Die Skischulen und fast alle Skifahrer und das Personal der Liftanlagen waren unten, als die Lawine kam. Es gibt Vermisste, die noch nicht in ihre Quartiere zurückgekehrt sind. Bei diesem Durcheinander ist das kein Wunder. Es wird sich aber sicherlich bald klären lassen. Alle Hotels und Pensionen melden uns ständig weitere Rückkehrer", teilte man den beiden Frauen auf ihre besorgten Fragen mit.

„Gehen sie in ihr Hotel, das Personal hält uns fortwährend auf dem aktuellen Stand. Machen sie sich keine Sorgen, ihre Männer werden bestimmt noch auftauchen. Bis wir alle erfasst haben wird noch eine ganze Weile dauern, viele suchen sich gegenseitig im Dorf."

Sofort eilten sie zurück. Sie nahmen an, dass Robbi und Micha mittlerweile eingetroffen waren, falls sie nicht bei den vielen Helfern sein sollten. So wie sie liefen viele Urlauber durch die Straßen, auf der Suche nach Freunden oder Angehörigen. Bei allen zeichneten sich der Schrecken und panische Angst im Gesicht ab. Eine ungewohnte bedrückte Stimmung hatte sich über den gesamten, sonst so fröhlichen Urlaubsort gelegt.

Aus ihrem erhofften schönen Urlaub war ganz plötzlich ein Drama geworden. Ihr Mitgefühl mit den Betroffenen quälte sie. Das volle Ausmaß der Zerstörung hatte ihnen die starke Kraft der Natur deutlich vor Augen geführt. An diesem Ort hatten sie sich vorher absolut sicher gefühlt. Auch wenn im Schneesturm nicht viel zu sehen war, hatten sie jetzt hautnah einen Eindruck davon bekommen, welchen Risiken man in den Bergen ausgesetzt ist. Zuhause hörte man schon in jedem Winter einige Meldungen von Lawinenabgängen mit einigen Opfern und großen Zerstörungen. Das war immer weit entfernt und berührte sie deshalb weniger. Nun waren sie auf einmal mittendrin und sahen es aus nächster Nähe.

KAPITEL 8

Stockfinster und totenstill war es in der Raupe. Lange Zeit war kein Laut zu vernehmen. Auch von außen drang kein Geräusch mehr in das Gefährt. Lebendig begraben schienen die Insassen zu sein.

Erst nach vielen Minuten mischte sich leises Wimmern mit einem Stöhnen, wie man es nur von schmerzhaft schwer verletzten Menschen kennt.

Mark war der erste, der nach kurzem räuspern zum Reden in der Lage schien. Besorgt fragte er:

„Lebt ihr noch, ist jemand von euch verletzt?" Seine Hände tasteten die neben ihm sitzende Jana ab. Ihr Zittern und das tränenüberströmte Gesicht, das er fühlen konnte, signalisierten ihm Leben. Unter leisem Schluchzen wisperte sie:

„Mir tun alle Knochen weh und den Kopf habe ich mir ziemlich hart angeschlagen. Blut kann ich keins fühlen. Was war das denn, was ist mit uns passiert? Wie geht es dir und den anderen?"

„Bei mir ist offensichtlich alles in Ordnung. Ich nehme an, dass uns eine Lawine mitgerissen und irgendwohin geschleudert hat", kam von Mark zurück. Ihm schmerzten zwar auch alle Körperteile die er sich rundherum angestoßen hatte, aber er wollte Jana nicht damit beunruhigen. Sie hatte ein viel zu zartes Gemüt und sorgte sich immer mehr um ihn, als um sich selbst.

Auch Ulla, Torsten und Micha meldeten sich mit kleinen Blessuren, ohne größere Verletzungen. Durch den Schleuderkurs und das Anschlagen, hatten alle Kratzer und Prellungen abbekommen.

„Mich hat es übel erwischt", kam schwerfällig über die Lippen von Robbi, der den Beifahrersitz neben Sepp belegt hatte. Man hörte sofort heraus, dass er starke Schmerzen haben musste. Röchelnd und nur stoßweise war seine Antwort gekommen.

„Mein Kopf ist angeschlagen und blutet stark. Blut läuft mir in die Augen. Meine Beine lassen sich nicht mehr bewegen und das Armaturenbrett drückt mir auf den Brustkorb. Ich bin vollkommen eingeklemmt. Holt mich bitte schnellstens heraus, ich bekomme kaum noch Luft."

Ein hilfloser Schrecken lähmte ihnen zunächst die Bewegung, bevor sie sich sammeln konnten und endlich zur Hilfeleistung in der Lage waren. Micha versuchte Robbi etwas zu trösten.

„Beiß fest die Zähne zusammen und halte durch. Wir kriegen dich schon wieder raus. Ich verschaffe mir gleich einen Überblick."

In dem mit sieben Personen und der ganzen Ausrüstung vollgestopften und jetzt stockdunklen Fahrzeug schien diese Aufgabe kaum lösbar. Kreuz und quer hatte es Ski, Stöcke und Rucksäcke wild durcheinander gewirbelt. Mühevoll versuchten sie sich erst etwas Bewegungsspielraum zu verschaffen. Mark gelang es, seinen Schlüsselbund heraus zu kramen, an dem sich eine kleine LED-Lampe befand. Im spärlichen Licht verschafften sie sich einen ersten Eindruck von ihrer Lage.

Beim Anblick der Vordersitze stockte allen der Atem. Robbi hing blutüberströmt auf seinem Platz. Nur sein Kopf und die Schultern waren unter dem eingedrückten Dach der Kabine noch zu sehen.

Darunter war alles nur Schnee und Eis, vermischt mit Ästen und Laub, sowie den Splittern der Frontscheibe und Teilen des Armaturenbrettes. Der Schnee war rot getränkt mit seinem Blut. Sepp war vollständig unter Blech und Schnee verdeckt. Von ihm war kein Laut vernehmbar und keine Bewegung zu erkennen. Es sah alles andere als gut aus, sie befürchteten Schlimmes.

Sofort zwängte sich Micha hektisch zwischen die eng nebeneinander stehenden Vordersitze, um als erstes seinem Freund und Bergkameraden zu helfen. Schnee und Eis schob er mit den bloßen Händen in den freien Fußraum. Mit akrobatischen Verrenkungen versuchte er dann den Beifahrersitz weiter nach hinten zu bewegen. Mark und Torsten schoben die Frauen und die Rucksäcke in die Ecke, um etwas mehr Spielraum dafür zu schaffen. Jana leuchtete mit der kleinen Lampe. Ulla war kreidebleich und hatte einen apathischen Blick. Sie schien unter einem Schock zu stehen. Nur mit starker Kraftanwendung war sie zur Seite zu bewegen. Zu allem Überfluss musste sie sich noch übergeben. Dadurch wurde die ohnehin schlechte Luft jetzt mit dem säuerlichen Geruch von Erbrochenem geschwängert. Jana legte eine Decke darüber, die glücklicherweise auf der Rückbank gelegen hatte, um den Gestank wenigstens etwas abzumildern.

Mit Gewalt versuchten die Männer gemeinsam den Beifahrersitz weiter nach hinten zu ziehen. Bei jeder Bewegung und kleinen Berührung stöhnte Robbi leise vor sich hin. Trotzdem er seine Zähne zusammenbiss, entwichen ihm Schmerzenslaute.

Im faden Licht war es aber nicht zu vermeiden, dass er angerempelt wurde. Sie benötigten einige Versuche, bis endlich der Sitz nachgab und sich verschieben ließ. Jetzt war der Blick frei auf seine eingeklemmten Beine und den Brustkorb. Die neue Position verschaffte ihm mehr Luft, er konnte jetzt wieder etwas freier atmen.

Die nun mögliche differenziertere Begutachtung der Verletzung, zeigte eine klaffende Platzwunde am Kopf von Robbi. Die Schwarte spreizte sich auf einige Zentimeter quer über die Stirn. Dunkles Blut sickerte unablässig über sein Gesicht. Eine äußere Verletzung seines Brustkorbes war nicht sichtbar. Rippenbrüche konnte man aber nicht ausschließen. Diese waren sogar wahrscheinlich. Schlimmer noch war sein rechtes Bein betroffen. Ein Ast des Baumes, der das Dach des Gefährtes eingedrückt hatte und quer darüber lag, quetschte es fest an den Türrahmen. Während Micha verzweifelt versuchte ihn aus dieser Lage zu befreien, wühlten Mark und Torsten in allen Ablagen der Pistenraupe auf der Suche nach Verbandmaterial. Unter dem Fahrersitz fanden sie einen Erste-Hilfe-Kasten. Der Inhalt war nicht vertrauenserweckend. Für die erste Blutstillung und einen notdürftigen Verband reichte es aber aus.

Im Handschuhfach, an das sie jetzt auch herankamen, fand Torsten eine große Taschenlampe, die noch ein schwaches Licht abgab.

„Wenigstens ein bisschen besser, als die kleine LED-Lampe. Hoffentlich halten die Batterien noch eine Weile, wir könnten es dringend gebrauchen.

Ulla und Jana legten Robbi gemeinsam einen, zwar weniger kleidsamen, aber zweckmäßigen Kopfverband an. Die starke Blutung ließ sich damit stillen. Nun versuchten sie die Seitenscheiben zu öffnen. Hektisch kurbelten und drückten sie an den Türen. Kraftlos gaben sie es bald wieder auf, es war zwecklos. Tonnenschwere Schneemassen, mit Steinen, Ästen und Baumstämmen vermischt, hielten dagegen. Sie waren fest eingeschlossen.

Micha hatte indes mit einer im Verbandkasten gefundenen Schere die Skihose von Robbi am Bein zerschnitten und ihn so vom Ast befreien können. Es blieb dabei nicht aus, dass er Kraft aufwenden musste und Robbi weitere Schmerzen zufügte. Das Bein schien zum Glück nur gequetscht zu sein, ein Bruch war nicht zu ertasten.

Obwohl alle hektisch gearbeitet hatten, waren darüber viele wertvolle Minuten verstrichen.

Endlich konnten sie sich jetzt Sepp zuwenden, von dem allerdings kaum noch etwas zu sehen war. Eingezwängt unter dem eingedrückten Dach und eingehüllt in Schnee, ertasteten sie langsam seinen Körper und versuchten seinen Kopf frei zu kriegen. Blutdurchtränkter Schnee verriet nichts Gutes. Als sie einen Teil von Kopf und Hals frei gemacht hatten, konnten sie bereits erkennen, dass es sinnlos war, sich weiter um ihn zu bemühen. Ihm war nicht mehr zu helfen. Der Baum hatte ihm den Schädel eingeschlagen und einige Halswirbel gebrochen. Sein Kopf hing völlig haltlos herunter. Er musste sofort, nach dem der Baum das Dach eingedrückt hatte, tot gewesen sein.

Blankes Entsetzen und Trauer überkam alle und lähmte ihre Bewegungen. Ulla schrie hysterisch und verfiel in lautes Heulen.

Sepp hatte versucht sie aus ihrer Notlage zu retten und war seinem guten Willen zum Opfer gefallen. Ohne ihren unfreiwilligen Abstecher zu der Hütte, wäre er wahrscheinlich noch am Leben.

Lange Zeit sprach niemand mehr ein Wort. Sie mussten alle die Situation erst verarbeiten und sich sammeln. Gedankenverloren in sich gekehrt saßen sie im trüben Schein der Taschenlampe.

Mark war wieder der erste, der sich der Lage, in der sie sich nun befanden, bewusst wurde, und über weitere zwingende Maßnahmen nachdachte. Eingesperrt in einem Metallkäfig, umgeben von Schnee- und Eismassen, mussten sie versuchen sich aus eigener Kraft heraus zu befreien. Es war zu befürchten, dass die Schneekatze von oben nicht erkennbar war. Bestimmt hatte die Lawine alles zugedeckt und der Schneesturm auch seinen Teil dazu beigetragen. An was sie angeschlagen waren, und ob sie überhaupt noch auf der Piste waren, war ungewiss. Vielleicht steckten sie mitten in den Felsen einer Schlucht, oder auch im dichten Wald. Das letzte, nicht mehr kontrollierbare Stück ihrer Fahrt, war relativ lang gewesen. Wie könnte man sie finden? Es war unwahrscheinlich, dass man sie gerade hier suchen würde. Niemand wusste, in welchem Bereich des großen Skigebietes sie sich befanden. Es war fraglich, ob sie überhaupt schon jemand suchen würde. Wie es wohl draußen aussah? Ob es, außer ihnen, noch mehr Vermisste oder Verschüttete gab? Vor dem Abendessen gab es wahrscheinlich noch gar keine Veranlassung für eine Suche nach ihnen, weil sie noch niemand vermisste. Unklar war auch, ob die Lawine das Dorf erreicht hatte und eventuell dort größere Schäden verursacht hatte.

Als hätte er telepathische Fähigkeiten meldete sich Micha, der sich die ganze Zeit das Gehirn zermarterte, auf der Suche nach einem Ausweg.

„Wir müssen uns etwas einfallen lassen, wie wir hier heraus kommen. Auf fremde Hilfe können wir nicht warten. Das dauert bestimmt viel zu lange."

Robbi meldete sich spürbar schwerfällig zu Wort, seine schweren Verletzungen schienen ihm sehr starke Schmerzen zu bereiten.

„Schaust du einmal sicherheitshalber nach, ob unsere LVS eingeschaltet sind. Ich habe meins, soweit ich weiß, unten in der Hütte ausgeschaltet."

Micha fingerte sofort sein Gerät unter der Jacke hervor und prüfte die Aktivierung. Anschließend machte er das gleiche mit Robbis Gerät.

„Alles klar, empfangsbereit", verkündete er.

„Hilft uns das? Kann man uns damit finden?", fragte ihn Ulla voller Hoffnung.

„Ich fürchte leider nicht. Die Geräte haben nur eine Reichweite von zirka 20 bis 60 Metern. Wer sollte schon so nahe gewesen sein, und gesehen haben, dass uns die Lawine verschüttet hat? Hier drinnen sind wir außerdem von der Karosserie zu stark abgeschirmt. In geschlossenen Gebäuden funktionieren sie ja auch nicht." Resignation klang aus seiner Antwort.

„Versuche sie durch das Loch im Dach nach draußen zu schieben. Irgendetwas müssen wir tun, oder wollen wir hier jämmerlich verrecken. Ich muss dringend hier raus, sonst gehe ich noch ein", brüllte Robbi ungeduldig.

„Was ist denn mit einer Handyverbindung? Schaut doch mal, ob jemand ein Netz bekommt. Bei der Hütte ging vorhin nichts, aber vielleicht haben wir hier etwas mehr Glück. Wir könnten es gebrauchen. Pech genug haben wir schon gehabt. Vielleicht kann man uns über die Mobiltelefone ja auch orten. So etwas soll es doch geben, habe ich einmal gehört", schaltete sich Mark wieder ein.

Sie wühlten im engen Chaos des Innenraumes ihre Smartphone aus den Taschen ihrer Anzüge und versuchten eine Verbindung zu bekommen. Großen Illusionen gaben sie sich dabei nicht hin. Ein Telefonnetz war erwartungsgemäß auf keinem der unterschiedlichen Geräte verfügbar.

Torsten zerschlug noch den letzten Funken Hoffnung in diese Maßnahme.

„Ich sage euch das äußerst ungern, aber damit werden wir sicherlich nichts erreichen können. Wenn wir keinen Sendemast finden, geht nichts. Wir können zwar noch GPS aktivieren, aber auch das wird uns nicht weiterbringen. Das funktioniert über Satelliten, jedoch leider bestimmt nicht in geschlossenen Gebäuden, und unser Sarg ist nichts anderes. Außerdem, wer soll uns denn suchen auf diesem Weg. Irgendjemand müsste gezielt unsere Nummern orten. Wer sollte dazu Veranlassung haben und darauf kommen?"

„Musst du Klugscheißer uns jetzt noch weiter herunterziehen. Du bist doch angeblich sonst auch immer so besonders clever in allen Lebenslagen. Lass dir mal etwas einfallen, was uns weiter hilft. Hätte ich mich nur mit dir niemals eingelassen und zu dieser Reise animieren lassen. Jetzt merke ich, was du für ein Waschlappen bist, das hätte ich niemals von dir gedacht."

Es klang nach Hysterie, wie Ulla ihn anschrie, und alle spürten die knisternde Spannung die in der Luft lag. Was steckte da plötzlich dahinter? Sollten ihr aufgrund der Situation die Nerven durchgegangen sein, oder war da vielleicht etwas Tiefgründigeres dahinter?

Mark und Jana hatten bisher geglaubt, die zwei wären ein verträumtes Liebespaar. Sie hatten doch herumgeturtelt wie frisch Verliebte.

„Noch leben wir ja, lasst uns Ruhe bewahren. Es bringt nichts, wenn wir uns hier zerfleischen. Kommt Zeit, kommt Rat. Ruhen wir uns mal aus, es wird uns schon noch etwas einfallen, hoffe ich. Und die Hoffnung stirbt bekanntlich zuletzt."

Insgeheim glaubte Mark seinen eigenen Worten auch nicht. Auch er musste sich leider eingestehen, dass sie sich in einer vollkommen ausweglosen Situation befanden.

Im Schein der Taschenlampe begutachtete er die Mitinsassen. Wie ein Häuflein Elend saßen alle, zusammengesunken und hoffnungslos vor sich hin stierend, auf ihren Plätzen. Ulla leichenblass, Jana mit total verweintem Gesicht. Torsten machte eine Miene, als hätte er gerade in eine Zitrone gebissen.

Der Anschiss von Ulla hatte ihn schwer getroffen. Robbi hatte die Augen geschlossen. Sein Gesicht ließ seine starken Schmerzen erahnen. Micha war anscheinend der einzige der fieberhaft nachdachte. Tiefe Sorgenfalten zierten seine Stirn. Anstrengung und Anspannung der letzten Stunden hatten ihnen allen viel Energie abverlangt. Um die geringen Reserven der Batterien einzusparen, knipste er die Lampe aus. Niemand reagierte, keiner widersprach. Umgeben von totaler Stille und Dunkelheit verharrten sie schweigend.

Sollte das nun das Ende ihres jungen Lebens sein?

- KAPITEL 9 -

Robbi spürte ein starkes Pochen im rechten Bein. Der Ast des Baumes, der die Frontscheibe und das Dach der Pistenraupe eingedrückt hatte, hinterließ schmerzhafte Spuren. Die Quetschung brannte wild und alles drum herum war taub und tat bei jeder kleinen Bewegung oder Berührung irrsinnig weh. Sein Brustkorb quittierte jeden Atemzug mit einem leichten Stechen. Da waren bestimmt einige seiner Rippen angeknackst oder gebrochen. Hoffentlich würden sie keine inneren Verletzungen verursachen. Die Kopfwunde selbst schmerzte kaum noch, aber sein Schädel brummte, als wollte er gleich zerspringen. Bestimmt hatte er eine leichte Gehirnerschütterung. Es würde nicht mehr lange dauern, bis Übelkeit und Erbrechen sich dazugesellen würden. Wie sollte er mit diesen Beschwerden die nächsten Stunden überstehen? Seine allerschlimmsten Schmerzen waren jedoch seelischer Natur. Würde Lisa ihn schon vermissen? Wie würde sie es aufnehmen, wenn er hier nicht mehr lebend herauskommen sollte? Wie gerne hätte er sich noch mit ihr versöhnt. Sie hatte ihm aber bisher keine Chance dazu gegeben. Dieser Urlaub sollte nach seiner Eskapade eine Bewährungsprobe für ihr Verhältnis zueinander sein.

„Was bist du nur für ein Schwein. Einer Frau wie Lisa, deiner Traumfrau, so etwas zuzufügen", fragte er sich immer wieder selbst. Wie konnte er es nur erst so weit kommen lassen? Ohne Hirn, nur triebgesteuert, hatte er alles aufs Spiel gesetzt.

Was ihm bisher wichtig war, hatte er mit seinem dummen Ausrutscher verspielt. Über die Höhe seines Einsatzes und die eventuellen Folgen, hatte er sich keine Gedanken gemacht.

Seit Lisa seinen Seitensprung aufgedeckt hatte, und er anschließend ein Geständnis ablegte, fühlte er sich ständig krank und elend. Mit allen Mitteln versuchte er die Versöhnung herbeizuführen. Alle Beteuerungen und seine Reue stießen auf Zweifel, für die er durchaus Verständnis aufbrachte. Die Blumensträuße und Geschenke hatten noch keine Wirkung gezeigt. Sie brauche erst Bedenkzeit und Abstand, hatte sie ihm erklärt.

Acht Jahre war er mit Lisa glücklich verheiratet. Sie war die Frau, von der er immer geträumt hatte. Auch ihre Interessen waren ziemlich ähnlich. Einig waren sie sich in der Lebensauffassung, bei ihren Zielen, und bei fast allen Unternehmungen. Wenn es in seltenen Fällen abweichende Wünsche gab, arrangierten sie sich, oder ließen sich jeweils den nötigen Freiraum. Nachdem ihre zwei guten Einkommen und eine kleine Erbschaft den Kauf eines Reihenhauses ermöglicht hatten, wollten sie zu ihrer Familienplanung übergehen. Zwei bis drei Kinder waren das angestrebte Ziel. Lisa würde für die Erziehung und Betreuung dann ihren Job aufgeben. Ihre Ehe verlief bisher ganz harmonisch. Kleinere Meinungsverschiedenheiten schafften sie immer schnell aus der Welt.

Nun stand sein unüberlegter Fehltritt zwischen ihnen. Dieser trug den klangvollen Namen Nicola und steckte in einer berauschenden Hülle.

Kennen gelernt hatten sie sich vor etwa einem Jahr bei einer Konferenz. Obwohl beide seit Jahren in der gleichen Firma tätig waren, hatten sie vorher nie miteinander zu tun. Flüchtigen Begegnungen davor, hatte keiner von beiden größeres Interesse geschenkt. Der Konzern beschäftigte eine Menge interessanter Frauen in den unterschiedlichsten Positionen. Die meisten von ihnen geizten nicht mit ihren Reizen, aber Robbi hatte sich noch für keine besonders interessiert.

Bei der besagten Konferenz in einem noblen Tagungshotel, trafen sich einige der Teilnehmer zu nächtlicher Stunde noch im Nightclub des Hauses. Die beiden einzigen Frauen am Tisch, wurden von den Männern anfangs umschwärmt und hofiert. Dabei erregte insbesondere Nicola ihre Gemüter. Eine Powerfrau mit dem Körper eines Top-Models und einer so sympathischen Ausstrahlung, bei der wohl fast jeder Mann schwach werden könnte. Sie war nicht nur umwerfend hübsch, sondern auch noch gebildet und hochintelligent. Ihre gehobene Position in der Firma verdankte sie ihrem Können und ihrem sehr starken Durchsetzungsvermögen. Weder eine Protektion, noch Begünstigungen der Vorgesetzten hatte sie je nötig gehabt, um ihren jetzigen gehobenen Status zu erreichen.

Nach geraumer Zeit, ohne sichtbare positive Resonanz auf ihr Werben um die Gunst der zwei Frauen, widmeten sich die Männer wieder ihren Lieblingsthemen. Der weitere Kampf war ihnen zu aufwändig und sie gaben auf. Auf die manchmal ziemlich derbe Anmache, hatten einige vorher nur verständnisloses Kopfschütteln und Ablehnung geerntet. Fußball, schnelle Autos, abenteuerliche Geschichten und Episoden wurden von derben Witzen abgelöst, die oft unterhalb der Gürtellinie anzusiedeln waren.

Die beiden Frauen hatten sich abgewendet und beteiligten sich nicht mehr daran. Sie lauschten den Rhythmen der Tanzkapelle. Gut interpretierte Oldies animierten zum Lauschen und ihre Körper wiegten sich im Takt zu den Melodien.

„Sehr schade, dass es hier keine Männer zum Tanzen gibt", gab die eine bald traurig von sich. Sie hatte dabei ihren Blick herausfordernd auf die Runde der Männer gerichtet und ihre Stimme so provokativ lautstark angehoben, dass es absolut nicht zu überhören war.

Viele der Männer waren notorische Nichttänzer und ließen sich davon nicht beeindrucken. Doch nicht alle wollten das auf sich sitzen lassen.

Der Kollege, der Nicola gegenüber saß, forderte diese prompt auf, um das Gegenteil zu beweisen und die Männerehre zu retten.

Sandy, die etwas korpulentere Frau, die vorher zum Tanzen animiert hatte, schaute sehnsüchtig und neidisch hinterher. Als keiner der restlichen Herren Anstalten machte, sie auch aufzufordern, fühlte sich Robbi genötigt, sie auch auf das Parkett zu bitten, um anstandshalber mit ihr zu tanzen. Mitleid und seine anerzogene Höflichkeit trieben ihn dazu, auch wenn er keine große Lust hatte.

Bereits nach nur wenigen Tanzschritten bereute er seine Gutmütigkeit bitter. Vom üblichen führen lassen durch den Mann, konnte keine Rede sein. Zentnerschwer fühlte er den Widerstand ihres sehr fülligen und schwerfälligen Körpers. Viel Kraft musste er aufwenden, um sie in die gewünschte Richtung zu drehen. Ihre Füße kollidierten immer wieder mit seinen eigenen. Ab und zu konnte er seine Schritte nicht vollenden, weil sie auf seinen Schuhspitzen stand. Es war das reinste Martyrium. Warum nur hatte er sich geopfert? Merkte sie denn nicht, dass sie zum Tanzen kein Talent hatte und selbst die einfachsten Schritte nicht beherrschte? Wie kam er jetzt am schnellsten wieder aus ihrer eisernen Umklammerung?

Ihm fiel dabei eine Episode aus einem früheren Urlaub ein. Eine Bekannte, die sehr tanzfreudig war, bekam ihren eigenen Mann nicht aufs Parkett. Er war ein absoluter Tanzmuffel, der sich strickt weigerte. Sie war deshalb immer auf der Suche nach Tanzpartnern. Zwangsläufig gehörte auch er zu ihren auserwählten Opfern. Sie hatte keinerlei Gefühl für den Rhythmus. Es war nur ein Stolpern und Stoßen, bei dem er ihren schweren Schritten ständig aus dem Weg gehen musste. Während des gesamten Tanzes redete sie unablässig auf ihn ein. Zudem hatte sie einen unangenehm riechenden Mundgeruch, den er nur schwer ertragen konnte. Zwangsläufig versuchte er, sie etwas auf Distanz zu halten. Einen Pflichttanz hielt er mit ihr gerade noch aus. Mit sehr viel Mühe gelang es ihm, es dabei auch zu belassen.

Seinen Freund hatte es damals viel schlimmer getroffen. Sie hatte ihn fest ins Visier genommen.

Ständig wurde er zu weiteren Runden genötigt. Er brachte es nicht fertig, sie abzuweisen. Egal welche Melodien gerade gespielt wurden, er konnte nie herausfinden was sie darauf tanzen wollte. Auch ihr Tempo hatte mit der Musik nur sehr wenig zu tun. Bald stand ihm der Schweiß auf der Stirn. Sie vorwärts zu bewegen oder in eine andere Richtung zu drehen war Schwerarbeit. Die Füße schmerzten ihm vom erheblichen Gewicht, das oft zusätzlich auf ihnen lastete. Das Mitleid aller Beobachter aus der Gesellschaft war ihm sicher. Mit Engelsgeduld ertrug er die Qualen eine lange Zeit. Irgendwann jedoch brachten sie ihn dann doch an die Grenze seiner Nachsicht. Er wagte sich endlich zu wehren in dem er ihr ganz leise ins Ohr flüsterte:

„Meine Liebe, du tanzt ja wie eine Gazelle..."

Ihr aufgesetztes, erfreutes Lächeln gefror zu Eis und ihr ganzer Körper erstarrte, als er dann den Satz, vermeintlich scherzhaft, vollendete.

„...oder wie heißt noch einmal das große graue Tier mit dem langen Rüssel?"

Als er merkte, dass er gewaltig über das Ziel hinausgeschossen hatte, fügte er schnell hinzu:

„Entschuldige bitte, das war natürlich nur ein kleiner blödsinniger Scherz von mir."

Es war jedoch dafür zu spät, sie hatte es richtig verstanden und logischerweise auf sich bezogen. Die Freundschaft endete noch auf der Tanzfläche. Robbi, der mit Lisa gerade nebenher tanzte, bekam das Ganze am Rande mit. Über die Brutalität des Freundes wunderte er sich, konnte es aber aus der eigenen Erfahrung heraus leicht nachvollziehen.

Sein Freund meinte später, dass ihm der Preis für diese Freundschaft unter den Umständen zu hoch gewesen wäre, und dass er nichts bereue.

Mit Sandy hatte Robbi jetzt etwas mehr Glück. Das nächste Musikstück bot sich zum Solotanzen an und bewahrte ihn dadurch vor den weiteren Qualen. Mit einigem Abstand zueinander tanzten sie ihren Freistil. Anschließend drängte er sie an den Tisch zurück, weil er etwas trinken wollte. Er nahm sich vor, nicht mehr nachzugeben und wandte sich den männlichen Kollegen zu, um sich wieder an deren Gesprächen zu beteiligen.

Eine Weile gaben sich die Damen belanglosen Unterhaltungen hin, bis der tanzfreudige Kollege nun Sandy zum Parkett führte. Wiener Walzer wurde gespielt. Bei den meisten Frauen ist das wohl der beliebteste Tanz. Der leidende Blick Nicolas, der ihn bald traf, ließ ihn zerschmelzen und den vorher noch getroffenen Vorsatz wieder vollkommen vergessen. Stattdessen führte er sie bereitwillig zur Tanzfläche.

Schon die ersten Schritte und Drehungen ließen ihn die Harmonie spüren, die sie verband. Zwei Körper verschmolzen miteinander, als wären sie eine Einheit. Jede Wölbung ihres wohlgeformten Körpers spürte er, so eng schmiegte sie sich an ihn. Es kam ihm so vor, als schwebe er im siebten Himmel. Die Band spürte das wohl auch und spielte lange Zeit ohne Pausen weiter, um die Zweisamkeit nicht unterbrechen zu müssen. Die wenigen Gäste, die sich zu später Stunde noch im Nightclub aufhielten, sahen ihnen interessiert zu.

„So könnte ich weiter tanzen bis in den Morgen. Ich habe noch nie mit einem Mann so harmonisch und so synchron tanzen können", ließ ihn Nicola wissen. Er fühlte sich sehr geschmeichelt. Auch er empfand es ähnlich und genoss es.

Die Tischnachbarn hatten schon lange das Feld geräumt, als sie sich immer noch auf dem Parkett wiegten. Bis zum letzten Ton wirbelten sie über die Tanzfläche, oder sie bewegten sich bei langsamen Melodien eng umschlungen im Takt der Musik. Man könnte meinen, es wäre eine schon länger bestehende Liebesbeziehung, die beide verband.

Ihr Kopf auf seiner Schulter berauschte Robbi. Der betörende Duft ihrer Haare und das Fühlen ihres schlanken, schönen Körpers mit allen seinen wohlgeformten Rundungen, beflügelten ihn wie Rauschgift. Sie hatte ihn in ihren Bann gezogen. Erst als die Musiker, nach einem abschließenden Potpourri von Evergreens, zu später Stunde ihre Instrumente einpackten und die Bühne verließen, wichen sie notgedrungen vom Parkett.

Nicht nur beim Tanzen, auch in den Pausen dazwischen, entdeckten sie bei ihren Gesprächen eine Menge Gemeinsamkeiten. Sie fühlten sich nach der kurzen Zeit schon so verbunden, als würden sie sich bereits jahrelang kennen.

Nach einem letzten Schlummertrunk an der Bar, begaben sie sich umschlungen wie ein verliebtes Pärchen, auf den Weg zu ihren Hotelzimmern. Noch immer tänzelten sie beschwingt durch die Flure. Die klangvollen Melodien hallten in ihren Ohren nach und schienen nie enden zu wollen.

Sie wohnten auf der gleichen Etage. Vor Nicolas Zimmertür verabschiedeten sie sich mit dezenten Wangenküssen und blickten sich tief in die Augen. Knisternde Spannung lag in der Luft. Es war mehr als ein Funke zwischen ihnen übergesprungen.

„Danke schön für diesen wundervollen Abend, endlich habe ich wieder einmal ausgiebig tanzen können. Es gibt bestimmt nur sehr wenige Männer die es so gut können. Ich kenne jedenfalls keinen. Davon kann ich noch einige Zeit zehren. Vergessen werde ich diesen Abend nicht so schnell. Vielleicht können wir das irgendwann einmal wiederholen, es würde mich unglaublich freuen", flüsterte sie betörend und schmiegte sich fest an ihn.

Robbi antwortete prompt, aber formell höflich.

„Ganz meinerseits. Ich danke ihnen, es war mir ein Vergnügen. Schade, dass es schon zu Ende ist."

Als hätte sie nur auf dieses Stichwort gewartet, antwortete sie mit einem Lächeln, das ihm wie ein Stromstoß durch den Körper floss.

„Der Abend muss ja noch nicht zu Ende sein."

Bei diesen Worten zog sie ihn in ihr Zimmer. Großen Widerstand leistete er nicht. Er hatte sich insgeheim einen solchen Abschluss gewünscht.

Die restliche Nacht entwickelte sich zu einem unvergesslichen Erlebnis. Noch intensiver als beim Tanzen verschmolzen ihre Körper zu einer Einheit. Mit einer ungeahnten Leidenschaft explodierten sie. Zügellos forderte ihn Nicola immer wieder, bis zur totalen Erschöpfung. Erst das aufkommende Tageslicht und der Ruf der beruflichen Pflichten brachten sie auseinander.

Fortan hatten sie ein geheimes Liebesverhältnis. Wann immer sie es einrichten konnten, trafen sie sich auf Kongressen und Seminaren im In- und Ausland. Das Unternehmen und ihre jeweiligen verantwortungsvollen Tätigkeitsbereiche boten jede Menge Möglichkeiten dazu. Auch wenn Lisa geschäftlichen oder familiären Verpflichtungen nachgehen musste, nutzten sie den entstandenen Freiraum, um sich heimlich zu treffen. Nicola war eingefleischter Single und konnte sich jederzeit nach seinen Möglichkeiten richten.

Obwohl Robbi mit seiner Lisa auch in sexueller Hinsicht ganz gut bedient war, so war es doch mit Nicola eine ganz andere, intensivere Leidenschaft, die beide verband. Im Laufe der Zeit schien sie ihm unverzichtbar und wurde zur Gewohnheit.

Natürlich war klar, dass es einen Unterschied macht, ob man in einer entspannten Atmosphäre eines guten Hotels, losgelöst von allen häuslichen Zwängen zusammenkommt, oder zu Hause nach einem stressigen Arbeitstag mit anschließenden Verpflichtungen. Die meistens erforderliche Hilfe im Haushalt regte nicht gerade zum Sex an.

Ohne über Risiken auch nur im Entferntesten nachzudenken, kostete er die neue Beziehung aus. Gewissensbisse hatte er nicht. Lisa musste ja seiner Meinung nach auf nichts verzichten.

Auch Nicola lebte sich bei ihren Treffen aus. Anscheinend sparte sie sich alle ihre Energie dafür auf. Darüber hinaus stellte sie keine Ansprüche. Als beruflich sehr stark eingespannte Karrierefrau brauchte sie wohl ihre uneingeschränkte Freiheit.

Für einen festen Partner gab es in ihrem Leben keinen Platz. Sie lebte alleine und kam angeblich damit gut zurecht. Sportliche Betätigungen und ein ausreichend großer Freundeskreis ließen keine weiteren Bedürfnisse und auch keine Langeweile aufkommen. Finanziell war sie sehr gut gestellt. Was sie sich wünschte, konnte sie sich erlauben. Sie hatte von ihren Eltern großzügige finanzielle Grundlagen mitbekommen und ein gutes Gehalt. Ihre modische Kleidung und ihr Schmuck zeugten von anspruchsvollem Niveau. Immer wenn Robbi sich einmal zu einem Geschenk oder einer kleinen Geste der Verbundenheit genötigt sah, rügte sie ihn dafür. Als er ihr einmal ein Schmuckstück überreichen wollte, von dem er meinte, dass es ihr ganz bestimmt gefallen würde, rastete sie aus und beschimpfte ihn wütend.

„Lass das bitte sein, ich bin keine Prostituierte die sich bezahlen lässt", herrschte sie ihn erbost an. „Sollte das dein Eindruck von mir sein, habe ich unsere Verbindung falsch verstanden", schimpfte sie. Ihre Kränkung, die daraufhin eine geraume Zeit anhielt, unterstrich die Ernsthaftigkeit.

Robbi spielte öfter einmal mit dem Gedanken, wie es wohl wäre, Lisa zu verlassen, um mit Nicola ständig zusammenleben zu können. Da sie dazu aber keine Ambitionen zeigte, war er doch recht froh, diesen Gewissenskonflikt nicht durchleben zu müssen. Als er sie einmal in ihrer Wohnung besuchte, ließ er dann alle seine diesbezüglichen Überlegungen vollständig fallen. Das einzige gut gepflegte, das er dort vorfand, war Nicola selbst.

Alles andere entsprach nicht seinem gewohnten und gewünschten Standard. Haushaltsführung war bestimmt nicht gerade ihre Stärke. Im krassen Gegensatz zu seiner Lisa, hatte sie keinen Sinn für penible Ordnung und Sauberkeit. Auch fehlte ihr bei der Einrichtung und der Ausgestaltung ihrer Wohnung das Gefühl für Details. Alles war zwar edel und sicher teuer, aber zusammengewürfelt und unaufgeräumt. Auch wenn er sich eingestehen musste, dass er diesbezüglich zu hohe Ansprüche hatte, würde er sich so nicht wohlfühlen.

Durch den Zufall mit dem vergessenen Anzug, dürfte das Verhältnis nun aber sowieso ein Ende haben. Er schwor sich jetzt, die Verbindung nun umgehend zu beenden, falls er dazu überhaupt noch die Möglichkeit bekam. Schwer fallen würde es ihm bestimmt, aber er musste Prioritäten setzen. Zu sehr fühlte er sich mit seiner Frau verbunden. Typisch männlich, hatte er vorher lange geglaubt, dass Lisa nichts entgehen würde. Zumal Nicola ihn nicht für sich alleine beanspruchte und seine Ehe niemals gefährden wollte. Im Gegenteil, sie war sogar immer auf besondere Vorsicht bedacht.

Sollte er diesen Unfall heil überstehen, würde es in Zukunft nur noch Lisa für ihn geben, das war ihm jetzt eindeutig klar geworden. Ein wenig Wehmut war natürlich schon dabei, aber er sah ein, dass er nicht beides haben konnte und sich für seine Frau entscheiden musste. Große Zweifel, ob er die Trennung von Nicola durchstehen würde, kamen ihm noch einmal kurz in den Sinn, aber er verdrängte sie sofort wieder.

Für Lisa war Treue und gegenseitiges Vertrauen ein hohes Gut, das es wieder zu beweisen galt.

Er hoffte, dass sie ihre Eltern nicht eingeweiht hatte. Die würden sicher alles daran setzen, ihre Ehe auseinander zu bringen. Als Katholiken war sein Verhalten für sie bestimmt nicht zu verzeihen. Zumal er schon immer einen schweren Stand bei ihnen hatte. Bereits bei der Verlobung mit Lisa hatte er feststellen müssen, dass er ihren Vorstellungen von einem Schwiegersohn nicht entsprach. Damals war er noch im Studium und hatte nichts zu bieten. Viel lieber hätten sie damals ihre einzige Tochter in den Armen des Sohnes von einer sehr gut befreundeten einflussreichen Familie gesehen. Erst durch seinen schnellen beruflichen Aufstieg, mit der entsprechenden finanziellen Verbesserung, verschaffte er sich etwas mehr Anerkennung und Akzeptanz bei ihnen.

Seine pochenden Schmerzen brachten ihn von seinen Gedanken in die gegenwärtige Situation zurück. Erst müssten sie gerettet werden, was ihm bei näherer Betrachtung ihrer momentanen Lage unwahrscheinlich schien. Die Lawine hatte eine Kraft, bei der anzunehmen war, dass sie bis ins Dorf abgegangen war. Wie würde es dort wohl aussehen? Welchen Schaden hatte sie angerichtet? Hoffentlich waren wenigstens Lisa und Martina in Sicherheit und nicht betroffen, sorgte er sich.

Dass er und der Rest der Gruppe im eisernen Käfig noch rechtzeitig aufgefunden wurden, wäre ein Wunder. Ganz bestimmt waren alle Abfahrten vom Schnee und dem Geröll der Lawine bedeckt.

Wo sollten die Rettungsdienste überhaupt nach ihnen suchen? Es gab für sie keine Anhaltspunkte. Seine Gedanken und Sorgen überschlugen sich.

Je mehr er nachdachte, umso mehr wurde ihm bewusst, wie ausweglos ihre Situation eigentlich war. Selbst wenn sie sich aus der Raupe befreien konnten, wie sollte es mit ihm weiter gehen? Die anderen waren ja noch beweglich. Aber er war aus eigener Kraft keinesfalls in der Lage, das Dorf zu erreichen. Was also konnten sie von sich aus tun? Sein Kopf war zu schwer um zu einer Lösung zu kommen. Er musste unbedingt alle anderen zum Nachdenken und zur Initiative zwingen.

Die Zeit drängte und arbeitete weiter gegen sie.

Tatenlos ergeben sollten sie sich keinesfalls.

KAPITEL 10

Mark hatte angestrengt über ihre Chancen auf eine Rettung aus der von der Lawine begrabenen Pistenraupe nachgedacht. Er kam zu dem Schluss, dass sie, so wie es jetzt aussah, wahrscheinlich so gut wie keine hatten. Wer sollte in dem riesigen Wintersportgebiet mit den vielen Abfahrten, ohne irgendeinen konkreten Anhaltspunkt, gerade an ihrer Unfallstelle nach ihnen suchen. Das Warten auf fremde Hilfe war demnach aussichtslos.

Es war dann eigentlich sein unbändiger Drang endlich einmal wieder eine Zigarette zu rauchen, der ihm erst bewusst machte, dass die Atemluft in der Kabine irgendwann aufgebraucht sein würde. Gerade in Stresssituationen greifen alle Raucher gerne zu einer Zigarette, in dem Glauben, dadurch etwas mehr zur inneren Ruhe zu finden. Als er jetzt ganz impulsiv in seiner Jackentasche nach der Zigarettenschachtel und seinem Feuerzeug suchte, dämmerte es ihm plötzlich. Bis man sie auffinden würde, wären sie sicher bereits erstickt.

„Wir müssen hier schnellstens raus, wenn wir nicht ersticken wollen", schreckte er unvermittelt alle auf und riss sie aus ihrer Lethargie.

„Selbstverständlich. Aber wie soll das gehen? Hast du vielleicht eine zündende Idee? Nur die Türen aufmachen ist ja nicht möglich.", konterte Torsten mit einer Spur Galgenhumor.

„Ich zermartere mir auch schon die ganze Zeit das Gehirn auf der Suche nach einer Lösung. Bis jetzt ist mir noch nichts Konstruktives eingefallen."

Robbi meldete sich leise zu Wort. Trotz seiner starken Schmerzen und seiner Atemnot wollte er sich an der Suche nach einer Lösung beteiligen.

„Sollten wir uns nicht zuerst einmal Atemluft verschaffen? Hier neben dem querliegenden Baum müssten wir ein Luftloch durchstoßen können. Dann können wir feststellen, wie viel Schnee über uns liegt und die LVS weiter oben positionieren, damit man sie leichter wahrnehmen kann."

Mark und Micha dachten nicht lange über den sinnvollen Vorschlag nach. Sofort begannen sie mit ihren Skistöcken durch ein Loch zwischen der zersplitterten Frontscheibe und dem Dach zu stoßen. Außer kleinen Schneebrocken löste sich nichts. Fest gepresste Eisklumpen, vermischt mit Geröll und Ästen, leisteten Widerstand. Sie verschafften sich mehr Platz, indem sie die Leiche von Sepp und den verletzten Robbi, soweit es möglich war, zur Seite, und die Sitze nach hinten schoben.

Es war dann Jana, die mit einer Idee aufwartete.

„Können wir nicht einfach die Kiste starten und herausfahren? Soviel Kraft wie die Pistenraupe könnt ihr niemals aufbringen."

Was zunächst naiv klang, war durchaus einen Versuch wert. Nichts sollten sie unversucht lassen. Jeder Strohhalm musste in dieser aussichtslosen Situation ergriffen werden, selbst wenn der Erfolg noch so unwahrscheinlich schien.

Mark versuchte, vorbei an den Beinen von Sepp, an Kupplung und Gaspedal zu kommen. Brutal musste er ihn noch weiter zur Seite drücken, ihm würde sowieso keiner mehr helfen können.

Mit großer Anstrengung erreichte er die Pedale. Tatsächlich ließ sich der Motor mühelos starten. Beißender Qualm verbreitete sich aber sofort in der Kabine. Trotzdem gab er nicht auf und versuchte den Rückwärtsgang einzulegen. Alle waren der Meinung, dass sie sich vor dem Anschlagen um die eigene Achse gedreht hatten. Außerdem stand das Gefährt in einer Schräglage. Es war somit am wahrscheinlichsten, dass hinter der Pistenraupe ein geringerer Widerstand zu erwarten war. Mit mehr Gas schienen sich die Ketten zu bewegen. Aber sie mahlten offensichtlich nur im Stand den Schnee untendrunter glatt, ohne dass dabei eine Rückwärtsbewegung zustande kam.

„Hör lieber wieder auf, sonst sterben wir gleich an Kohlenmonoxid-Vergiftung", schrie Ulla voller Angst hysterisch dazwischen.

Mark ließ sich nicht beirren. Insgeheim dachte er, dass es vollkommen egal war, wie sie sterben würden. Vielleicht war es durch Kohlenmonoxid angenehmer, als das langsame Ersticken durch den Sauerstoffmangel. Mit brutaler Gewalt gab er Gas, um danach immer vom Rückwärtsgang in den Vorwärtsgang zu wechseln, so schnell es ging. Wie mit einem im Schnee oder Schlamm festgefahrenen Auto wollte er vor und zurück schaukeln. Mit dem eingezogenen Kopf und ausgestreckten Beinen klammerte er sich an das Lenkrad. Es war es eine anstrengende Tortur. Gerade, als ihm die Kraft auszugehen drohte, gaben die Schneemassen hinter der Raupe geringfügig nach. Kurz versuchte er es nochmals nach vorne, wobei der Motor abstarb.

Bei allen erneuten Startversuchen gab er keinen Laut mehr von sich. Der Schnee hatte wohl den Auspuff total verstopft und ließ keine Abgase mehr entweichen.

Hinter der Heckscheibe hatte sich anscheinend tatsächlich ein ganz kleiner Zwischenraum zu der dichten weißen Wand aufgetan. Damit konnten sie im Moment leider nicht viel anfangen.

Starker Husten quälte mittlerweile alle Insassen. Die Luft war zum Schneiden dick. Ätzenden Qualm in den Atemwegen rangen alle nach Luft. Wie lange konnten sie durchhalten bis die Sinne schwanden und die Ohnmacht sie überkam?

Hektisch und in Todesangst nahmen sie jetzt doch einen Ski und versuchten ein Luftloch nach oben zu stoßen. Der geringe Bewegungsspielraum ließ sie dabei keine großen Kräfte anwenden. Sehr langsam bohrte sich der Ski aber nach und nach doch ein Stück in die Schneemassen. Micha löste Mark in seiner beengten Position ab und Torsten unterstützte ihn von der Seite nach besten Kräften. Es war klar, dass sie bei ihrem Arbeitseinsatz, die nur sehr geringe Menge verbleibende Atemluft noch viel schneller verbrauchen würden, als im Ruhezustand. Kaum richtig bei Sinnen, stießen sie den Ski immer fester und weiter in die Lücke. Bei einem verzweifelten festen Hieb, für den sie alle noch verfügbare Energie opferten, spürten sie dann plötzlich keinen Widerstand mehr. Schnee und Eis rieselten durch das kleine Loch und kalte Luft strömte in den Innenraum. Sie hatten es mit vereinten Kräften tatsächlich geschafft.

Zusammengesunken in den Sitzen, atmeten alle erlöst den frischen Sauerstoff.

„Das war wohl in letzter Minute, lange hätten wir nicht mehr durchgehalten", resümierte Robbi, der die ganze Zeit über den Arbeitseinsatz mit der Taschenlampe beleuchtet hatte.

Jana und Ulla zwängten sich an den Männern vorbei. Sie wollten auch ihren Beitrag leisten. Mit vereinten Kräften machten sie das Luftloch größer. Der eisige Wind der jetzt hereinblies und die Eiskristalle die herabfielen, deuteten darauf hin, dass der Schneesturm noch nicht vorüber war. Sehen konnten sie nichts, es war rabenschwarze Nacht.

An die Uhrzeit verschwendete niemand einen Gedanken, es ging allen nur noch um das nackte Überleben. Einige Minuten vergingen, in denen sie ihre Lungen mit der kalten, klaren Luft vollsogen. Jetzt waren sie damit versorgt, aber allmählich breitete sich auch wieder eisige Kälte aus. In der Kabine war es vorher stickig und verqualmt, aber dafür wenigstens angenehmer warm gewesen.

Resignation machte sich erneut breit. Mutlos bibberten sie vor sich hin. Ihre Gedanken ließen das Leben Revue passieren. Sollte das nun das Ende ihrer jungen Leben sein? Warum hatte ihnen das Schicksal einen so üblen Streich gespielt. Von einem erlebnisreichen Skiurlaub hatten sie geträumt, aber so eine Katastrophe wollten sie auch nicht erleben. Es war jetzt nicht mehr zu ändern.

Jana versuchte krampfhaft ihre Selbstvorwürfe, die ihr immer wieder in den Sinn kamen und ihr keine Ruhe ließen, zu verdrängen.

„Ohne die verflixte Panne mit meinem Ski wäre uns das bestimmt erspart geblieben. Wir hätten die Kabinenbahn noch erreicht und könnten gemütlich im Hotel sitzen", ließ sie verlauten.

Ulla versuchte sofort sie zu trösten und von dem absurden Gedanken abzubringen.

„Du kannst doch nichts dafür, mach dir darüber keine Sorgen. Absichtlich hast du deine Bindung ja wohl nicht kaputt gemacht."

„Nein, das bestimmt nicht. Wir hatten unsere Ausrüstung extra vor dem Urlaub prüfen lassen. Für die Bindungseinstellung, den Kantenschliff und das Wachsen haben wir eine ganze Menge Geld bezahlt. Mehr hätten wir nicht tun können."

Torsten hatte trotz der lebensbedrohlichen Lage seinen Sarkasmus nicht verloren.

„Du kannst ja eine Reklamation versuchen. Am besten verklagst du den Laden auf Schadenersatz und Schmerzensgeld. Dann aber für uns alle."

In der Dunkelheit konnte niemand Ullas Blick zu Torsten erkennen, aber ihre Tonlage ließ auch so die Verachtung spüren, die sie im Moment für ihn empfand. Zum zweiten Mal binnen weniger Stunden ging sie ihn, in einer ungeahnten und für alle anderen unverständlichen Schärfe an.

„Lass doch diesen unqualifizierten Blödsinn sein. Als hätten wir gar keine anderen Sorgen. Ich hätte nie geglaubt, dass du so ein Arschloch sein kannst. Zu meinem großen Glück bin ich mit dir keine feste Verbindung eingegangen. Spätestens jetzt würde ich das bitter bereuen."

Schmollend verkroch sie sich in die Ecke.

Mark sah sich genötigt einzugreifen, um wieder Ruhe zu stiften. Was sie jetzt brauchten war alles andere, nur kein Streit.

„Jetzt hört auf damit, euch Vorwürfe zu machen und zu zerfleischen. Wir müssen zusammenhalten. Niemand von uns hat sich das ausgesucht, was uns passiert ist. Die Lawine war unser Schicksal. Keiner konnte das voraussehen, schon gar nicht in dieser Dimension. Gegen diese Naturgewalten ist der Mensch einfach nicht gewappnet. Gerade in den letzten Jahren sind Stürme und Unwetter noch schlimmer und unberechenbarer geworden. Die Klimaerwärmung zeigt ihre Spuren. Wenn selbst die Verantwortlichen für die Lifte und das ganze Skigebiet keine diesbezügliche Warnung herausgeben, wer sollte dann schon damit rechnen. Schlechtes Wetter war zwar vorausgesagt, aber keine Katastrophe. Wir waren unglücklicherweise zur falschen Zeit am falschen Ort, das ist alles."

Micha schaltete sich auch ein und fügte hinzu:

„Heute Morgen haben sie an einigen Gipfeln kontrolliert die Schneebretter abgesprengt. Durch Schnee und Sturm haben sich wohl neue gebildet. Es ist zu viele Faktoren zusammen gekommen. Wir haben schon oft plötzliche Wetterwechsel und heikle Situationen erlebt, bisher sind wir immer noch rechtzeitig und heil heraus gekommen. Ich glaube immer noch, dass es diesmal ebenfalls klappen wird. Lasst uns weiter hoffen und beten."

„Dann schau endlich mal, dass wir auch hier heraus kommen. Wenn es möglich sein sollte aber bald, und bitte noch lebend."

Es war Torsten, der sich von Ullas Vorwürfen wieder etwas erholt hatte, und mit der Bemerkung ihre negativen Ansichten über ihn unterstrich. Dass er damit wieder einen Dorn in die Wunden steckte, war ihm sicher nicht ganz bewusst. An seine dummen Sprüche hatten sich mittlerweile alle gewöhnt und ignorierten sie einfach. Niemand war danach noch nach Konversation zumute. Eine eisige Stille breitete sich aus. Keiner wusste wie es weitergehen sollte, alle gaben sich zunächst ihrem Schicksal hin.

KAPITEL 11

Ulla und Torsten waren bisher gegenüber Jana, Mark und den übrigen Tischgenossen, wie ein jung verliebtes Paar aufgetreten. Sie hinterließen den Eindruck, dass sie sich noch nicht lange kannten. Ständig turtelten sie miteinander.

In Wirklichkeit verband sie ein Liebesverhältnis aus vergangenen Zeiten. Sie hatten sich bereits vor einigen Jahren kennen und lieben gelernt, lebten aber nicht zusammen, da Torsten bereits mit einer anderen Frau verheiratet war.

Torsten leitete als erfolgreicher Unternehmer eine Firma mit ungefähr 60 Mitarbeitern. Als seine Sekretärin schwanger wurde und beabsichtigte, sich nach der Geburt nur ihren Mutterpflichten zu widmen, war er auf der Suche nach qualifiziertem Ersatz. Da er überaus herrisch und kompromisslos war, durchliefen eine beachtliche Reihe Damen die Vorstellungsrituale. Seine Anforderungen waren ausgesprochen hoch und nur sehr wenige kamen in Frage. Ulla gehörte zu den Bewerberinnen die in die engere Wahl kamen. Aber auch sie war nicht seine optimale Wunschbesetzung. Als Einäugige unter den Blinden bezeichnete er sie gegenüber seinen engsten Mitarbeitern. Unter Entscheidungszwang stehend, entschied er sich letztendlich doch für sie, als das kleinste aller Übel, wie er sich ausdrückte. An der adretten, sehr ansehnlichen Frau schätzte er das gute Auftreten ebenso wie ihre Leistungsfähigkeit. Auch ihre hohe Flexibilität als alleinstehende Frau kam der Firma sehr entgegen.

Keinerlei Bindung und keine Kinder behinderten ihren uneingeschränkten zeitlichen Einsatz. Nur ihre selbstbewusste Art, sich eine eigene Meinung zu leisten, missfiel ihm am Anfang sehr. Zumal sie nicht damit hinter dem Berg hielt und sie auch, gegebenenfalls sogar gegen seine Überzeugung, hartnäckig vertrat. Er war es bisher nicht gewöhnt, dass es jemand wagte ihm zu widersprechen, und gelegentlich versuchte, seine Entscheidungen zu beeinflussen. Bald musste er sich aber eingestehen, dass sie mit ihrer weiblicher Intuition und einiger Lebenserfahrung in manchen Fällen Recht hatte. Zugeben konnte er es nur selten, das ließ sein Stolz nicht zu. Aber er ließ sich das eine oder andere Mal umstimmen. Oft vertrat er es dann hinterher sogar als seine eigene, ursprüngliche Ansicht.

In kurzer Zeit machte sich Ulla unentbehrlich und er wollte und konnte sie nicht mehr missen. Ihre engagierte Mitarbeit und die konstruktiven Ratschläge wurden unverzichtbar.

Sie ihrerseits mochte den überaus resoluten Vorgesetzten zunächst überhaupt nicht. Obwohl er ein sehr stattlicher, immer gut gekleideter und gut aussehender Mann war. Genaugenommen konnte sie ihn überhaupt nicht ausstehen, und sie ging nur widerstrebend zur Arbeit.

„Zu schade, dass sich hinter der ansprechenden Fassade solch ein Ekel versteckt", gestand sie ihrer besten Freundin eines Tages. Seinen arroganten Führungsstil und auch der resolute Ton, den er gegenüber einigen Mitarbeitern, Lieferanten und Handwerkern an den Tag legte, schreckten sie ab.

„Wenn ich ihn unter etwas anderen Umständen kennengelernt hätte, wäre er wahrscheinlich sogar ein Traumpartner für mich gewesen."

Da sie dringend einen Arbeitsplatz brauchte und entsprechende Alternativen fehlten, nahm sie ihre Bedenken in Kauf. Sie betrachtete ihren Job zunächst als eine Übergangslösung, bis sich andere Möglichkeiten für sie ergeben würden. Je länger sie jedoch mit ihm zusammenarbeitete, umso mehr wuchs auch das Verständnis für sein Verhalten. Sie erkannte, dass man für die Leitung einer Firma im harten Business, die Führung und Motivation von zahlreichen Mitarbeiterinnen und Mitarbeitern, eine gewisse Härte haben musste. Die Arbeit hatte ihn mit der Zeit so geprägt. Sein kontinuierlicher Erfolg, mit einem ständigen Wachstum und sein Spürsinn für alle positiven Entwicklungen der Firma, gaben ihm Recht. Sie stellte erstaunt fest, wie sehr sein Verhalten sich der jeweiligen Lage und dem Gegenüber individuell anpasste.

So wuchsen zwei gegensätzlichen Charaktere zusammen und lernten sich schätzen. Gegenseitige Akzeptanz und blindes Vertrauen entstanden.

Nach kurzer Zeit waren sie bereits so vertraut wie ein altes Ehepaar erst nach sehr vielen Jahren. Den gemeinsamen Mittagspausen folgten bald auch Geschäftsreisen, bei denen Ulla als Sekretärin zu seiner Unterstützung und Beratung mitreiste.

Sie war nach einigen kurzen und unglücklichen Verhältnissen zu dem Schluss gekommen, ihren Lebensweg alleine zu gestalten. Das verschaffte ihr ein Maximum an Freiheit und Flexibilität.

Wann immer ihr vertrauter und mittlerweile auch befreundeter Vorgesetzter sie beanspruchte, stand sie ohne Einschränkung zur Verfügung. Die Reisen waren eine willkommene Abwechslung.

Torsten, langjährig verheiratet, entfremdete sich, nicht zuletzt durch den hohen Arbeitseinsatz, immer mehr von seiner Frau. Zwar warf sie ihm vor, dass er mit seiner Firma verheiratet sei und nicht mit ihr, aber wenn er sich Zeit für sie nehmen wollte, ging sie lieber ihren eigenen Vergnügungen und Terminen nach. Sein Geld gab sie großzügig und gerne aus. Alle Privilegien, die sich aus seinen Verbindungen ergaben, nutzte sie schamlos aus.

Als Torsten, infolge Expansion, eine weitere Firma gründete, und dadurch weniger zu Hause war, spitzte sich das Spannungsverhältnis zu. Sie lebten sich vollkommen auseinander und fanden keine Gemeinsamkeiten mehr.

Gleichzeitig wurde Torstens Zuneigung zu Ulla zusehends stärker und endete in einem intimen Verhältnis. Sie kannte ihn besser als seine eigene Ehefrau. Außerdem waren ihr alle Probleme in der Firma bekannt, was ihren Gesprächsstoff niemals ausgehen ließ. Um die Beziehung geheim zu halten, richteten sie sich in einem entlegenen Stadtteil ein Liebesnest in einem Appartement ein.

Lange erhob Ulla keiner Ansprüche. Einen gut bezahlten Job mit Gestaltungsfreiraum hatte sie ja. Natürlich hätte sie gerne mehr von Torsten gehabt. Die Wochenenden, die er zwangsläufig zu Hause verbrachte, waren für sie langweilig und einsam. Trotzdem beugte sie sich den Gegebenheiten.

Als Torsten nach einigen Monaten fortwährend nur frustriert von zu Hause berichtete und ihn seine Ehefrau immer stärker anödete, zog er die Scheidung von ihr in Betracht.

„Wir haben keine Gemeinsamkeiten mehr. Das einfachste ist, jeder geht seinen eigenen Weg", schlug er ihr eines Tages vor. Aus dem Verhältnis mit Ulla machte er von nun an kein Geheimnis mehr und plante die gemeinsame Zukunft mit ihr.

Nicht nur gekränkter Stolz, sondern sicher auch die Angst vor schlechteren Lebensbedingungen, verursachten bei seiner Frau Kampfgeist. Plötzlich versuchte sie, ihn mehr zu umsorgen und wurde anhänglich wie niemals zuvor. Trotz der Härte, die er als Geschäftsmann an den Tag legte, brachte er es lange Zeit nicht übers Herz sie alleine zu lassen. So zog sich das Doppelverhältnis weiter hin.

Ulla wurde vertröstet. Sie wagte es ihrerseits nicht, ihn übermäßig stark zu drängen. Immerhin hatte er mit seiner Frau schon viele gemeinsame Jahre, mit so manchen angenehmen Erinnerungen verbracht. Das konnte sie sehr gut nachvollziehen. Es war doch auch ihr sehnlichster Wunsch eine feste Bindung und eine Familie zu haben.

Die versöhnliche Zuneigung seiner Frau hatte überraschende Folgen. Sie wurde schwanger. Es war naheliegend, dass sie es herausgefordert hatte, aber das änderte nichts an der Tatsache. Ein Kind war für Torsten immer schon ganz weit oben auf seiner Wunschliste. Jetzt brachte es ihn in einen schweren Gewissenskonflikt. Er brachte es nicht über sein Herz, sie mit dem Kind sitzen zu lassen.

Es war schließlich Ulla, die es nicht mehr ertragen konnte und die unglückliche Situation bereinigte.

„Ich kann mit dem ständigen Bewusstsein, eine Familie zu zerstören und einem Kind den Vater zu nehmen, nicht weiter leben. Bleib du bei deiner Frau und kümmere dich um deinen Nachwuchs. Ich kündige hiermit meinen Job und ziehe in eine andere Stadt. Noch bin ich jung genug, um noch einmal ganz von vorne anzufangen. Lieber jetzt, als wenn es zu spät ist und ich zu alt bin."

Sofort wollte Torsten Protest einlegen, aber sie merkte ihm die Halbherzigkeit dabei gleich an. Auch er wusste insgeheim, dass es so wie bisher nicht ewig weiter gehen konnte.

„Lass uns die Verbindung friedlich und mit Anstand beenden, es ist für alle Beteiligten das Beste", schloss Ulla und ging von ihm fort.

Konsequent, sogar etwas überstürzt, zog sie in eine einige Kilometer entfernte Stadt. Sie brauchte den großen räumlichen Abstand, um nicht ständig mit ihrem Liebhaber konfrontiert zu werden. Ihr Schmerz war zu groß, um weitere Begegnungen ertragen zu können.

Schnell lebte sie sich in ihrem neuen Umfeld ein. Einen guten Job fand sie auch sehr bald. Durch ihre Aktivitäten in Sportvereinen und dem Besuch vieler Veranstaltungen lernte sie neue Freunde kennen. Ihr Verhältnis zu den Männern hatte aber gelitten. Keiner fand mehr näheren Zugang zu ihr, obwohl es an entsprechenden Versuchen nicht mangelte. Alle hielten dem Vergleich mit Torsten nicht stand. Er blieb für sie das Maß aller Dinge.

Einige Monate gingen ins Land. Trotz der festen Absicht konnte sie Torsten nicht ganz vergessen. Alle Ablenkungsversuche misslangen kläglich. In den einsamen Stunden, und davon gab es einige, war er immer in ihren Gedanken allgegenwärtig. Sie kam einfach nicht von ihm los.

Eines Abends läutete das Telefon. Sie erwartete den Anruf einer neu gewonnenen Freundin, mit der sie verschiedene Unternehmungen geplant hatte, und war gedanklich nur darauf vorbereitet.

„Hallo, hier ist Torsten...", hörte sie stattdessen. Diese Überraschung verschlug ihr die Sprache. Schweigen auf beiden Seiten war die Folge und dauerte einige Sekunden an, bis er fortfuhr.

„Wie geht es dir? Du fehlst mir, täglich muss ich an dich denken. Vermisst du mich auch ein wenig, oder hast du mich aus dem Gedächtnis gestrichen? Sicher hast du einen neuen Freund gefunden und mich schon längst vergessen."

Ulla war viel zu überrascht über seinen Anruf. Was sollte sie ihm antworten? Anlügen wollte sie ihn nicht. Zu groß war ihre Sehnsucht nach seiner Zärtlichkeit. Konnte und sollte sie eingestehen, wie sehr sie ihm nachtrauerte? Ihr langes Schweigen sprach Bände. Sie fand keine Worte.

„Wann und wo kann ich dich treffen? Ich muss dich unbedingt wiedersehen und mit dir sprechen. Gib mir bitte eine Chance, es ist mir sehr wichtig", jammerte Torsten. Seine Stimme klang ungewohnt mitleiderregend, als wäre er den Tränen nahe.

Noch immer brachte sie keinen einzigen Ton über ihre Lippen. Warum musste das jetzt sein?

Weshalb steckte er den Stachel in die tiefe Wunde, die er ihr zugefügt hatte? Weshalb konnte er sie nicht weiterhin in Ruhe lassen, damit sie endlich irgendwann alles Vergangene vergessen könnte? Wie viel schwerer würde es sein, wenn er nun alles wieder aufwärmte.

Ihr Herz befahl ihr jedoch etwas ganz anderes.

„Wo bist du, was schlägst du vor?", war das einzige, was ihr schwerfällig über die Lippen kam. Insgeheim fieberte sie dem Wiedersehen entgegen. Vielleicht hatte sich eine Wende in der Beziehung zu seiner Frau ergeben und sie hatte wieder eine Möglichkeit zu einem Zusammenleben mit ihm. Hoffnung und Neugierde trieben sie an.

„Ich könnte in ungefähr einer Stunde bei dir sein, wo wollen wir uns treffen?"

Ulla nannte ihm ein italienisches Restaurant in der Nähe ihrer Wohnung. Ihre Stimme hatte sich bei der Antwort fast überschlagen und ihr Puls war in die Höhe geschnellt vor freudiger Erwartung. Aufgeregt wie ein pubertärer Teenager bei seinem ersten Rendezvous machte sie sich zurecht. Immer wieder korrigierte sie ihr Make-up und dreimal wechselte sie noch ihre Kleidung, bis sie endlich mit sich einigermaßen zufrieden war.

Bereits fünfzehn Minuten vor der vereinbarten Zeit war sie am Treffpunkt und wartete nervös auf seine Ankunft. Er hatte sie also erneut in seinen Bann gezogen. Würde jetzt alles noch einmal von vorne losgehen? Immer wieder sagte sie sich vor, dass sie genau das eigentlich nicht wollte. Ihre Gefühle befanden sich in einem Zwiespalt und fuhren Achterbahn mit ihr. Was aber hatte sie zu verlieren? Selbst wenn es nur für dieses eine Mal war, und sie keinerlei Hoffnung auf eine gemeinsame Zukunft haben könnte, war nichts verloren. Einige schöne Stunden könnten es allemal werden. Die musste sie sich doch nicht entgehen lassen.

Er kam pünktlich. Ohne Worte fielen sie sich in die Arme. Den riesigen Blumenstrauß, den er ihr überreichen wollte, beachtete sie erst gar nicht. Ihre Augen verschlangen ihn und alles rundum war vergessen und nebensächlich. Sie fühlte sich wie in einem schönen Traum.

Eine Unterhaltung über lauter Belanglosigkeiten begleitete im Lokal das mehrgängige, reichhaltige Menü. Keiner ging auf sein persönliches Verhältnis ein, bis Ulla nach einiger Zeit doch ihre Neugier nicht mehr länger im Zaum halten konnte.

„Du bist jetzt also ein stolzer Vater geworden. Was ist es denn, Junge oder Mädchen?"

„Es ist ein Junge, und was für ein Prachtkerl sage ich dir. Jeder Tag mit ihm ist eine wahre Freude. Zu schade, dass du ihn nicht sehen kannst. Ich habe überhaupt nicht geahnt, welche Freude man mit Kindern haben kann. Selbst wenn damit auch jede Menge Einschränkungen verbunden sind. Sie sind es wert, und ich möchte ihn niemals mehr missen. Mein Sohn ist zum wertvollsten in meinem Leben geworden. Ich liebe ihn noch mehr, als mein eigenes Leben."

Dass er bei Ulla damit einen empfindlichen Nerv getroffen hatte, merkte er erst, als er die dicken Tränen sah, die ihr über die Wangen flossen.

War sein Sohn doch damals der Grund für ihre Trennung gewesen. Er hatte die Chance auf eine gemeinsame Zukunft verhindert.

„Das freut mich sehr für dich, dann hast du ja den Stammhalter, den du einmal als Nachfolger für deine Firma brauchst", schluchzte sie nur.

Damit war das Thema zunächst beendet. Aus Rücksicht ging Torsten nicht mehr weiter darauf ein. Gerne hätte er ihr die vielen Fotos gezeigt, die sich auf seinem Smartphone angesammelt hatten. Wie viele Väter hatte er jede Kleinigkeit im Bild festgehalten, ungeachtet dessen, dass es außer ihm nur wenige interessierte. Sein Vaterstolz hätte ihr auch zu gerne über alle Details berichtet. Aber er ahnte jetzt, wie sehr er ihr damit wehtun würde.

Sehr bald schon verließen sie das Restaurant, da sie die letzten verbliebenen Gäste waren. Wie zwei schüchterne Jugendliche, die nicht wissen wie es mit ihnen nun weitergehen soll, standen sie auf der Straße. Minuten des Schweigens folgten nun. Keiner von beiden wollte eingestehen, dass sie sich noch nicht wieder trennen wollten.

„Bleibst du in der Stadt, oder fährst du noch nach Hause zu Frau und Kind?", fragte Ulla schließlich. Den sarkastischen Unterton in ihrer Stimme überhörte er. Er hatte Verständnis dafür.

„Darüber habe ich mir ehrlich gesagt noch keine Gedanken gemacht. Es war so schön dich wieder zu sehen, und das wollte ich genießen, ohne an etwas anderes denken zu müssen. Ich könnte hier in der Stadt übernachten und erst morgen früh weiterfahren. Das wäre mir eigentlich am liebsten.

Außerdem habe ich es nicht eilig nach Hause zu kommen. Einige Gläser Wein habe ich auch getrunken. In eine Alkoholkontrolle dürfte ich damit nicht kommen, das würde mich bestimmt meinen Führerschein kosten. Ein Hotel wird sich sicher leicht finden lassen."

„Komm, gehen wir zu mir", war die Antwort von Ulla, die ohne Widerspruch blieb. Stattdessen wurde sie von Torsten umarmt und gedrückt.

Alle ihre Zweifel waren verdrängt. Es zählte nur noch die gemeinsame Zeit mit ihm und die wollte sie auskosten bis zur letzten Minute, egal was sich zwischen ihnen weiter entwickeln würde.

Zügig gingen sie zu seinem Wagen und fuhren das kurze Stück zu ihrer kleinen Wohnung. Bald danach fanden sie sich im Bett wieder und ließen die alten Zeiten aufleben. Ihre Leidenschaft war durch die lange Trennung nicht verflogen und lebte neu auf. Ohne viele Worte verbrachten sie die Nacht miteinander, wie bei ihren früheren Treffen.

Erst früh am Morgen fielen sie recht erschöpft in einen ruhigen, langen Schlaf.

Der verlockende Duft von frischem Kaffee trieb Torsten aus dem Bett. Etwas verlegen schlich er in die Küche. Er wusste nicht so recht, wie er sich jetzt verhalten sollte. Welche Erwartungen hatte sie, die er durch dieses Treffen vielleicht wieder neu entfacht haben könnte? Ulla nahm ihm diese Sorge sogleich ab. Sie umarmte und küsste ihn innig, damit war das Klima bereinigt. Während des Frühstücks meldete sie sich im Büro ab, ihre verantwortungsvolle Stellung ließ dies zu.

Beide versuchten, den nicht zu vermeidenden Abschied so lange wie möglich hinauszuschieben.

Die morgendlichen Gespräche handelten von Torstens Geschäften und von Ullas neuem Job. Natürlich vermisste er sie in der Firma. Sie war nicht annähernd brauchbar zu ersetzen. Er war aber froh, dass sie sich beruflich verbessert hatte. Alle familiären Angelegenheiten vermieden beide anzusprechen, auch wenn es manchmal sehr schwer fiel. Die Zeit verging wie im Fluge und der Abschied nahte unaufschiebbar.

„Ich bin in zwei Wochen für drei bis vier Tage in Venedig zu einigen geschäftlichen Terminen. Die Besprechungen sind nicht ganz tagefüllend. Mir bleibt bestimmt sehr viel Zeit übrig für andere Unternehmungen. Hast du eventuell Lust und die Möglichkeit mitzukommen?"

Ulla war zunächst sprachlos. Zu überraschend kam dieses Angebot. Nach nur kurzer Bedenkzeit antwortete sie, und war selbst erstaunt darüber.

„Das könnte ich einrichten, bei uns ist zurzeit sowieso nicht viel los. Und zu versäumen habe ich eigentlich auch nichts. Aber warum nimmst du nicht deine Gattin und deinen Sohn mit? Venedig ist doch für jede Frau die Stadt der Sehnsucht."

„Die möchte im Moment nicht verreisen. Mit dem Jungen wäre ihr das viel zu stressig, da hätte keiner etwas davon. In dieser Entwicklungsphase ist es besser, in gewohnter Umgebung zu bleiben. Außerdem will ich das auch nicht unbedingt. Sehr viel lieber hätte ich dich dabei."

Damit war das alte Verhältnis wieder besiegelt.

Sie vereinbarten Zeit und Treffpunkt. In Venedig verhielten sie sich wie ein Paar auf Hochzeitsreise.

Ein nicht vorhersehbarer Zwischenfall hätte beinahe ihre Zweisamkeit zerstört. Ein Kunde von Torsten tauchte plötzlich im dem noblen Hotel auf, in dem sie wohnten. Als Torsten in der Halle auf Ulla wartete, die auf dem Zimmer etwas vergessen hatte, liefen sie sich in die Arme. Nur durch eine blitzschnelle Reaktion von Ulla entgingen sie dem Auffliegen ihrer Beziehung. Sie lief schnurstracks an ihnen vorbei, als würde sie beide nicht kennen.

„Respekt vor deinem Reflex, das hätte ins Auge gehen können", meinte Torsten danach. Einen Tag lang mussten sie dem Kunden noch aus dem Wege gehen, um ihm nicht zu begegnen. Verstohlen um sich blickend, verließen sie getrennt das Hotel.

Viele Stunden verbrachten sie gemeinsam mit zahlreichen Unternehmungen. In der mediterranen Atmosphäre bekam die Beziehung einen neuen Schwung, sie verstanden sich so gut wie früher.

Alle paar Wochen waren sie von nun an wieder für einige Tage zusammen. Wenn Torsten seine Termine mit einem Treffen verbinden konnte, und das war öfter mal der Fall, verabredeten sie sich. Manches Mal, wenn ihn die Sehnsucht zu sehr übermannte, gab vor, Geschäftspartner besuchen zu müssen und verschaffte sich seine Freiräume. Seine Frau war öfter skeptisch wegen seiner vielen Reisen, traute sich aber doch nicht, die durch den Nachwuchs neu erwachte Verbundenheit zu gefährden. Es war zu vermuten, dass sie von dem intimen Verhältnis wusste, oder zumindest ahnte.

Dem momentanen Urlaub zusammen mit Ulla, diente ein Kongress in Mailand als Alibi. Direkt von dort wollte er zum alljährlichen Winterurlaub in einen bekannten Kurort kommen und sich dort mit seiner Frau treffen. Dadurch hatte er auch eine Begründung, die Ausrüstung gleich mitzunehmen. Da er sonst täglich am Abend mit ihr telefonierte, machte er sich jetzt sehr große Sorgen, weil er sie mangels Mobilfunknetz nicht anrufen konnte.

Ulla hatte die überaus herzlichen und intimen Gespräche oft mitbekommen. Ihre Stimmung litt sehr darunter. Es war deutlich zu spüren, wie sehr er jetzt wieder mit seiner Frau und besonders mit seinem Sohn verbunden war.

Allmählich kam sie sich ausgenutzt vor. Sie war für ihn wohl nur eine Gespielin zur Abwechslung. Eine gemeinsame Zukunft würde es nie geben.

Die ersten Stunden ihres momentanen Treffens waren noch voller Wiedersehensfreude gewesen. Danach schlich sich immer mehr die Routine ein. Außerdem hatte sich Torsten in der Zwischenzeit sehr stark verändert. Sein Sprössling stand an der allerersten Stelle seines Interesses. Oft musste sie sich anhören, was er für erstaunliche Fortschritte in seiner Entwicklung machen würde. Nicht ganz nachvollziehbar war für sie, was daran besonderes sein sollte. Was er erzählte war nichts anderes, als das ganz normale Heranwachsen jedes Kindes. Torsten merkte zwar ihr Desinteresse, verlor sich aber doch immer wieder in Schilderungen, die für Ulla absolut uninteressant und langweilig waren und sie in eine depressive Stimmung versetzten.

Seine Ehe schien wieder intakt zu sein. Anders war der herzliche und liebevolle Umgang mit seiner Ehefrau nicht zu erklären. Ullas Leidenschaft und ihre Zuneigung zu ihm schwanden zusehends.

Über ihre Liebschaft dachte sie kritischer nach als zuvor und stellte sie mittlerweile ganz in Frage. In Torsten sah sie nun nicht mehr den Mann ihrer Träume. Hatten früher die Möglichkeiten die er ihr bot noch ihren Reiz gehabt, so war das durch ihr gehobenes Einkommen auch nichts Außergewöhnliches mehr. Im Umgang mit ihm hatte sich jetzt ihr Ton spürbar verschärft, was in der kritischen Situation deutlich zu spüren war. Zumal er nicht gerade aktivsten Beschützerinstinkt entwickelte. Sein Sarkasmus und seine Untätigkeit erzeugten mittlerweile Wut bei ihr. Wo war der Manager geblieben, der auf alles eine Antwort wusste und jede Lage souverän beherrschte? Was war davon in dieser Notsituation noch übrig?

Hass empfand Ulla plötzlich auch gegen sich selbst. Was hatte sie eigentlich erwartet. Sie war doch alt genug, ihre Lage logisch einzuschätzen. War sie durch einsames Singleleben verblendet? Sollte sie das Unglück doch noch heil überstehen, würde sie den Spieß umdrehen, schwor sie sich. Fortan würde sie Torsten nur noch hemmungslos ausnützen. Er müsste für ihre Gesellschaft teuer bezahlen. Rücksicht auf seine Familie würde sie keine mehr nehmen. Wenn er schon keine mehr auf ihre Gefühle nahm, musste sie das auch nicht. Egoistisch würde sie ab sofort nur ihre eigenen Ziele verfolgen. Welche Macht sie immer noch über ihn hatte war ihr zwar bewusst, trotzdem würde sie gegebenenfalls sogar das Scheitern ihrer Beziehung einkalkulieren. Mit den Erfahrungen aus dem jetzigen einschneidenden Erlebnis fühlte sie sich gefühlsmäßig dazu in die Lage versetzt und würde ihm bestimmt nicht mehr nachtrauern. Eine solche tiefe Sehnsucht, wie nach der ersten Trennung von ihm, würde sie nicht noch einmal überkommen.

– KAPITEL 12 –

Mark war von den Insassen in der verschütteten Raupe der Robusteste und Aktivste. Kaum war das Problem mit der Atemluft zufriedenstellend gelöst, drängte er zu weiteren Aktivitäten. Ruhelos war er in Bewegung, auf der Suche nach einem Ausweg aus der unglücklichen Lage.

„Lasst uns einen Ski durch das Luftloch nach oben werfen, dann haben eventuelle Suchtrupps ein Zeichen wo wir sind. Außerdem können wir die LVS ein Stück nach oben schieben, damit man sie vielleicht orten kann", schlug er vor.

Noch immer hatte er den Glauben daran, dass man sie vielleicht suchen würde, nicht aufgegeben.

Ulla nahm daraufhin aus dem Verbandkasten Dreiecktücher und band sie als Fahnen um den Ski. So präpariert versuchten sie ihn durch das Luftloch zu stecken. Die Schneedecke über ihnen dürfte etwa ein bis eineinhalb Meter dick sein. Demzufolge war es schwierig, das provisorische Signalzeichen durch das enge Loch zu bekommen. Erst nach vielen vergeblichen Anläufen gelang es mit Hilfe eines zweiten Skis, mit dem sie nach-schieben konnten und der Unterstützung mit den Skistöcken. Die LVS schoben sie so weit wie irgend möglich nach oben. Sie steckten jetzt etwa einen halben Meter oberhalb der Raupe im Schnee. Auch wenn sie nur sehr geringe Hoffnung hatten, damit etwas zu bewirken, war es den Versuch wert. Nichts sollte unterlassen bleiben, was eventuell zu ihrer Rettung beitragen könnte.

Trotzdem auch dieser Schritt erledigt werden konnte, wähnten sie sich noch nicht in Sicherheit. Die körperliche und seelische Erschöpfung, sowie die extreme Kälte, zehrten an der Überlebenskraft. Lethargisch und frierend kauerten sie, eingehüllt in alle verfügbaren Kleidungsstücke und Decken, in den Ecken der Kabine. Ganz eng drückten sie sich aneinander, um jedes bisschen Körperwärme zu erhalten. Wie lange konnten sie so durchhalten, bevor die Körper die letzte Kraft verloren hätten, oder die Kälte sie zu Eisklumpen erstarren ließ? Robbi brauchte besonders dringend Hilfe. Er war aufgrund seiner eingeschränkten Beweglichkeit am stärksten gefährdet.

Es war wiederum Mark, der nach einiger Zeit mit einem weiteren Vorschlag aufwartete.

„Wir müssen etwas tun, solange wir noch die Kraft dazu haben. Lasst uns gemeinsam versuchen die Heckscheibe einzutreten. Dahinter scheint ein kleiner Zwischenraum zu sein. Vielleicht können wir uns dann selbst ausgraben."

Nachdem seine letzte Idee schon für illusorisch gehalten wurde, aber trotzdem erfolgversprechend war, gab es wieder neuen Auftrieb. Außerdem war die Untätigkeit für die Moral nicht förderlich, sie verstrickten sich zu sehr in Selbstmitleid.

Entsprechend Marks Vorschlag legten sich alle, außer dem verletzten Robbi, rücklings auf die Rückbank. Die schweren Skistiefel richteten sie gegen die Heckscheibe und stießen mit aller Kraft zu. Es waren mehrere Versuche notwendig, bis die Energie gebündelt auf der Glasscheibe niederging.

Die starke Vibration der Scheibe bei den Tritten ging in die Knochen und Gelenke. Sie gab jedoch bisher noch keinen Millimeter nach. Nach einer Entspannungspause versuchten sie es nochmals. Es schien absolut zwecklos, aber ihr Ehrgeiz ließ sie, mit dem Mut der Verzweiflung, noch nicht aufgeben. Nach zahllosen Versuchen bewegte sich die Scheibe tatsächlich um einige Zentimeter nach außen. Das stabile Sicherheitsglas blieb dabei sogar unversehrt erhalten, es löste sich nur aus dem Dichtungsrahmen. Die Anstrengung zwang zu einer erneuten längeren Pause.

Der schmale Spalt hinter der Scheibe war durch die Fahrversuche mit der Schneekatze entstanden.

Im beengten Innenraum war es außerordentlich umständlich, mit einem Ski oder Stock durch den entstandenen Spalt zu stoßen, aber nachdem sich alle zusammengequetscht hatten, ergab sich der nötige Spielraum.

Abwechselnd versuchten sie jetzt, rund um die Scheibe, Schnee, Eis und Geröll weg zu drücken. Es schien aussichtslos, aber der Überlebenswille gab ihnen wieder die Energie zum Weitermachen. Bis fast zur Erschöpfung kämpften sie gegen den äußeren Widerstand. Besser ging es, als sie seitlich an der Kante ein wenig Platz geschaffen hatten, um die Scheibe wenige Zentimeter zur Seite zu schieben. Es war wohl Wut, die Torsten dazu brachte, mit aller verbliebenen Kraft wie ein Irrer durch die enge Lücke in den Schnee zu stoßen. Tatsächlich gelang ein kleiner Durchbruch. Sofort versuchte er, ihn noch etwas weiter zu vergrößern.

Er nahm in Kauf, dass Schnee und Eisbrocken ins Fahrzeug fielen. Das nur schwache Licht, das die Taschenlampe noch hergab, erschwerte die Arbeit. Abwechselnd gruben sie einen kleinen Tunnel. Die Scheibe schoben sie nach oben. Langsam füllte sich zwangsläufig die Kabine mit losgelöstem Schnee und es wurde immer enger.

Nachdem der Durchbruch ausreichend genug schien, versuchte sich Mark hindurchzuzwängen. Mit der Unterstützung der anderen, die ihn kräftig von unten nachdrückten, gelang es ihm schließlich durch das Loch zu kriechen. Erlöst legte er sich in den tiefen Schnee und atmete erst einmal kräftig durch, bevor er sich einen Überblick verschaffte. Es schneite immer noch in dicken Flocken. Der Sturm hatte geringfügig nachgelassen und auch die Temperatur schien etwas erträglicher zu sein.

Er war jetzt endlich draußen, aber was nun? Wie sollte es weitergehen? Undurchdringlich war der Schneefall in der dunklen Nacht. Kein Mond und auch keine Sterne waren zu erblicken. Nur hohe Schneeberge konnte er in der unmittelbaren Nähe erkennen. Sie waren vermischt mit Geröll und Ästen, die die Lawine mit sich gerissen hatte.

„Wie sieht es draußen aus, ist etwas zu sehen?", hörte er Micha rufen. Kurz darauf steckte dieser bereits den Kopf durch das Loch und ließ sich von ihm heraushelfen. Auch er begutachtete zuerst das Umfeld. Die nur wenigen Meter, die einzusehen waren, ließen nur ein unebenes Gelände erkennen. Nach ein paar Schritten sank er tief im Schnee ein. Die Neigung zum Tal hin konnte man feststellen.

Wie konnten sie aber erkennen wo vorher einmal die Piste verlaufen war, um den richtigen Weg nach unten zu finden? Sie wussten, dass der Berg mit vielen unpassierbaren Schluchten durchsetzt war. Bei der Dunkelheit ohne eine Orientierungsmöglichkeit ziellos loszulaufen war zu gefährlich. Nachdenklich setzten sich beide nebeneinander. Was konnten sie tun, wie sollte es weitergehen?

„Lass uns erst einmal den Eingang zur Raupe etwas freimachen und Stufen in den Schnee treten, damit man raus und rein kann", schlug Micha vor.

„In Ordnung, die anderen werden auch endlich einmal heraus wollen."

Mit dem einen Ski, den sie vorher als Signal von unten durchgeschoben hatten und der mittlerweile seinen Zweck kaum erfüllt hätte, weil er halbwegs eingeschneit war, fing Mark an, wild zu schaufeln. Micha ließ sich einen weiteren durch den Einstieg reichen. Langsam bekamen sie den Zugang frei. Die Eisklumpen, Steine und Äste behinderten sie dabei. Hinzu kam, dass sie kaum noch genug Kraft hatten. Am liebsten hätten sie aufgegeben.

Torsten kämpfte sich mittlerweile auch durch den Einstieg ins Freie. Ratlos schaute er sich um und fluchte über das wenige, was er sehen konnte.

„Verdammter Mist, was machen wir denn jetzt hier draußen, abwarten und erfrieren? Da können wir doch auch drinnen auf unser Ende warten."

Eine Antwort darauf blieben beide schuldig.

Nach einiger Zeit hatten sie einen, unter den Umständen komfortablen Eingang freigelegt, und eine notdürftige Treppe in den Schnee geschaufelt.

Die Ski, die sie zum Schaufeln als ihr einziges Werkzeug zur Verfügung hatten, litten sehr stark unter der Beanspruchung. Das war im Moment aber nicht das größte Problem.

Ulla und Jana kamen auch ins Freie geklettert und standen bibbernd vor Kälte im Sturm.

„Das ist ja noch ungemütlicher, als da drinnen. Wir gehen lieber wieder hinein, bis ihr wisst wie es weitergeht", ließ Ulla verlauten und sie zogen sich niedergeschlagen wieder zurück in die Raupe, die sie wenigstens vor dem Sturm schützte.

Die Männer versuchten sich derweil bei einer Zigarette etwas zu entspannen und einen Plan zu schmieden, wie sie weiter vorgehen könnten. Viele Alternativen ergaben sich nicht.

„Ich schlage vor, zwei von uns tasten sich als Vorhut langsam durchs Gelände und suchen einen Weg nach unten, bevor wir alle sinnlos durch die Gegend irren und ungeschützt im Gelände herum stolpern. Vielleicht ist es ja gar nicht mehr weit bis zum Tal", schlug Mark zunächst vor.

Torsten antwortete ihm zweifelnd.

„Meinst du, das macht Sinn? Man sieht ja die Hand vor den Augen nicht. Sollten wir nicht lieber abwarten, bis es hell wird? Vielleicht wird auch der Schneefall bis dahin weniger."

Micha teilte Marks Meinung und widersprach.

„Wenn wir warten, haben wir bald die ersten Erfrierungen. Robbi braucht auch dringend Hilfe. Bleib du hier, ich gehe zusammen mit Mark los. Falls wir einen brauchbaren Weg finden sollten, kommt einer von uns zurück und holt euch."

Torsten war einverstanden und holte Ski und Stöcke aus der Raupe. Er musste ja das Risiko nicht eingehen, die beiden nahmen es ihm ab.

„Viel Glück, passt gut auf und verirrt euch bitte nicht, alle unsere Hoffnungen lasten auf euch."

Es war, wie schon erwartet, schwierig auf dem Geröll einigermaßen zügig voranzukommen. Ohne Ski machte es keinen Sinn und war eine quälende Schinderei, die sie bald wieder aufgaben. Mit ihren Skiern holperten sie auch nur langsam voran. Am Waldrand, der in diesem Bereich gerade noch schwach erkennbar war, versuchten sie sich einen Weg zu bahnen. Nach etwa einer halben Stunde merkten sie, dass es wenig Sinn machte, weiter zu gehen. Sie konnten keinen Weg erkennen. Verirren wollten sie sich nicht, ihren Rückweg mussten sie sicher wiederfinden. Die Lawine hatte alles so stark verändert, dass es nicht möglich war, sich an irgendetwas zu orientieren. Das Wagnis, mit allen zusammen und dem verletzten Robbi über das Geröllfeld und die Schneewehen loszuziehen, konnten sie unter diesen Umständen keinesfalls eingehen. Wie sie Robbi überhaupt transportieren konnten, war ja auch noch nicht gelöst.

Gerade hatten sie beschlossen umzukehren, als Mark auf eine schemenhaft erkennbare Lichtung deutete. Das sonst vollkommen undurchdringliche Dunkel des Waldes war ein Stück unterbrochen. Vielleicht ging es dort nur in eine der unwegsamen vielen Schluchten. Es könnte aber auch eine in den Wald geschlagene Lichtung sein und die Piste ging von dort aus vielleicht nach dieser Seite weiter.

Letzteres wäre das vorteilhafteste, weil die Lawine dann geradeaus ins Unbekannte gerauscht wäre. Diese Ungewissheit wollte er jetzt auf keinem Fall ungeklärt lassen.

„Lass uns noch einen Blick um die Ecke werfen. Ich glaube zwar nicht mehr, dass es uns was hilft, aber dieses kurze Stück bringt uns auch nicht um."

„Meinetwegen, versuchen wir das noch, bevor wir eine Chance ungenutzt vorübergehen lassen", antwortete ihm Micha, in dessen Stimme keine große Hoffnung mitschwang.

KAPITEL 13

Jasmin und Maria trafen Jonas in einer Hütte in der Nähe der Talstation. Die Skilehrer hatten ihre Schüler beim Einsetzen des starken Schneefalls und des Sturmes schon vorsorglich nach unten getrieben und ihre Ausbildungen an diesem Tag beendet. Die Verantwortung für sie, bei dem schlechten Wetter, war ihnen zu groß. Der Kurs der beiden Frauen war auf den unteren Liftanlagen unterwegs gewesen. Sie hatten dadurch nur einen kurzen Rückweg und waren schon bei den ersten Skifahrern, die unten ankamen. Der Skikurs dem Jonas angehörte, fuhr zuerst an die Mittelstation, wo sich bereits eine Menge Skifahrer stauten, um mit der Seilbahn ins Tal zu fahren. Als eine der Gondeln, wegen dem zu starken Sturm, nur mit viel Mühe und erst nach drei Fehlversuchen die enge Einfahrt in das Gebäude schaffte, stellten die Betreiber die Fahrt aus Sicherheitsgründen ein. Alle, die jetzt nicht mehr mit der Bahn befördert werden konnten, wurden in Gruppen eingeteilt. Von den Skilehrern, den Leuten der Bergwacht und einigen Männern vom Liftpersonal wurden sie über eine der leichten Abfahrten langsam nach unten geleitet. Wie eine größere Hammelherde hinter ihrem Zugtier wurden sie langsam die Piste hinunter geschleust. Die vorausfahrenden Führer waren auf äußerste Vorsicht und Disziplin bedacht und achteten darauf, dass unterwegs niemand zurück blieb. Einige Nachzügler wurden sofort wieder eingesammelt.

Da der Tag noch viel zu jung war, um ins Hotel zurückzukehren, und die fetzige Stimmungsmusik der Après-Ski-Partys lockte, strömten fast alle in eine der zahlreichen bereits gut gefüllten Hütten.

Jasmin, Maria und Jonas waren eigentlich hauptsächlich zum Skifahren in diesen Wintersportort gekommen. Frische Luft, Bewegung und schöne Aussichten sollten ihnen die Kraft geben, für die arbeitsreichen Wochen danach. Jetzt saßen sie in dem stickigen und lauten Lokal. Anfangs gefiel ihnen das nicht besonders, zum ausgiebigen Feiern hatten sie an den Abenden genügend Zeit.

Umgeben waren sie von vielen ausgelassenen Urlaubern mit alkoholangereichertem Gegröle und unflätigen Scherzen. Der wärmende und lockernde Jägertee und Glühwein vertrieb aber sehr bald die schlechte Laune, zumindest bei Jasmin und Jonas.

Maria hingegen haderte ein wenig mit sich selbst wegen ihres Ausrutschers am Vorabend. Was hatte sie sich da eingebildet? Wahrscheinlich war es Östrogenüberschuss, der sie dazu getrieben hatte, sich dem Skilehrer Erik so schnell an den Hals zu werfen. Nach einer langen Nacht voller leidenschaftlicher Zärtlichkeit, die sie beide bis in die Morgenstunden ausgekostet hatten, war die Stimmung danach sehr unterschiedlich. Während sie nach wie vor von ihm sehr angetan war und ihn anhimmelte, hinterließ Erik eher den Eindruck, als wäre sie auf seiner umfangreichen Action-Liste bereits abgehakt. Heute hatte er sie während der ganzen Zeit nicht beachtet. Umgarnt von einer sehr gut gebauten Blondine, die auch ein Auge auf ihn geworfen hatte, schenkte er dieser seine ganze Aufmerksamkeit. Sicher war sie als nächstes Opfer auserkoren und würde heute Nacht sein Bett wärmen. Auch sie würde bestimmt nur eine kurze Episode in seinem lockeren Umgang mit seinen Schülerinnen werden und bereits am nächsten Tag uninteressant sein.

Jasmin hatte morgens ihrer langjährigen engen Freundin, Reisegefährtin und Zimmergenossin, das nächtliche Fernbleiben noch nicht verziehen. Mit kühler Miene war sie ihr beim Frühstück aus dem Wege gegangen. Ein wenig Eifersucht war sicher dabei. Kein Kind von Traurigkeit, ging sie selbst ja auch keinem Flirt aus dem Wege, und hatte dabei meistens mehr Erfolg als Maria.

Jetzt nutzte sie die Gunst von Jonas schamlos aus. Er umgarnte sie, seit er sie das erste Mal am Tisch gesehen hatte. Ganz ansehnlich und auch charmant, war er aber nicht ihr Wunschtyp. Sie fand ihn etwas zu unmännlich, fast noch kindhaft und konnte sich bislang nicht für ihn begeistern. Seine beruflichen Erfolge und das Autohaus seiner Eltern, mit dem er recht großspurig geprahlt hatte, waren zwar verlockend, aber der Funke sprang nicht über. Nur um Maria zu ärgern, machte sie ihm trotzdem schöne Augen und schmiegte sich verführerisch an ihn. Großzügig spendierte ihr Jonas einen Trink nach dem anderen. Schon bald spürte sie, mehr als ihr lieb war, die unbändige Macht des Alkohols. Sie verlor vollkommen die Gewalt über sich. Eng umschlungen tanzte sie mit ihm. Die zudringlichen Liebkosungen und seine sanft tastenden Hände auf ihrem Körper, ließ sie nicht nur ohne Widerspruch zu, sondern animierte ihn sogar noch dazu. Mit Genugtuung registrierte sie dann, wie Maria sich angewidert abwandte von ihr. Die mitreißenden Stimmungslieder, in der Verbindung mit dem übermäßige Genuss von unterschiedlichen Drinks sorgten dafür, dass sie bald nur leicht taumelnd vom Tisch zur Tanzfläche und zurück fand. Jonas schien das am Anfang noch lustig zu finden. Als er sie gerade noch vor einem Sturz bewahren konnte, zog er aber die Notbremse und gönnte ihr nur noch Getränke ohne Alkohol. Maria unterhielt sich währenddessen mit einigen anderen Gästen am Tisch und tat so, als bemerkte sie das Treiben der beiden nicht. Jasmins Retourkutsche war offensichtlich erfolgreich. Jetzt war Maria beleidigt und bitter enttäuscht von ihrer besten Freundin und ihrem Benehmen.

„Musst du dich aufführen wie eine Nutte?", war die einzige Bemerkung, die sie zwischendurch kopfschüttelnd, ohne auf eine Antwort zu warten verlauten ließ, bevor sie sich wieder abwandte und demonstrativ den Tischnachbarn zuwandte.

Der Lawinenabgang am Rande des Dorfes ging in der lärmerfüllten Hütte, die etwas abseits von der Unglückstelle lag, zunächst vollkommen unter. Erst durch das laute Heulen der Sirenen und die Auskunft der Gäste, die gerade erst gekommen waren, wurden die Skifahrer darauf aufmerksam.

Die Musik verstummte. Aufgeregtes Gemurmel füllte stattdessen den Raum, bevor der Hüttenwirt um Aufmerksamkeit bat und eine Ansage machte.

„Leider ist gerade eine Lawine bis in einen Teil unseres Dorfes herunter gekommen. Bitte haben sie Verständnis dafür, dass wir sie bitten müssen zu gehen und ihre Unterkünfte aufzusuchen. In den Quartieren wird registriert, wer abgängig ist. Wer helfen kann und möchte, soll sich bitte am Marktplatz melden, dort wird man sie in Gruppen einteilen. Bleiben sie ruhig, man tut sicher alles was möglich ist, um zunächst einen Überblick und Klarheit über das Ausmaß zu bekommen. In ihren Pensionen oder Hotels wird man sie ständig auf dem Laufenden halten."

Schnell leerte sich die Hütte. Betretene Mienen zeigten sich auf den Gesichtern der Nüchternen. Noch wusste niemand, ob Menschen verletzt oder verschüttet waren. Da man sie registrieren wollte, schien das aber möglich und sogar wahrscheinlich. Ungewissheit und Sorge um Freunde und Bekannte machte sich breit. Mitgefühl mit den Betroffenen stimmte sie traurig. Ein Teil der Gäste, darunter war auch Jasmin, bekam den Ernst der Lage, unter dem zu großen Alkoholeinfluss stehend nicht mit. Sie wunderten sich über den plötzlichen Aufbruch. Die Feierlaune fand ein abruptes Ende.

Maria schloss sich einer Gruppe Skifahrer an, die zügig den Sammelplatz ansteuerten, um die Helfer tatkräftig zu unterstützen. Jasmin fiel, durch die plötzliche vermehrte Sauerstoffzufuhr, vor der Tür gleich in den Schnee. Jonas konnte nicht umhin sie samt ihrer Ausrüstung aufzuheben und stützend in Richtung Hotel zu schleppen. Das war in ihrem Zustand kein leichtes Unterfangen.

Ständig entglitt sie seinen Händen und ließ sich laut grölend nur sehr schwer vorwärts bewegen. Mehrmals musste sie den Straßenrand aufsuchen, um etwas den Alkoholpegel zu senken. Jonas hätte sie am liebsten sich selbst überlassen, aber seine Mitschuld konnte er nicht leugnen. Viel zu sehr hatte er sie zum ständigen Trinken animiert. So hatte er sich die neu gewonnene Freundschaft überhaupt nicht vorgestellt. Das jetzige Verhalten von ihr stimmte ihn nachdenklich, und grenzte sein Interesse an ihr erheblich ein.

Für den kurzen Weg zum Hotel brauchten sie viel Zeit, weil Jasmin fast die ganze Straßenbreite bei ihren schwankenden Kurven mit einbezog. Vor dem Hotel kamen ihnen zahlreiche hilfsbereite Gäste entgegen. Diese waren sehr wahrscheinlich zunächst der Auffassung, dass es sich um eine durch die Lawine verletzte Person handelt. Durch den Alkoholdunst der sie umgab, wurden sie eines Besseren belehrt. Mit Mühe schaffte Jonas sie, mit Hilfe einer Hotelangestellten, auf ihr Zimmer. In voller Montur fiel sie dort gleich auf ihr Bett und rührte sich zunächst nicht mehr.

Jonas, der sich für sie verantwortlich fühlte, wusste nicht, was er weiter mit ihr anfangen sollte. Nachdem er sie von ihrer Jacke und den schweren Skistiefeln befreit hatte, starrte er sie eine ganze Weile ratlos an. Ein lautes Würgen deutete ihm bald die nächste Herausforderung an. Er schaffte es gerade noch rechtzeitig, sie auf die Toilette zu schleppen, wo sie sich zuerst ausgiebig übergeben musste, bevor noch andere Bedürfnisse folgten.

Nachdem Jasmin einige Zeit im Bad verbracht hatte, kam sie wieder auf Jonas zugewankt. Nach wie vor im Alkoholrausch wollte sie ihn umarmen, was er angewidert verweigerte. In diesem Stadium hätte er alles mit ihr machen können, aber längst war ihm das Verlangen vergangen. Umständlich begann sie damit, sich beabsichtigt langsam zu entkleiden, nicht ohne ihn dabei immer aufreizend in engen Kurven zu umrunden.

Jonas war hin und her gerissen wie er sich nun verhalten sollte. Draußen kämpften wahrscheinlich viele um das Leben von Menschen und Tieren, während er sich diese Vorstellung ansehen musste. Als sie mit ihrem peinlichen Striptease endlich bei der Unterwäsche angelangt war, reichte es ihm. Er schnappte sie um die Taille und unterbrach die Vorführung. Mit Gewalt bugsierte er sie unter die Dusche und drehte das eiskalte Wasser auf. Die Wirkung blieb nicht aus. Laut schreiend schlug sie feste auf ihn ein und versuchte sich zu befreien. Langsam kam sie zu sich, ihr Blick wurde deutlich klarer. Nachdem er ihr ein Badetuch bereitgelegt hatte, ließ er sie alleine. Er setzte sich auf einen der Sessel in ihrem Zimmer. Nachdenklich wartete er die weitere Entwicklung ab.

Es war eine völlig neue Jasmin, die kurz darauf im Saunamantel aus dem Badezimmer kam. Die Dusche hatte sie einigermaßen ernüchtert. Etwas schüchtern und benommen setzte sie sich zu ihm.

„Was ist denn mit mir passiert? Ich habe einen kompletten Filmriss und kann mich an nichts mehr genau erinnern. Wahrscheinlich habe ich mich wohl ziemlich daneben benommen. Entschuldige bitte, wenn ich dir Unannehmlichkeiten bereitet haben sollte. Es ist mir außerordentlich peinlich."

„Schon gut, ich bin ja nicht ganz unschuldig daran. Wir waren so schön in Stimmung, da hast du etwas zu viel über den Durst getrunken. Hauptsache, du bist jetzt wieder einigermaßen in Ordnung. Dass unten am Rand des Dorfes eine Lawine heruntergekommen ist, hast du sicher gar nicht mitbekommen. Deshalb mussten alle sofort aufbrechen und die Unterkunft aufsuchen, oder bei den Aufräumarbeiten helfen."

„Oh mein Gott. Davon habe ich nichts bemerkt. Wie schlimm ist es? Gibt es Verschüttete? Wo ist Maria und wo sind die anderen?"

„Maria geht es gut, sie war bei uns in der Hütte. Jetzt ist sie sicher bei den Helfern. Jedenfalls hat sie sich dafür gemeldet. Von allen anderen habe ich bisher nichts gehört. Ich war mit deinem Transport beschäftigt. Ich weiß auch nicht wie schlimm es ist. Sobald ich dich alleine lassen kann, werde ich mich an der Rezeption danach erkundigen."

Konsterniert ließ sie sich auf dem Bett nieder und stützte den Kopf mit beiden Händen.

„Was musst du jetzt für einen Eindruck von mir haben. Sonst trinke ich eigentlich wenig Alkohol. Die Sache mit Maria hat mich zu sehr geärgert. Dass sie so einfach verschwindet und mich alleine lässt. Fast die ganze Nacht habe ich vergeblich auf sie gewartet. Dass sie nicht ins Hotel kam, hat mich geärgert und mir den ganzen Schlaf geraubt. Wirft die sich einfach dem Skilehrer an den Hals.

Heute hat sie sicher gesehen, was sie davon hat. Der hat nur ihre Zuneigung schamlos ausgenutzt. Hoffentlich ist es ihr eine Lehre."

Nachdenklich geworden schaute sie zu Jonas auf, bevor sie sich zu einer Frage überwinden konnte, die ihr offensichtlich sehr am Herzen lag.

„Ist zwischen uns etwas gewesen, haben wir zusammen...? Du weißt schon was ich meine."

„Was denkst du denn von mir? Meinst du, ich nutze deine Hilflosigkeit einfach schamlos aus? Deinen Striptease habe ich bei der Unterwäsche unterbrochen und dich schnell unter die Dusche verfrachtet, damit du wieder klar wirst."

„Ich danke dir, verzeih mir bitte. Dein Verhalten rechne ich dir hoch an. Du bist ein Kavalier. Darf ich hoffen, dass der Vorfall unter uns bleibt?"

„Ja doch, selbstverständlich. Ich habe es schon vergessen. Jetzt werde ich dich alleine lassen und schauen, ob ich etwas helfen kann, und wie es den anderen geht. Wir sehen uns später."

Im Foyer herrschte nach wie vor reger Betrieb. Die Gäste warteten angespannt auf Nachrichten von den Rettungskräften. Ständig kamen weitere Meldungen. Einige Häuser und Stallungen waren betroffen. Schnee und Wind behinderten die Suche nach Opfern und die Aufräumarbeiten erheblich. Hilfe aus den Nachbarorten war nicht zu erwarten, der Pass war verschüttet und noch nicht passierbar. Einige Stunden könnte es schon dauern, bis man die Strecke freigeräumt hätte. Da man mit weiteren Schneebrettern rechnen musste, war nicht klar, bis wann eine Öffnung zu verantworten war.

Dass Menschen und Fahrzeuge eingeschlossen werden könnten, musste man ausschließen. Wie viele Gäste vermisst wurden, war nicht endgültig feststellbar. Ständig meldeten sich noch weitere Urlauber unversehrt zurück. Viele waren bei den Helfern, oder sie waren im Dorf unterwegs, und konnten deshalb bisher noch nicht erfasst werden.

Jana, Ulla, Mark und Torsten waren weder vom Personal, noch von den Gästen gesehen worden. Ihre Zimmerschlüssel hingen noch am Haken, also waren sie bis jetzt nicht zurückgekehrt. Sie waren ganz bestimmt gemeinsam unterwegs gewesen. Hoffentlich ist ihnen nichts passiert, sorgte sich Jonas. Er kannte sie gerade erst seit zwei Tagen, trotzdem fühlte er sich mit ihnen freundschaftlich so verbunden, als würde er sie lange kennen.

Nachdem er eine Nachricht an der Rezeption hinterlassen hatte, für den Fall, dass jemand nach ihm fragen würde, machte er sich auf, um an der Unglücksstelle seine Hilfe anzubieten und näher am Geschehen zu sein. Sehr froh darüber, selbst nicht davon betroffen zu sein, hatte er Mitgefühl mit den Betroffenen. Dass ohne jegliche Warnung so etwas passieren kann, machte ihn nachdenklich.

Die Stelle, an der die Lawine den Ort getroffen hatte, glich einem großen Trümmerhaufen. Er war erstaunt über das wahre Ausmaß der Zerstörung. Einige der Häuser waren ganz oder teilweise unter dem Schnee und Geröll begraben. Die zahlreichen Helfer waren dabei, alle Wege zu den Eingängen schnellstens frei zu schaufeln. Er mischte sich unter sie und beteiligte sich an den Aufräumarbeiten.

Ob auch Menschen zu Schaden gekommen waren, konnte ihm noch niemand sagen.

In dem Sporthotel, in dem Robbi und Micha mit ihren Frauen einquartiert waren, vermisste man nur noch die beiden Männer. Man wusste, dass sie sich auf eine Tour abseits des Skibetriebes begeben hatten. Ihre geplante Route war eigentlich außerhalb des von der Lawine betroffenen Gebietes. Deshalb war ihre Abwesenheit unerklärlich und gab Anlass zu den schlimmsten Befürchtungen. Ihre Partnerinnen, Lisa und Martina, die von ihrer Beteiligung bei den Such- und Aufräumarbeiten bereits zurückgekehrt waren, liefen ungeduldig im Eingangsbereich des Hotels umher. Ungewissheit zehrte an ihren Nerven. Sonst immer per Smartphone erreichbar, vermissten sie jetzt, wo man es dringend benötigte, diesen Komfort. Es gab im Ort keine Verbindung. Die in dieser Region ohnehin wenigen Funkmasten sorgten für viele Funklöcher. Der Schneesturm tat noch ein Übriges, um den gesamten Telefonverkehr zu stören.

Würden sie die beiden wieder unversehrt in die Arme schließen können?

Im Bauernhof von Sepp wartete man vergeblich auf die Rückkehr des Familienoberhauptes. Seine Frau und sein jüngster Sohn verrichteten deshalb bereits alleine die notwendigen Arbeiten in den Stallungen. Ihre zahlreichen Tiere mussten versorgt werden. Der älteste Sohn war, während der Arbeit in seinem eigenen Betrieb, zur Bergwacht abberufen worden. Er war bei einem Suchtrupp, der nach Verschütteten und Verletzten suchte.

Um Sepp machten sich zwar alle etwas Sorgen, schlossen aber nicht aus, dass er in der Berghütte geblieben war und auf besseres Wetter für seinen Rückweg wartete. Das war nicht außergewöhnlich. Er kannte die Berge wie kaum ein anderer und konnte mit den Tücken des Wetters bisher auch immer gut umgehen. So war man guter Hoffnung, dass er der Lawine entkommen war. In den Bergen ist man es gewohnt, dass ein Wetterumschwung alle Pläne durcheinander wirbelt und man stellt sich darauf ein.

KAPITEL 14

Jana zitterte am ganzen Leib. Die Kälte kroch ihr in alle Glieder, aber auch die Angst trug ihren Teil dazu bei. Dringend hätte sie den Beistand von Mark benötigt, der jedoch bereitete ihr auch noch zusätzlich Sorgen. Musste er denn unbedingt nachts bei dem Wetter im unbekannten Gelände herumlaufen? Sie sah nach einiger Überlegung ein, dass ein Ausweg aus ihrem Dilemma gefunden werden musste. Die Zeit arbeitete gegen sie.

Allerlei Szenarien schwirrten durch ihren Kopf. Würde er den Rückweg wieder finden? Was wäre, wenn er in den wild zerklüfteten Schluchten, die oft den Berg unterteilten, abstürzte und schwer verletzt irgendwo hilflos herumlag? Sie kannte seinen Eifer und seinen übertriebenen Ehrgeiz. Er schreckte nicht so schnell vor einem Hindernis zurück. Wenn er erst einmal ein Ziel vor Augen zu haben glaubte, gab er so schnell nicht auf. Zum Glück war er nicht völlig alleine. Micha, der mit ihm losgezogen war, hatte genug Bergerfahrung ihn zu unterstützen, das sollte sie eigentlich ein wenig beruhigen.

Warum nur hatten sie so viel Pech an einem einzigen Tag? Wie konnte es denn sein, dass alles gegen sie war? Zuerst die Panne mit ihrer defekten Skibindung. Durch die entstandene Verzögerung die verpasste letzte Seilbahn. Als hätte das nicht schon lange ausgereicht, kam dazu noch die Wahl der falschen Abfahrt, und zu allerletzt die Lawine mit dem tragischen Tod von Sepp.

Jetzt waren sie bei dunkler Nacht und der eisigen Kälte mitten im Unwetter in unbekanntem Terrain. Niemand wusste, ob und wie sie herauskommen könnten. Falls sie dieses Erlebnis überstehen sollte, was ihr noch recht fragwürdig erschien, würde sie wahrscheinlich im Winter keinen einzigen Berg mehr betreten. Eigentlich war ihre Meinung zum Skifahren schon immer recht zwiespältig gewesen. Erst animiert durch Mark war sie dazu gekommen. Oft hatte er über seine vielfältigen Abenteuer und schönen Erlebnisse beim Wintersport geschwärmt. Er hing zu sehr daran. Ihm zuliebe hatte sie sich hinreißen lassen, obwohl ihr der Winter überhaupt nicht lag. Sommer, Sonne, Meer und Strand waren ihr lieber. Vor Seilbahnen jeglicher Art schreckte sie früher auch immer zurück. Jede Beförderung ohne festen Boden unter ihren Füßen vermied sie, ebenso wie alle Wasserfahrzeuge. Als Mark sie bedrängte und überredete, wenigstens ihm zuliebe einmal das Skilaufen zu probieren, übertraf der große Respekt vor den steilen Abfahrten noch die Ablehnungen der Aufstiegshilfen. Bei ihrer allererten Fahrt in einer Seilbahn betete sie nur für das heile Ankommen. Schweißgebadet und zitternd kam sie am Gipfel an.

Das dramatische Erlebnis eines befreundeten Ehepaares durch einen Unfall an einem Sessellift, schürte ihre Angst noch zusätzlich und kam ihr immer mal wieder in den Sinn. Wilma und Günter waren beide sehr gute und routinierte Skifahrer. Nach vielen Wintersporturlauben waren sie mit allen Aufstiegshilfen und deren Tücken vertraut.

Trotzdem wurden sie, durch das Fehlverhalten eines Liftmitarbeiters, zu Opfern eines Unfalls.

Es war ihr letzter Urlaubstag. Bei herrlichem Wetter wollten sie zum Edelweißtal in der Nähe des Grödner Jochs. Ein Sessellift der älteren Bauart führte von ihrem Ausgangspunkt auf den Berg. Die Sessel kamen rasant schnell um die Ecke zur Einstiegsfläche. Das Einsteigen musste bei gering verlangsamter Fahrt erfolgen. Da der Andrang groß war, wurden die Fahrgäste zügig in die Sessel geleitet. Wilma war zuerst eingestiegen und an die Seite gerutscht, Günter folgte und setzte sich neben sie. Die beiden weiteren Mitfahrer zögerten zu sehr, so dass einer der Helfer schiebend nachhelfen musste und sie in den Vierer-Sessel drückte. Durch den Stoß geriet dieser stark ins Wanken. Das hatte zur Folge, dass Wilma heraus katapultiert wurde und in die Betonmulde vor der Ausfahrt stürzte und Günter hinterherfiel. Mit ihren Skiern an den Füßen und den Skistöcken in den Händen, lagen beide miteinander verschlungen übereinander, während die Sesselbahn unbeirrt weiterfuhr und die anderen Skifahrer über sie hinwegschwebten. Für Wilma, auf den Skiern und Stöcken liegend, unter der schweren Last von Günter vergingen viele lange schmerzhafte Sekunden, bis jemand endlich den Nothalteknopf betätigte und ihnen das Liftpersonal zur Hilfe eilte. Im Krankenhaus in der nächsten Stadt, stellte man bei Wilma Brüche an der Schulter und an einem Ellenbogengelenk fest. Mit dem Arm fest am Oberkörper verbunden, trat sie den Heimweg aus dem vermiesten Urlaub an.

Zuhause folgten sehr langwierige kostenintensive Behandlungen. Günter war glücklicherweise unverletzt geblieben. Sportliche Betätigungen waren für Wilma lange Zeit nicht möglich. Tennisspielen und Golfen, ihre weiteren großen Leidenschaften, fielen dadurch eine ganze Sommersaison lang aus. Es war dann auch ihr letzter Skiurlaub.

Natürlich versuchten beide, den Betreiber des Liftes in die Pflicht zu nehmen. Mit Hilfe eines Anwalts erhielten sie eine kleine Kostenerstattung. Das Einklagen von Schmerzensgeld gestaltete sich, über die Grenze hinweg und in einer fremden Sprache, als zu schwierig und unterblieb deshalb. Dieser Urlaub blieb in unangenehmer Erinnerung. Die Folgeschmerzen erinnern immer noch daran.

Jana fühlte sich durch das Erlebnis der Freundin in ihrer Abneigung vor den Sesselliften bestätigt. Mit den ersten bescheidenen Erfolgserlebnissen beim Skifahren, wuchs dann aber ihr Vertrauen in die Lifte und Bergbahnen wieder etwas. Vor den vielen Menschen, die dem Wintersport frönen, wollte sie sich keine Blöße geben. Ihre Freunde und Bekannte waren fast alle Skifahrer. Da war es angenehmer mitreden zu können, und nicht bei den Gesprächen darüber ausgegrenzt zu sein.

Bald schon überwand sie dann noch die letzte Hemmschwelle und fuhr auch mit Schleppliften. Schnell lernte sie mit den Brettern umzugehen. Technisch gut, aber gemächlich und vorsichtig fuhr sie hinter Mark her und wunderte sich über ihre ständigen Fortschritte. Das Hineinzwängen in die dicke Skibekleidung und ganz besonders die schweren Skistiefel, waren ihr aber weiterhin ein Dorn im Auge. Wie schön war es dann, wenn sie sich abends endlich wieder davon befreien durfte. Auch die Kälte, der sie oft ausgesetzt waren, ließ sie an dem Sinn dieser Sportart für sie zweifeln. Die Gemeinsamkeit mit Mark und viele gesellige Tage mit anderen Wintersportlern entschädigten ein wenig, aber ganz begeistert war sie selten. Nur bei strahlendem Sonnenschein und optimalen Schnee- und Pistenverhältnissen machte es ihr Spaß. Mit ihrer sehr guten Kondition konnte dann der Tag nicht lange genug sein.

Nicht immer spielte aber das Wetter gerade dann mit, wenn sie Zeit hatten. So manches Mal waren sie bei Schneegestöber und unangenehmer Temperatur unterwegs, weil Mark darauf drängte. Schlimmer war für sie noch die oft schlechte Sicht, die sie heute auch wieder erlebt hatte. In diffusem Licht und in Nebelschwaden oder Wolken, passte sie normalerweise sofort und zog sich lieber ins bequeme Hotel zurück.

Sie dachte an eine von Marks Erzählungen, die für sie eine wahre Horrorsituation darstellte.

Mit dem sportlichen Ehrgeiz, noch eine letzte schnelle Abfahrt, kurz vor dem Schließen der Lift-anlagen zu genießen, ließ er sich auf den Gipfel bringen. Bereits bei der Bergfahrt kam er zu dem Schluss, dass er sich damit wohl keinen Gefallen getan hatte. Immer dichter wurde der Nebel und die Wolkendecke senkte sich ständig weiter nach unten herab. Oben angekommen, stand er völlig alleine, eingehüllt in ein undurchdringliches Grau.

Die Richtung war ausgeschildert, aber danach war nichts zu erkennen. Den Blick vor die Skispitzen gerichtet, versuchte er die Spuren von anderen Skifahrer oder Pistenraupen zu finden und tastete sich vorwärts. Seine Hoffnung, dass es mit jedem Meter abwärts besser werden würde, wurde leider nicht erfüllt. Nebel und Wolken schienen ihn zu verfolgen und mit ihm ziehen zu wollen. Völlig einsam am Berg, fühlte er sich ziemlich verloren. Ständig kam er von der Piste ab und landete im Tiefschnee. Ihm war zum Heulen zumute.

In solchen Situationen sind wenige Minuten eine lange Zeit. Er dachte damals schon, es würde nie ein Ende nehmen und kämpfte verzweifelt. Freudig nahm er plötzlich im Dunstschleier rote und grüne Farbkleckse wahr, die er für andere Skifahrer hielt. Seine Freude, dass er nicht mehr ganz alleine war, schwand beim Näherkommen wieder. Es waren nur Pistenmarkierungen in Kugelform. Trotz seiner großen Enttäuschung bestätigten sie ihm wenigstens, dass er auf dem richtigen Weg war. Er schwor sich an diesem Tag fest, solchen Risiken zukünftig aus dem Weg zu gehen und sich niemals mehr ganz alleine am Ende eines Tages auf einsame Abfahrten zu begeben.

In den Bergen sind, besonders bei Überwindung von größeren Höhenunterschieden, Änderungen der Sicht- und Wetterverhältnisse nie so genau vorhersehbar. Man kann nur froh sein, wenn man solche Fahrten heil überstanden hat. Durch die jetzigen, leidigen Erfahrungen konnte Jana das leicht nachvollziehen.

Für ökologisch besonders sinnvoll hielt sie das Skifahren sowieso noch nie. Naturverbunden, wie sie von frühester Jugend an war, widerstrebte es ihr, bei mäßigem Schnee die Wiesen zu zerstören. Natürlich müssen Menschen auch die Möglichkeit bekommen, ihren geliebten Sport zu betreiben, aber der übermäßige Raubbau an der Natur tat ihr weh. Als sie einmal im Sommerurlaub bei einer Bergwanderung zusehen musste, wie man breite Schneisen in die Wälder trieb für Skiabfahrten, verstärkten sich ihre Zweifel über den Sinn noch. Zerstörung und Verschandelung des Berges waren weithin sichtbar. Im rötlichen Licht der Abenddämmerung sah es sogar aus, als würde der Berg bluten. Je weiter sie sich jetzt damit beschäftigte, umso mehr kam sie zu der Überzeugung, dass dies wohl ihr letzter Winterurlaub war, ungeachtet des Ausganges. Bisher war sie sich nicht in vollem Umfang des Risikos bewusst gewesen. Die recht hohe Verletzungsgefahr durch Unfälle war zwar allgegenwärtig, aber an Lawinen und die Folgen hatte sie noch nie einen Gedanken verschwendet. Nun steckte sie mittendrin. Sollten sie unversehrt herauskommen, stand ohnehin als nächstes die Familienplanung auf ihrer Aktionsliste. Ein oder zwei Kinder, möglichst ein Junge und ein Mädchen, waren das angestrebte Ziel. Dann war an Urlaub mit solchen Risiken nicht mehr zu denken.

Mehrmals hatte sie während des Nachdenkens den Ausstieg aus ihrem eisernen Käfig beobachtet. Von Mark und Micha war nichts zu sehen und zu hören. Hoffentlich ist den beiden nichts passiert.

Erschöpft fiel sie in einen Dämmerschlaf. In den dabei nicht ausbleibenden Träumen, kamen alle Abläufe des Tages in allen Facetten wieder vor. Dabei wurde alles noch wesentlich verschlimmert. Von ihrem ersten Sturz träumte sie, ihr Bein wäre gebrochen. Mark hätte es nicht mitbekommen und sie ganz alleine auf der Piste zurückgelassen. Auf allen Vieren wäre sie dann zum Lift gekrochen. Dort sagte man ihr, in ihrem Zustand könnte man sie nicht mitnehmen und ließ sie völlig alleine in der bitteren Kälte liegen. Alles Bitten und Betteln hatte nichts genutzt. Unter starken Schmerzen rief sie verzweifelt um Hilfe, bis man sie aufweckte.

„Jana, wach bitte auf, du hast anscheinend nur schlecht geträumt", hörte sie jemanden sagen.

Sie blickte erschrocken in Ullas Gesicht, die sie mitleidig in den Arm genommen hatte und ihr sanft über die Haare strich.

„Tut mir leid, dass ich dich wecken musste. Du hast so laut um Hilfe geschrien und am ganzen Körper gebebt, dass es nicht mehr zu ertragen war. Beruhige dich jetzt wieder, wir schaffen es schon. Die Männer sind noch nicht zurück, das ist doch ein gutes Zeichen. Vielleicht können sie uns Hilfe holen, hoffen wir das Beste."

KAPITEL 15

Mark und Micha quälten sich mühevoll über den unebenen Untergrund weiter voran an den Rand der Piste. Zwischendurch munterten sie sich immer wieder gegenseitig auf und spornten sich an, wie Sportler beim entscheidenden Wettkampf. Alle ihre Energiereserven mussten jetzt mobilisiert werden. Die soeben erspähte Lichtung wollten sie sich, ohne eine größere Erwartungen damit zu verknüpfen, noch unbedingt ansehen, bevor sie unverrichteter Dinge umkehren müssten. Bei allen seinen Exkursionen in unbekanntem Gelände war es für Mark immer die nächste Biegung gewesen, die ihn besonders reizte. Es könnte eine sehenswerte Überraschung dahinter verborgen sein, die er sich nicht entgehen lassen sollte. So trieb es ihn jetzt auch hier und Micha zog bereitwillig mit. Vielleicht lauerte ja die Rettung bereits hinter der nächsten Ecke. Schlimm wäre es, so kurz davor aufzugeben. Wenn sie zurückgingen, würden sie dem Gedanken, vielleicht doch etwas versäumt zu haben, nicht mehr entfliehen können.

Hohe Schneewehen und umgerissene Bäume erschwerten das Vorankommen. Kraft und Energie war kaum noch in ihren unterkühlten Körpern. Wie im Tran bewegten sie sich langsam vorwärts. Mehrmals mussten sie pausieren. Trotz ihrer guten Kondition spürten sie die bisherigen Aktivitäten. Micha hatte schon über einsetzende Krämpfe in den Oberschenkeln geklagt und sie mehrmals massiert. Nur ihr eiserner Überlebenswille trieb sie weiter, obwohl die Körper sich sträuben wollten und ihnen nicht mehr so ganz gehorchten.

Michas Gedanken waren überwiegend bei dem verletzten Freund und Bergkameraden. Würde er noch durchhalten können bis sie Hilfe gefunden hatten? Wie oft hatten sie sich schon gegenseitig aus der Not geholfen. Meistens war bisher Robbi derjenige, der ihn aus der Klemme geholt hatte, jetzt war es einmal umgekehrt. Er durfte ihn nicht enttäuschen, das war er ihm schuldig.

Auch an Martina dachte er zeitweise wieder. Sicher machte sie sich seinetwegen Sorgen. Es war im Moment nicht zu ändern. Wer hätte ahnen können, dass der Tag so unglücklich verlaufen würde. Vielleicht war es doch ein schwerer Fehler, gewesen, bei der ungünstigen Wettervorhersage diese schwierige Tour zu unternehmen.

Nur sehr schwach erkennbar tauchte auf einer kleinen Waldlichtung die Silhouette einer kleinen Berghütte vor ihnen auf. Sie mussten mehrmals hinschauen, in der Angst, es könnte nur eine Fata Morgana sein. Beim Näherkommen nahm sie aber Realität an. Da stand tatsächlich eine massive Behausung mitten im Wald. Wozu sollte die in der Einsamkeit dienen? Eine Seite davon war vollends zugeschneit, der Eingangsbereich nur etwa zur Hälfte. Sie schien sehr stabil gebaut und absolut unversehrt zu sein. Der Wald rundherum hatte die Kraft der Lawine wahrscheinlich abgeschwächt und sie in eine andere Richtung gelenkt. Sollte das die Rettung für sie alle sein? Noch wagte keiner von beiden daran zu glauben.

So schnell es der tiefe Schnee zuließ, kämpften sie sich an die Hütte heran. Mit bloßen Händen schaufelten sie die Terrasse ein Stück frei. Nur so weit, dass sie den Eingang erreichen konnten. Eine flache Eisenstange war quer vor der Tür eingehakt. An beiden Seiten war sie mit Vorhängeschlössern gesichert, als wäre es Fort Knox oder eine Bank mitten im dichten Wald. Unschwer war an der Verschraubung zu erkennen, dass auch mit roher Gewalt dieser Tür nicht beizukommen war. Ihre Hoffnung schrumpfte wieder einmal.

Rastlos kämpfte sich Micha durch den tiefen Schnee rund um die Hütte, auf der Suche nach einer anderen Möglichkeit hinein zu gelangen. Es war aber aussichtslos. Alle vier Fenster waren mit massiven, von innen fest verriegelten Holzläden verschlossen. Hier war das Eindringen unmöglich. Der Besitzer hatte wohl an alles gedacht, um sein Eigentum vor unliebsamen Besuchern zu schützen.

Mark massierte sich erst die klammen Finger. Als die Durchblutung wieder einigermaßen zu zirkulieren schien, suchte er systematisch jeden Spalt zwischen den Holzbrettern rund um die Tür ab. Die Splitter rissen ihm dabei die Finger auf. Er registrierte es durch den Adrenalinschub nicht weiter und setzte die Suche unbeirrt fort. Kurz vor dem rettenden Schutz würde er nicht aufgeben.

„Was soll das, was suchst du denn eigentlich?", fragte Micha erstaunt, als er seinen Rundgang um die Hütte erfolglos beendet hatte.

„Oft verstecken die Besitzer solcher Holzhäuser ihren Schlüssel der Einfachheit halber außen an der Wand, damit sie ihn nicht mitnehmen müssen. Auch wenn man die Hütte anderen zur Nutzung überlassen will, braucht man ihnen nur zu sagen, wo der Schlüssel versteckt ist. Manchmal sind sie bei ihren Verstecken etwas phantasielos. Ich kenne das vom Bootshaus eines Bekannten. Das wäre unsere einzige Chance gewesen. Ohne Werkzeuge kommen wir sonst niemals hinein."

Völlig erschöpft ließ er sich in den Schnee fallen.

Micha fand die Idee jetzt gar nicht so abwegig. Mit seinem Taschenmesser stocherte er weiter in allen Rillen, bis er mit einem Aufschrei innehielt. Mark hatte recht gehabt mit seiner Vermutung. Aus einer Leiste direkt über der Tür war ein kleiner Schlüsselbund auf den Boden gefallen. Voll neuer Hoffnung suchten sie ihn verzweifelt im Schnee. Sie fanden ihn glücklicherweise schnell und sperrten die beiden Schlösser auf. Nachdem sie auch die schwere Eisenstange entfernt hatten, konnten sie die Eingangstür mühelos öffnen.

„Das ist die Rettung", triumphierte Mark laut.

Im Innern empfing sie eine, für eine Berghütte sehr komfortable Einrichtung. Im schwachen Licht ihrer Feuerzeuge begutachteten sie den Raum.

An zwei Seiten waren Schlafplätze eingerichtet. In der Mitte befanden sich ein massiver Tisch und einige Stühle. Die Petroleumlampe, die auf einer Fensterbank bereit stand, zündeten sie sofort an. Warmes Licht durchflutete angenehm den Raum. Gegen das Flackern der Feuerzeuge war das eine Wohltat für die Augen. Sie schauten sich gleich den restlichen Innenraum genauer an.

Die Rückwand der Hütte wurde von einem Kamin teilweise eingenommen. Daneben waren eine Menge Holzscheite gestapelt. Zeitungen und Anzündspäne lagen auch dabei. Erlöst fühlten sie sich für das Erste gerettet und konnten aufatmen.

„Mach du Feuer, ich hole die anderen", hörte Micha gerade noch, als bereits die Tür zufiel. Mark machte sich auf den beschwerlichen Rückweg. Die Sorge um Jana und die Kameraden trieb ihn trotz Erschöpfung und Kälte zur Höchstleistung.

Mit wenigen Handgriffen hatte Micha schnell ein kleines Feuer entfacht. Dabei hoffte er, dass der Kamin nicht vollkommen zugeschneit war und noch ausreichend Zug hatte. Zunächst sah es allerdings nicht so aus. Beißender Qualm verbreitete sich schnell im ganzen Raum. Unbeirrt öffnete er die Tür und heizte weiter kräftig ein. Durchzug und die Wärme des Feuers machten offensichtlich den verschneiten Abzug wieder frei. Schon bald wurde es rund um den Kamin wohlig warm und die Rauchschwaden verzogen sich. Einige Holzscheite legte er auf das Feuer, bevor er die Hütte weiter inspizierte. In einem Schrank, in einer Ecke des Raumes, waren einige Decken, Handtücher und Bettwäsche verstaut. Das war sehr nützlich für die Versorgung der halb erfrorenen Skigruppe. An der Rückwand befand sich eine Tür. Der kleine Nebenraum, in den sie führte, entpuppte sich als eine enge, aber nützlich eingerichtete Küche.

Hinter einer weiteren Tür war auch ein kleines Badezimmer mit Dusche, einem Waschbecken und einer Toilette. Ein Gasboiler für heißes Wasser hing neben der Dusche. Eine ausführliche Beschreibung über die Funktion, und Sicherheitsanweisungen für den richtigen Umgang mit dem Propangas und der Wasserpumpe, hingen daneben an der Wand. Wahrscheinlich wurde die Hütte manchmal von Fremden benutzt und der Besitzer wollte keinerlei unnötiges Risiko eingehen. Die Angaben waren penibel und gut verständlich notiert. Da hatte sich jemand viel Mühe gegeben.

Für eine Übernachtung der im Schneegestöber versprengten und von der Lawine verschütteten Gruppe, waren das gute Voraussetzungen. Diese Unterkunft war ihre Rettung. Bei Tagesanbruch würden sie weitersehen.

Es war ein sehr beschwerlicher Rückweg für Mark gewesen, aber er schaffte ihn in kurzer Zeit. Die Sorge um seine Frau trieb ihn voran und verlieh ihm immer wieder neue Kraft. Hoffentlich war es nicht zu spät für sie und die anderen. Wie lange kann sich ein Mensch überhaupt dieser extremen Kälte widersetzen, fragte er sich unterwegs.

Er fand alle in unverändertem Zustand vor. Jana umarmte ihn gleich innig und unter Tränen. Sie wollte ihn nicht mehr los lassen. Sie hatte nach ihrem erschütternden Traum den Eingang nicht aus den Augen gelassen.

„Sehr lange hätten meine Nerven dem Warten nicht mehr standgehalten, dann wäre ich völlig durchgedreht", gestand sie ihm.

„Ich habe geträumt, du hättest mich alleine auf der Skipiste zurückgelassen. Ich bin dabei beinahe verrückt geworden vor lauter Angst."

Schnell berichtete Mark von dem überraschend entdeckten Notquartier. Erfreut wollten alle sofort aufbrechen in die rettende Hütte.

„Wie sollen wir Robbi dorthin bekommen?"

Diese ernüchternde Frage von Ulla nahm allen etwas die Euphorie und zwang sie nachzudenken.

„Kannst du dich bewegen, meinst du, dass du mit unserer Hilfe gehen kannst?", fragte Torsten.

„Ich kann es zwar versuchen, aber ich glaube es macht keinen Sinn", stöhnte er.

Mit vereinten Kräften versuchten sie, ihn aus seiner ungemütlichen Lage zu befreien, und ein Stück zum Ausgang zu bewegen. Mit seinen unversehrten Händen stützte er sich mit Skistöcken ab und wollte dabei helfen. Jede Berührung und jede Bewegung kommentierte er mit Schmerzenslauten. Offensichtlich einer Ohnmacht nahe, ließ er sich kraftlos wieder zurück sinken.

„Das hat keinen Zweck, lasst mich hier liegen und bringt euch selbst in Sicherheit", röchelte er.

Langes ratloses Schweigen folgte. Keiner wusste eine brauchbare Lösung. Zurücklassen würde für ihn aber wohl den sicheren Tod zur Folge haben. Die lange Zeit, die er jetzt schon unbeweglich der eisigen Kälte ausgesetzt war, dürfte ohnehin schon zu Erfrierungen geführt haben.

Gewissenskonflikte plagten jetzt alle. Einerseits hatten sie die rettende Hütte in greifbarer Nähe, andererseits bedeutete es, den Kameraden hilflos sich selbst zu überlassen.

Es war dann schließlich Robbi selbst, der ein Machtwort sprach und die Spannung löste.

„Bringt euch erst einmal in Sicherheit, lieber ein Erfrorener als fünf. Bei Lebensgefahr heißt es doch, rette sich wer kann. Was auf See gilt, ist auch hier angebracht. Sobald euch etwas einfallen sollte, hoffe ich auf eure Hilfe. Ich habe jetzt schon so lange durchgehalten, vielleicht schaffe ich es noch eine Weile. Und jetzt haut bitte endlich ab, alles andere wäre vollkommen sinnlos."

Sie betteten ihn so bequem wie es die Umstände zuließen. Alles, was sie jetzt entbehren konnten, deckten sie als Schutz vor der Kälte über ihn.

„Wir holen dich hier heraus, sobald es geht. Ich schwöre es dir", tröstete ihn Ulla zum Abschied.

Schnell brachen sie auf zur rettenden Hütte. Nach wie vor war das Wetter sehr ungemütlich. Der Schneefall machte die ohnehin dunkle Nacht völlig undurchdringlich.

Micha hatte einstweilen in der Hütte vorbereitet was sinnvoll erschien. Da die schnellstmögliche Herbeischaffung der Gruppe das vorrangigste Ziel war, hatte er sich nun entschlossen, ihr entgegen zu gehen. Auf seine Rufe in die Dunkelheit erhielt er zunächst keine Antwort. Also waren sie noch nicht in der Nähe. Hoffentlich war Mark nicht vom Weg abgekommen und irrte in der Schneewüste umher. Auf halbem Weg sah er sie schemenhaft auf sich zukommen und eilte ihnen entgegen.

„Wo ist Robbi, ihr habt ihn doch nicht dort oben alleine zurück gelassen? Das könnt ihr doch nicht machen, er wird das nicht überstehen", fragte er besorgt. Torsten nahm ihn zur Seite und hielt ihn davon ab, zur verschütteten Raupe zu stürmen.

„Wir bekommen ihn nicht aus dem Fahrzeug. Zuerst müssen wir uns eine Transportmöglichkeit einfallen lassen. Aus eigener Kraft geht bei ihm gar nichts und ohne ein Hilfsmittel können wir ihn nicht tragen. Er selbst hat uns weggeschickt, weil er keine andere Lösung gesehen hat. Lass uns erst aufwärmen, dann können wir weiter überlegen. Es wird uns hoffentlich etwas einfallen."

Erst nach kurzem Zaudern folgte ihnen Micha. Er kannte von den Bergsteigern die Losung, dass sich zur Not einer opfern muss, um die anderen zu retten. Einen seiner Bergkameraden hatte er bereits so verloren. Bei einer extremen Klettertour, bei der er selbst nicht dabei war. Als das Seil, an dem sie zu dritt hingen, sich aussichtslos in einer Felsspalte verklemmte, kappte er es und stürzte in die Tiefe. Nur so waren die anderen zu retten. Es war ihm, als man ihm davon berichtete, sehr nahe gegangen. Die Dramatik der letzten entscheidenden Minuten konnte er sich lebhaft vorstellen. Danach versuchte Martina vergeblich ihn vom Klettern abzuhalten.

Wie sollte er jetzt Lisa gegenübertreten, wenn er ohne Robbi zurückkommen würde? Könnte er ihr je in die Augen schauen ohne Gewissensbisse und Schuldgefühle zu haben? Würde er in den Spiegel sehen können, ohne sich Vorwürfe zu machen? Sein Leben lang würde es ihn in seinen Träumen verfolgen, wenn er den Freund völlig hilflos im Stich lassen würde. Im Moment sah er aber auch keine andere Möglichkeit. Torsten hatte Recht, zuerst musste eine geeignete Transportmöglichkeit für ihn gefunden werden.

Zunächst kämpften sich alle mühsam durch das Gelände zu der Hütte. Große Begeisterung kam auf, als sie in den mittlerweile angenehm warmen Raum traten. Staunend und erlöst begutachteten sie ihr verhältnismäßig komfortables Notquartier.

„Das ist für mich heute viel wertvoller als das Grandhotel. Wie glücklich man über eine einfache Holzhütte sein kann", freute sich Jana euphorisch.

Um den Kamin herum geschart, merkten sie schnell, wie stark sie bereits unterkühlt waren. Als das Blut kribbelnd zirkulierte, schmerzten ihnen alle Gliedmaßen. Micha schlug vor, dass sich alle mit Schnee abreiben sollten, das würde den Schmerz lindern. Er hatte irgendwann gelesen, dass man sich bei Erfrierungserscheinungen so verhalten sollte. Bereitwillig befolgten sie seinen Rat. Richtig befreit hüpften sie dabei nackt vor dem Kaminofen herum. Sie waren gerettet und lebten, ohne großen Schaden davongetragen zu haben. Wäre nicht die große Sorge um Robbi und die Trauer um Sepp, könnte sogar ein wenig Feierlaune aufkommen. Bald waren alle gut abfrottiert, das Kribbeln unter der Haut wurde erträglicher. Langsam normalisierte sich die Körpertemperatur wieder.

KAPITEL 16

Während die anderen ihre Körper aufwärmten, packte Micha sich einige Decken zusammen und machte sich bereit, die Hütte zu verlassen.

„Wo willst du hin, was gedenkst du zu tun?", stoppte ihn Mark erregt. Natürlich war ihm vorab schon klar gewesen, dass Micha seinen Freund nicht lange alleine lassen würde.

„Warte, ich komme mit dir. Vielleicht finden wir doch eine Lösung Robbi hierher zu schaffen", hielt er ihn auf und rüstete sich wieder gegen die bittere Kälte. In der mittlerweile sehr angenehm warmen Behausung waren alle gerade nur noch mit ihrer Skiunterwäsche bekleidet.

Ulla bekam im Halbschlaf das Vorhaben mit. Heftig stieß sie Torsten an, der bereits gemütlich auf einem der Schlafplätze dahinschlummerte. Alles rundum schien ihn nicht zu interessieren.

„Was ist mit dir? Meinst du nicht, du solltest dich anschließen und beweisen, dass du ein Mann bist?" Auch dieses Mal klang ihre Stimme boshaft. Ihre Zuneigung zu ihm war in ablehnenden Hass umgeschlagen. Ohne ihr zu antworten rüstete sich Torsten ebenfalls zum Aufbruch. Seine Miene war nicht sonderlich begeistert, nur zu gerne wäre er faul in der schützenden Hütte geblieben. Aber Ulla hatte Recht, es war ihre kameradschaftliche Pflicht auch Robbi hierher zu holen.

Die drei Männer machten sich auf den Weg zur Schneekatze. Mark kannte den Weg mittlerweile schon zur Genüge und führte sie zügig hin.

Sie fanden Robbi zitternd wie Espenlaub in der gleichen Position, in der sie ihn verlassen hatten. Er wirkte sehr apathisch und schien sie kaum noch wahrzunehmen. Nicht einmal ein ganz kurzer Blick oder eine Handbewegung deutete an, dass er sie zur Kenntnis genommen hatte.

Bereits beim Hineinkriechen in die Pistenraupe hatte Mark die herausgetretene Heckscheibe ins Visier genommen. Nun glaubte er fest, damit eine Lösung für ihr Transportproblem gefunden zu haben. Er machte zuerst den Einstieg etwas breiter und schob die Scheibe in das Gefährt. Den anderen beiden Männern war die Absicht sofort klar. Sie polsterten die Scheibe mit Decken und schoben sie so nahe wie möglich zu dem verletzten Robbi. Der enge Innenraum machte es ihnen nicht leicht und ließ ihnen nicht viel Bewegungsfreiheit dafür.

Micha weckte ihn so sanft es ging. Er beugte sich über ihn und machte ihm klar:

„Auch wenn es sehr schmerzhaft sein wird, wir müssen dich auf die Scheibe heben, damit können wir dich transportieren. Das Stück bis zur Hütte musst du noch durchhalten. Dort werden wir dich gut versorgen und vor allem wärmen können."

Robbi war zu schwach, um zu antworten. Seine Freude wurde von starken Schmerzen gebremst. Unter ständigem Stöhnen ließ er die Tortur des Umbettens tapfer über sich ergehen. In dem engen Gefährt war es ein sehr schwieriges Unterfangen, das einige Zeit in Anspruch nahm. Als nächstes versuchten sie, die zur Trage umfunktionierte Heckscheibe durch den Einstieg zu schaffen.

Mehrfach mussten sie dabei absetzen. Stück für Stück, in vielen einzelnen Etappen, gelang es ihnen endlich. Einige Male drohte er dabei fast herunterzurutschen, da sie ihn steil nach oben schieben mussten. Vor der Raupe angekommen, brauchten sie alle zuerst eine Verschnaufpause, um wieder neue Kraft zu sammeln.

Es war dann ein sinnvoller Vorschlag von Mark, der ihnen zu einer praktischen Tragevorrichtung verhelfen sollte. Zwei Decken wurden jeweils der Länge nach zusammengelegt und quer unter die Scheibe geschoben. Die jeweiligen Enden rollten sie zusammen. Einer von ihnen musste nun die vorderen beiden Zipfel übernehmen, während hinten einer an jeder Ecke die notdürftige Trage anhob. Mehr stolpernd als gehend konnten sie sich damit nun fortbewegen. Die glatte, leicht gewölbte Scheibe glitt wie ein Schlitten über das unebene Gelände. Torsten, der freiwillig das vordere, schwerere Teil übernommen hatte, musste bereits nach kurzer Zeit abgelöst werden. Die Last wurde ihm zu schwer. Zweimal entglitt unterwegs die Trage und rutschte ihnen aus den Decken, was Robbi mit lauten Schmerzensschreien quittierte. Sie konnte aber jedes Mal wieder aufgefangen werden, ohne dass er herunterfiel. Alle waren froh aber erschöpft, als sie am Ziel ankamen.

In der Hütte nahmen sich die Frauen sofort den Verletzten vor. Nachdem sie ihn von der Kleidung befreit hatten, rieben sie ihn entsprechend Michas Vorschlag mit Schnee ab, und rieben ihn trocken. Seine Füße und Hände waren bereits blau verfärbt.

Die Quetschung am Bein schimmerte in Rot- und Grüntönen. Vor dem Kamin bereiteten sie ihm mit einigen Matratzen der Schlafplätze ein weiches Bett. Sie waren erleichtert, nun auch Robbi in der schützenden Unterkunft zu haben. Hier konnten sie einige Zeit ausharren, bis sie vielleicht doch aufgefunden wurden. Bei Tageslicht, und bis dahin hoffentlich besseren Wetterbedingungen, würden sie sonst selbst versuchen, einen Weg zu finden.

Während der Abwesenheit der Männer hatten Ulla und Jana die Hütte durchforstet auf der Suche nach Verpflegung. In der Küche fanden sie, neben nützlichen Kochgeräten, auch Tee, Mineralwasser und eine ganze Menge Rotwein. Ein starker Jägertee wärmte nun alle. Einige Konserven waren auch vorhanden, fanden aber im Moment kein Interesse. Gerettet in der warmen Berghütte, wollten sie alle nur noch schlafen. Bei Anbruch des Tages würde man weitersehen. Nachdem der Kamin ausreichend mit Holzscheiten bestückt war, begaben sie sich zur Ruhe, um sich von den Strapazen dieses überaus ereignisreichen Tages zu erholen. Trotz großer Erschöpfung konnten jedoch die meisten nicht so schnell einschlafen. Froh über die Rettung, waren sie zu sehr aufgewühlt, und ihre Gedanken verarbeiteten noch das Geschehen.

Robbi kämpfte mit seinen starken Schmerzen. Sie hatten ihm zwar einige glücklicherweise in der Hütte gefundenen Schmerztabletten verabreicht, aber jeder Atemzug verursachte immer noch ein schmerzhaftes Stechen. Sein verletztes Bein pochte fortwährend und schien total unbeweglich zu sein.

Dazu kam wieder die große Sorge um seine Frau Lisa. War sie in Sicherheit? Falls das Dorf und das Hotel von der Lawine verschont geblieben waren, würde sie wohl bestimmt auf ein Lebenszeichen von ihm warten. Es gab aber immer noch keine Telefonverbindung. Sonst ständig in Kontakt, war das neu für beide. Sie gehörten zu der I-Phone-, Tablett- und WhatsApp-Generation, die ohne diese Errungenschaften nicht mehr leben konnte. Immer waren sie dabei bestrebt, auf dem allerneuesten Stand der Technik zu sein. Sie kommunizierten bei jeder Kleinigkeit. Beruflich dazu verdammt, zu jeder Zeit erreichbar sein zu müssen, kamen sie auch privat nicht davon los und fanden selten den Knopf zum Abschalten. Jetzt litten sie daran, nicht darüber verfügen zu können. Alle Versuche waren bisher ergebnislos geblieben.

Jana sorgte sich sehr um ihre Eltern. Die waren gewohnt, täglich über alle ihre Schritte informiert zu werden. Als ihr einziges Kind konnten sie sich bisher nicht daran gewöhnen, dass ihre Tochter mittlerweile schon erwachsen war. Falls sie nicht jeden Tag eine Nachricht von ihr erhielten, setzten sie alle Hebel in Bewegung um sie aufzuspüren. In der Vergangenheit hatten sie schon einmal völlig aufgelöst und hektisch die Polizei verständigt, weil sie einen ganzen Tag lang weder Jana noch Mark erreichen konnten. Danach hagelte es schwere Vorwürfe. Die Erklärung, dass sie als erwachsene Menschen wohl selbst auf sich aufpassen könnten, ließen sie nicht gelten. Es war sehr wahrscheinlich, dass sie von dem Lawinenabgang gehört hatten.

Bestimmt waren sie sehr beunruhigt. Es war nicht auszuschließen, dass Janas Vater wegen seinem sehr schwachen Herzen gesundheitliche Probleme dadurch bekommen würde. Seine einzige Tochter war sein Ein und Alles.

Torsten litt unter Ungewissheit, was in seiner Frau vorging. Normalerweise telefonierte er, wenn er unterwegs war, täglich mit ihr und seinem Sohn. Bestimmt hatte sie schon in seiner Firma angefragt und die Adresse des Kongresshotels in Mailand, wo er angeblich war, herausgefunden. Was sollte er ihr erklären? Jede Ausrede wäre eine Farce. Seine Liaison mit Ulla würde auffliegen und sie würde sich samt dem gemeinsamen Kind von ihm trennen. Die Scheidung, auf der sie bestimmt beharren würde, wäre beruflich nicht ohne Folgen. Beachtliche Teile der Firma und das Haus waren seit der Geburt seines Sohnes auf ihren Namen registriert. Sie hatte es in der Hand ihn völlig zu ruinieren, ohne dabei eigenen Schaden verbuchen zu müssen. Schlimmstenfalls würde er mittellos auf der Straße sitzen. Eine Verbindung mit Ulla, konnte er nach den letzten Erfahrungen sicherlich auch vollkommen ausschließen. Ihre urplötzliche Veränderung war ihm unerklärlich. Er hatte sie doch immer gut behandelt und auch verwöhnt. Warum dieser Sinneswandel? Mehr konnte er ihr doch nicht geben. Darüber war sie sich im Klaren und hatte sich bisher damit abgefunden. Seine Zukunft sah jedenfalls jetzt alles andere als rosig aus. Nur der gute Rotwein, der ausreichend vorhanden war, tröstete ihn und verschaffte ihm Schlaf.

Ulla war erleichtert über die Rettung und hatte keine Sorgen. Sie träumte von einem neuen Leben. Torsten war ihr, durch seine mangelnde Aktivität und seinen Egoismus, in den letzten Stunden zusehends fremder geworden. Sie würde ihm nicht mehr nachtrauern. Vielleicht hatte sie nur in der Notsituation ein neues Bild von ihm bekommen. Oder war ihre lange Beziehung durch die Routine abgekühlt. Wie auch immer, ein Zusammenleben, wie sie es sich früher immer erträumt hatte, konnte sie sich jetzt nicht mehr vorstellen.

Mark und Micha waren wieder einigermaßen entspannt und gelöst. Alles, was bis jetzt möglich war, hatten sie getan. Das schlimmste war wohl einigermaßen glimpflich überstanden worden, hauptsächlich durch ihre Aktivitäten. Abgesehen von Sepps Tod und Robbis Verletzungen, die nicht in ihrer Macht standen und nicht mehr zu ändern waren. Eine neue tiefe Freundschaft zwischen ihnen war entstanden. Beide waren Macher, die zupackten ohne zu zaudern.

Micha hatte auch keine zu großen Sorgen um Martina. Sie gehörte, ebenso wie er selbst, zu dem Schlag Menschen, die sich nicht schon vorab über alle Eventualitäten sorgten, sondern so lange wie möglich die Hoffnung auf ein gutes Ende in sich trugen. Sie ließen immer alles gelassen auf sich zukommen und reagierten erst danach. Ein blindes Vertrauen in die Stärken des anderen verband sie.

Alle Überlebenden konnten ihre tiefe Trauer um Sepp nicht aus den Gedanken verbannen. Ohne sie wäre er wahrscheinlich immer noch am Leben.

Ohne seine Hilfe hätte sie die Lawine ungeschützt mit sich gerissen, oder sie wären bereits vorher in der Kälte erfroren. Sicher hatte Sepp auch eine Frau und Kinder, die ihn schmerzlich vermissen würden. Wie konnten sie denen unter die Augen treten? Warum musste er als einziger sterben, während alle anderen bestimmt gerettet würden? Aber sie konnten doch gar nichts dafür. Sehr viele Fragen müssten sie wohl über sich ergehen lassen. Schwer würde es werden, ihnen angemessenen Trost zu spenden. Was immer sie für seine Familie tun könnten, würden sie übernehmen, auch, um das eigene Gewissen etwas zu erleichtern.

KAPITEL 17

Im Tal waren die Helfer eifrig auf der Suche nach den noch vermissten Personen. Aus den Nachbardörfern war es mittlerweile einigen Berg-wachtmitgliedern gelungen, den von der Lawine verschütteten Pass zu überwinden, so dass die wenigen einheimischen Retter endlich tatkräftige Unterstützung bekamen.

Obwohl die Suche nach Opfern unmittelbar nach dem Unglück begonnen hatte, konnten bisher zwei Personen nur noch tot geborgen werden. Sie waren am Ortsrand von den letzten Ausläufern der Lawine erfasst worden.

Aus sicherem Abstand hatten einige Menschen das Unglück mit angesehen und standen unter Schock. Wie gelähmt hatten sie die Schneewalze im Grauschleier des Schneesturms auf sich und die Verunglückten zukommen gesehen. Während sie nur ein wenig Schneegestöber abbekamen, waren die Betroffenen von der weißen Masse verschluckt und begraben worden. Aufgrund einer exakten Beschreibung der Unglücksstelle, konnte man sie schnell orten und ausgraben. Zu retten waren sie allerdings nicht mehr, da Bäume und Geröll ihnen mehr zugesetzt hatten, als der Schnee.

Am Ortsrand hatte man die Lage bald im Griff. Die ermittelten Opfer waren alle geborgen und die Häuser wieder provisorisch zugänglich. Weitere Aufräumarbeiten und Reparaturen waren natür-lich notwendig, würden aber erst in den Wochen und Monaten nach dem Winter möglich sein.

Nach der Abfrage in allen Unterkünften im Ort und der Kontrolle aller Einwohner, fehlten nun noch insgesamt sieben Personen.

Polizei, Bergwacht und einige Mitarbeiter der Gemeinde nahmen die Recherche auf, wo man die Vermissten suchen könnte. Im Hotel von Jana, Mark, Ulla und Torsten, erfuhren sie von Jonas, dass alle vier gemeinsam die Skiabfahrten erkunden wollten. Von dem Hüttenwirt, der den Paaren vor der Bergstation der Kabinenbahn, nach Janas Panne mit der Bindung begegnet war, kam die hilfreiche Information ihres letzten bekannten Standortes. Somit war sicher, dass sie die letzte Bahn ab der Bergstation, ebenso wie die gemeinsame Abfahrt aller verbliebenen Skifahrer ab der Mittelstation, verpasst haben mussten. Dadurch waren sie wahrscheinlich auf einer von mehreren Talabfahrten in die Lawine geraten und man müsste versuchen sie dort zu finden.

Die geplante Tour von Robbi und Micha war auch bekannt. Aus der Nachricht, die Robbi vom Gipfel aus an Lisa geschickt hatte, wusste man, dass sie bereits auf der Abwärtsroute gewesen sein mussten. Den zeitlichen Berechnungen zufolge müssten sie etwa auf der halben Höhe des Berges gewesen sein, als die Lawine abging. Es war stark anzunehmen, dass sie bei der Wetterlage versucht hatten die präparierten Pisten zu erreichen, und nicht, wie geplant, die Route auf der abgewandten Seite des Berges herunter gefahren waren. Dann wären sie zur Unglückszeit sehr wahrscheinlich im selben Abschnitt gewesen wie die beiden Paare.

Somit konnten die Suchaktivitäten eingegrenzt werden auf Skipisten unterhalb der Bergstation. Es waren zwar nur Spekulationen, auf die man sich stützte, aber alle Indizien und die Erfahrungen der Bergretter, sprachen dafür.

Als letzter der Vermissten blieb nun Sepp übrig. Dessen Frau berichtete, dass er mit seinem Motorschlitten zur Berghütte gefahren war. Ob die Hütte auch von der Lawine erreicht wurde, ließ sich noch nicht feststellen. Es war aber unwahrscheinlich, da sie etwas seitlich versetzt neben dem vermuteten Verlauf lag. Vielleicht hatte Sepp es vorgezogen, bis zur Wetterbesserung in der Hütte zu bleiben. Telefonverbindung gab es bei dieser Wetterlage keine. Sollte er den Rückweg angetreten haben, so war anzunehmen, dass er ein Stück quer durch den Wald und erst im unteren Teil des Berges auf die Piste gefahren war. Bevor man ihn suchen könnte, müsste man zunächst feststellen, welche Teilstücke der Abfahrten betroffen waren, da diese sich in Kurven den Berg herunter schlängelten. Auf detailgenauen Landkarten berechnete man den wahrscheinlichen Weg der Lawine und prüfte, welche Zugangswege möglich sein könnten.

Im Morgengrauen machten sich, trotz immer noch sehr starkem Schneefall, zwei Suchtrupps mit Spürhunden und Pistenraupen auf den Weg. Die eine begann die Suche am zusammenfließenden Ende der Abfahrten. Sie würden sich von hier aus zu Fuß den Berg hinauf vor arbeiten. Der zweite Trupp fuhr, soweit möglich, über eine parallel verlaufende Piste hinauf, um von dort aus zu suchen.

Falls sie unterwegs keine neuen Erkenntnisse bekommen sollten, würden sie sich bis zur Hütte von Sepp vorarbeiten. Sie schlossen nicht ganz aus, dass jemand dort Unterschlupf gesucht haben könnte. Vielleicht waren auch die Lawinenpiepser der beiden Tourengeher aktiviert und unterwegs aufzuspüren. Die Vermissten nach so vielen bereits vergangenen Stunden lebend retten zu können, falls sie verschüttet waren, schlossen sie aus.

Auf dem Schneegeröll tasteten sich die Gruppen langsam vor. Die Windungen, die von der Lawine nicht betroffen waren, ließen sie zunächst einmal unberücksichtigt. Die Pistenraupen musste der zweite Trupp in dem zerklüfteten, mit Geröll und Bäumen durchsetzten Gelände, bald zurücklassen und die Suche auch zu Fuß fortsetzen.

Zunächst sichteten sie nur den mittleren Teil der von der Lawine hinterlassenen Halde und machten an einigen Stellen mit ihren Sonden Stichproben. Die gesamte Breite der betroffenen Abfahrten Meter für Meter genau abzusuchen, war ein zu aussichtsloses Unterfangen. Es würde zu viel wertvolle Zeit kosten und eine Menge Leute beschäftigen. Lieber wollten sie sich zunächst auf die Nasen der Suchhunde verlassen und gezielt nach Spuren suchen.

Nach einem langen anstrengenden Aufstieg, erreichte der obere Trupp die völlig unversehrte Hütte von Sepp. Ein Stück davon entfernt war die Lawine heruntergekommen. Die Hütte war verschlossen und schien niemand zu beherbergen. Sepps Schneemobil stand aber noch vor der Tür.

Beim ersten Versuch startete der Motor und lief einwandfrei, also war ein Defekt auszuschließen. Seine Abwesenheit musste demnach einen anderen Grund haben. Eine Runde um das Haus deutete auf eine Spur hin. Neben dem Haus waren leicht verwehte Spuren von Ketten zu sehen. Die noch offene Scheune und das fehlende Pistenfahrzeug ließen den Schluss zu, dass mehrere Personen hier gewesen sein mussten. Warum sonst sollte Sepp die Schneekatze mobil gemacht und den eigenen Motorschlitten zurückgelassen haben? Wie er das alte verrostete Vehikel in Gang gebracht hatte, gab ihnen Rätsel auf. Sie kannten es, und hätten es für unmöglich gehalten. Seit viel zu langer Zeit war es nicht mehr in Betrieb gewesen.

Sie wussten jetzt wenigstens genauer, wonach sie suchen mussten. Ohne weitere wertvolle Zeit zu vergeuden, traten sie den Rückweg über den steilen Hang an. Jetzt suchten sie alle verschütteten Teile der Skiabfahrt in voller Breite akribisch ab. Trotz der immensen Größe der Lawine und dem starken Schneefall, müsste die Raupe erheblich leichter zu finden sein, als nur einzelne Personen. Meter um Meter kämpfte sich der Trupp voran, stets bedacht, keinen Flecken unkontrolliert zu lassen. Jede noch so kleine Erhebung wurde genau untersucht. In den steileren Bereichen kamen sie nur sehr langsam vorwärts.

Erstaunt waren alle Helfer über das mächtige Ausmaß der Lawine. Eine solche Dimension hatte es in der gesamten Region noch niemals gegeben. Niemand hätte es vorher für möglich gehalten.

Kleinere Schneebretter, meist abseits der Skipisten und ohne größere Folgen, gab es in schneereichen Wintern in der Vergangenheit immer einmal. Aus diesen Erfahrungen heraus, wurden die von den Touristen frequentierten Bereiche ständig genau beobachtet. Überhänge an bekannt neuralgischen Bergkanten waren am Vortag noch kontrolliert abgesprengt worden, um kein Risiko einzugehen. Eine Lawinenwarnung hatte man nur für einige Abschnitte des Berges außerhalb der präparierten Pisten herausgegeben, um die Tourengeher zur erhöhten Vorsicht zu mahnen.

Nur das Zusammenspiel zweier Naturgewalten, der extrem starke Sturm und der fortwährende Schneefall, konnten zu dieser Katastrophe geführt haben. Kritische Stimmen und Anschuldigungen an die Verantwortlichen für das Skigebiet, würde es in der Nachbereitung des Unglücks ganz bestimmt geben. Hinterher haben es ja immer einige Besserwisser vorher schon gewusst. Nach dem Unglück half das aber niemand weiter. Klar ist, dass es ein Spagat zwischen der Sicherheit der Sportler und den kommerziellen Interessen ist. Meist gewinnt die Lobby der Umsatzorientierten. Die Region und der Ort leben fast ausnahmslos vom Tourismus. Viele Arbeitsplätze hängen daran. Da es Tote und erheblichen Sachschaden gegeben hatte, würde die zuständige Staatsanwaltschaft sicher Untersuchungen über Versäumnisse der verantwortlichen Institutionen einleiten.

Die Frauen und Männer des Suchtrupps hatten vorrangig die Suche nach Verschütteten im Kopf und gaben sich bei der immensen körperlichen Anstrengung diesen Gedanken nicht weiter hin.

Mittlerweile hatten sie den abgesperrten Hang, der zur Hütte geführt hatte, bereits überwunden. Einen Moment lang berieten sie, ob die Suche nach oben bis zur Bergstation ausgedehnt werden sollte. Die größere Wahrscheinlichkeit des Erfolges war aber abwärts gegeben. Auch ließ es die Zeit nicht mehr zu, noch weiter aufzusteigen. An den Stellen, an denen die Lawine die Abfahrten verlassen hatte, begrenzte man die Suche auf die nächsten circa fünfzig Meter. Sollte das schwere Fahrzeug oder die Personen weiter mitgerissen worden sein, würde man erst später an diesen Stellen suchen. Trotz der geringen Überlebenswahrscheinlichkeit für die Verschütteten, arbeiteten die Helfer gegen die Uhr. Sie wollten so effektiv wie möglich sein. Die Suche hatte nur bei Tageslicht einen Sinn.

Noch immer fiel der Schnee in dicken Flocken, so dass die von ihnen hinterlassenen Spuren in kurzer Zeit wieder bedeckt waren. Auf Neuschnee kamen sie bergab mit Ski schneller voran als zu Fuß, nur die Hunde taten sich sichtlich schwerer.

Es war ein unbefriedigendes und langwieriges Unterfangen, sich Stück für Stück den Berg hinab zu bewegen. Dabei stets nach kleinen Erhebungen Ausschau haltend, um mit den langen Sonden den Untergrund nach der Pistenraupe abzusuchen.

Keiner der Suchhunde hatte bisher einen Laut von sich gegeben, obwohl sie ständig eifrig hin und her rannten. Sie waren auf die Suche von lebenden Menschen abgerichtet und spezialisiert.

Fahrzeuge würden sie wohl kaum aufspüren. Die Karosserie der Schneekatze schirmte bestimmt die menschliche Witterung vollkommen ab.

Es war aber dann doch einer der Hunde, der die Retter plötzlich auf die Schneekatze aufmerksam machte. Seine natürliche Neugierde hatte ihn in das von den Verschütteten gegrabene Ein- und Ausstiegsloch zu der Schneekatze getrieben. Da sie am Waldrand eingegraben war, wäre sie vielleicht ansonsten dem Suchtrupp entgangen. Für seinen Führer war der Hund plötzlich wie vom Erdboden verschluckt. Als er nach einem kurzen Pfiff seines Herrn, bellend aus dem Nichts wieder auftauchte, wurden alle auf ihn aufmerksam. Nervös trippelnd und Laut gebend, zog er sie zu seiner Entdeckung. Stolz freute er sich auf die Belohnung und das Lob. Völlig überrascht fanden sie die provisorische Treppe, die in einen Hohlraum führte.

In dem kleinen Wintersportdorf waren fast alle einheimischen Familien miteinander verwandt. Die meisten Männer und einige Frauen gehörten der Feuerwehr oder der Bergwacht an. Einige von ihnen waren bei beiden aktiv. Es war deshalb kein Wunder, dass ausgerechnet ein Neffe von Sepp als erster in das Gefährt kroch. Der Anblick der sich ihm bot, versetzte ihm einen tiefen Stich ins Herz. Mit Sepp, seinem Lieblingsonkel und Taufpaten, hatte er einen großen Teil seiner Jugend verbracht. Er war es, der ihm neben der Arbeit auf dem Hof, das Bergsteigen und Skifahren beibrachte. Viele Stunden waren sie in ihrer Freizeit gemeinsam auf den Bergen in der ganzen Region unterwegs.

Es war zwar nicht der erste Tote den er sah, aber keiner stand ihm so nahe. Erst im Sommer war er dabei, als ein junger Bergsteiger geborgen wurde, der an einer Felskante abgerutscht und in die Tiefe gestürzt war. Es ging ihm zwar unter die Haut, aber das war ja ‚nur' ein Fremder für ihn gewesen. Nun aber hatte es seinen liebsten Onkel getroffen. Der Schock saß so tief, dass er sich nicht vom Fleck bewegen konnte. Seine Kameraden brachten ihn daraufhin aus dem Gefährt heraus und versuchten ihn zu beruhigen.

Zwei Mann begaben sich in das Innere der Schneekatze und machten sich ein Bild von deren Zustand. Das Dach war eingedrückt von einem starken, quer darüber liegenden Baumstamm. Der hatte Sepp auf dem Fahrersitz erschlagen und zusammengequetscht. Er musste sofort tot gewesen sein. Die Windschutzscheibe war total zersplittert. Auf der Beifahrerseite ragte ein starker Ast in den Innenraum bis auf den Sitz. Blutspuren, und das herumliegende Verbandmaterial deuteten darauf hin, dass es mindestens einen, wahrscheinlich aber auch mehrere Verletzte gegeben haben musste. Irgendwie dürfte es ihnen gelungen sein, sich trotz der Verletzungen aus der Pistenraupe zu befreien. Die fehlende Heckscheibe der Raupe bemerkten sie auch, und das gab ihnen Rätsel auf.

Bei der äußeren Begutachtung, der unter dem Schnee begrabenen Pistenraupe, versuchten sie, den Unfallhergang weitgehend zu rekonstruieren. Sie war von der Lawine erfasst und an den Wald gedrückt worden, wo sie an einen Baum schlug.

Die Insassen waren machtlos ausgeliefert. Wieso sich die Raupe nicht überschlagen hatte, grenzte an ein Wunder. Wahrscheinlich konnte Sepp so gegensteuern, dass die Front talwärts gerichtet blieb. In der Folge hatten die Schneemassen das Fahrzeug ein oder mehrmals um die eigene Achse gedreht und an den Waldrand gedrückt. Dort war sie mit so großer Wucht angeschlagen, dass sie den Baum umwarf, der sie unter sich begrub. Der Sturm hatte wohl dazu seinen Teil beigetragen. Jetzt stand das Gefährt mit dem Heck zum Tal.

„So wie es aussieht, hat dein Onkel sicher einige Menschenleben gerettet und ist das Opfer seiner Hilfsbereitschaft geworden", versuchte der Leiter des Trupps den Neffen von Sepp zu trösten.

„Er ist zumindest ehrenhaft gestorben, auch wenn das den Verlust nicht einfacher macht."

Nachdem die Fundstelle deutlich markiert war und sie über Funk die Leitstelle verständigt hatten, verteilten sich die Retter auf die gesamte Breite der Piste. Es war aufbauend zu wissen, dass sie nun vielleicht doch nach Überlebenden suchen konnten und nicht nach Verschütteten stochern mussten. Verstärkung hatten sie bereits angefordert.

„Behaltet sorgfältig den Waldrand im Auge. Sie haben bestimmt den Schutz der Bäume gesucht. Vielleicht finden wir ihre Spuren in den Wald", kam die Anweisung an alle verbleibenden Helfer. Einer von ihnen hatte bei dem Neffen von Sepp bleiben müssen, bis die Verstärkung eintreffen würde. Dieser war nicht mehr in der Lage weiter mitzuhelfen und hatte sich heulend niedergesetzt.

Im Tal würde sich das Kriseninterventionsteam um ihn kümmern müssen.

Jetzt ließ er in seiner Trauer die Vergangenheit Revue passieren. Niemand sonst in seiner Familie hatte ihn so geprägt wie sein Onkel Sepp. Aus der Umklammerung seiner Mutter hatte er ihn gelöst und mit in die Berge geschleppt. Dort brachte er ihm bei, wie man ohne Hilfsmittel Feuer machen kann. Er lehrte ihn mit dem Hirschfänger schöne Figuren zu schnitzen und wie man bei Wind und Wetter sicher seinen Weg findet. So manches Mal zwang er ihn, den inneren Schweinehund zu überwinden, und weiter zu marschieren, obwohl sein Körper nicht mehr zu wollen schien. Bei einer der oft mehrtägigen Wanderungen lehrte er ihn, sich so abzukühlen, dass er auch bei klirrender Kälte in einem Bergsee baden gehen konnte. Auch viele handwerkliche Fähigkeiten hatte er von ihm erworben. Kann ich nicht, gab es bei ihm nicht. Seine Antwort lautete: „Dann lernst du es eben", und mit viel Geduld zeigte er ihm alles so lange, bis es endlich klappte. Wann immer er um Rat oder Tat verlegen war, hatte Sepp geholfen und ihn gewappnet für das Leben. Wie sollte er über diesen schmerzlichen Verlust hinwegkommen?

Die neue Hoffnung des Suchtrupps, nun doch eventuell Überlebende aufzufinden und die jetzt klare Richtung, wo sie suchen mussten, gaben allen neuen Auftrieb. Nur die berechtigte Sorge, ob die Vermissten vielleicht doch anschließend in der klirrenden Kälte der Nacht umgekommen sein könnten, verursachte ihnen noch Kopfzerbrechen.

Mit besonderer Aufmerksamkeit und ohne jede Rücksicht auf die eigene körperliche Belastung suchten sie weiter. Auch das Gelände an beiden Seiten der Piste wurde jetzt genau in Augenschein genommen. Es könnte ja durchaus möglich sein, dass sie durch den angrenzenden dichten Wald weitergezogen waren, auf der verzweifelten Suche nach dem Weg ins Tal oder einem Unterschlupf. Hoffentlich waren sie nicht in eine der vielen Schluchten geraten. Dort wären sie hoffnungslos verloren und könnten erst im Frühjahr nach der Schneeschmelze geborgen werden.

KAPITEL 18

In der Berghütte herrschte eine brütende Hitze und die Luft war zum Schneiden dick. Nach dem stundenlangen Aufenthalt in der klirrenden Kälte hatten sie den Kaminofen sehr großzügig mit Holz bestückt. Das war zu gut gemeint. Die Flammen loderten und in unmittelbarer Nähe des Feuers konnte man es nicht mehr aushalten. So angenehm das am Anfang gewesen war, bis alle ausreichend aufgewärmt waren, so unangenehm war es danach zum Schlafen. Kurzzeitiges Lüften brachte nicht viel Erleichterung. Der nach wie vor starke Sturm und der Schneefall ließen es nicht zu, die Fenster oder die Eingangstür dauerhaft offen zu lassen. Eine unruhige Nacht verschaffte zwar ein wenig Entspannung, aber kaum erholsamen Schlaf.

Ulla durchlebte im Halbschlaf ständig schlimme Alpträume. Mehrmals wiederholten sich darin die letzten dramatischen Minuten in der Raupe vor dem fürchterlichen Schlag und der nachfolgenden Dunkelheit. Danach hatte sie den zerschmetterten Kopf von Sepp unter dem querliegenden Baum, der bestimmt seinen Genickbruch verursacht hatte, vor ihrem geistigen Auge. Immer wieder schlug ihr das Bild davon unangenehm auf den Magen und ließ sich nicht aus ihren Träumen verdrängen, so sehr sie sich auch bemühte, davon wieder loszukommen. Ständig wälzte sie sich unruhig und stöhnend von einer Seite zur anderen. Anfangs versuchte man sie noch zu beruhigen, aber jeder hatte mit sich selbst genug zu tun.

Robbi stöhnte fast durchgehend wegen seiner starken Schmerzen. Mehrmals betteten ihn Mark und Micha in der Nacht um. Er sollte es so bequem haben, wie es unter den gegebenen Umständen möglich war. Viel Erleichterung brachte es ihm trotzdem leider nicht.

Jana wurde gequält von starkem Hustenreiz und Schnupfen. Niesen und Husten wechselten sich ab. Sie hatte sich, wie von Mark vorab schon befürchtet, eine sehr starke Erkältung zugezogen. Heißer Tee mit viel Honig und die glücklicher-weise in der Hütte gefundenen Schmerztabletten, gaben ihr, neben dem ständigen Zuspruch von Mark, nur sehr wenig Linderung. So empfindlich wie sie von Natur aus war, würde das bestimmt einige Tage anhalten und sie völlig außer Gefecht setzen. Zur Vermeidung einer Lungenentzündung bräuchte sie eiligst Antibiotika und Medikamente gegen Erkältungskrankheiten.

Den besten Schlaf, zum Leidwesen aller, schien Torsten zu haben. In kürzester Zeit hatte er sich, gleich nach dem Eintreffen in der rettenden Hütte, ausgiebig an dem großzügig vorhandenen Bestand an Rotwein gelabt. Froh über die Rettung, war es für ihn eine Wiedergeburtsfeier, zusätzlich drängte der Alkohol auch seine privaten Sorgen in den Hintergrund. Er führte auch sehr schnell zu einer ausreichenden Schläfrigkeit, hatte aber zur Folge, dass er unerträglich laut schnarchte. Mehrmals in der Nacht versuchten Ulla und Mark vergeblich ihn zu wecken. Die festen Hiebe nahm er im Schlaf wahr und drehte sich jeweils auf die andere Seite.

Die Unterbrechungen seiner ‚Solo-Konzerte' waren immer nur von ganz kurzer Dauer.

„Reiß dich mal zusammen, besoffener Egoist", brüllte Ulla ihn in einer ihrer Wachphasen laut an. Eine spürbare Reaktion von ihm blieb leider aus. Ihr mittlerweile weiter angewachsener Hass auf ihn bekam dadurch neue Nahrung.

Mark kam zunächst überhaupt nicht zur Ruhe. Zu sehr hatten ihn das Unglück und die Folgen aufgewühlt. Was hätten sie besser machen können, fragte er sich immer wieder. Ihm fiel aber nichts ein, was ihre Situation verbessert hätte. Es war ohnehin nicht mehr zu ändern, resümierte er schließlich. Sinnlos wäre es, noch weiter darüber nachzudenken. Besser schien es ihm, jetzt weiter nach vorne zu schauen. Sepp war leider tot und Robbi verletzt, aber alle anderen waren wenigstens gerettet und würden wohl keine größeren Schäden davontragen. Zu all seinen Gedanken kamen die ständigen Bedürfnisse von Jana und Robbi, die ihn auf Trab hielten. Jedes Mal, wenn er gerade am Einschlafen war, hatten sie Wünsche, denen er unverzüglich nachkam. Robbi musste mitten in der Nacht einmal zur Toilette gebracht werden, da er sie nicht alleine aufsuchen konnte. Jana brauchte Tee und ein anderes Mal Taschentücher. Außerdem plante er die weitere Vorgehensweise am Morgen und spielte verschiedene Szenarien durch. Falls der starke Schneefall noch weitergehen sollte, war die Suche nach dem Weg ins Tal äußerst schwierig. Robbi und Jana müssten dann in jedem Fall zunächst einmal in der Hütte zurückbleiben.

Erst wenn sie geeignete Transportmöglichkeiten gefunden hätten, könnte man sie nachholen. Wenn er wenigstens wüsste, wo sie etwa waren und wie weit es noch bis ins Tal ist. Vielleicht waren sie nur ein kurzes Stück davon entfernt und hatten es in dunkler Nacht und bei dem schlechten Wetter nicht bemerkt. Könnte es sein, dass Suchtrupps sie in der Hütte aufspürten? Trotzdem er sich immer zwang nicht voraus zu denken und am Morgen die Lage einzuschätzen, fand er fast keinen Schlaf.

So quälten sich alle, außer Torsten, durch die restlichen Stunden der Nacht und sehnten den Tag herbei. Die Freude über die sichere Unterkunft, in der glücklicherweise noch rechtzeitig entdeckten Hütte, war unerklärlich verhalten. Neue Sorgen drängten sich auf. Wie würde es weitergehen und wann wären sie endlich wieder im Tal? Welche Schwierigkeiten standen ihnen noch bevor? Wäre es für Robbi überhaupt noch zu schaffen?

Sehr früh am Morgen klapperte es gedämpft, aber trotzdem vernehmbar, in der kleinen Küche. Micha war als erster aufgestanden und suchte alles zusammen, was als Frühstück zu gebrauchen war. Verschiedene Sorten Tee und auch Kaffee, waren glücklicherweise vorhanden und wurden von ihm schnell aufgebrüht. Ansonsten fand er Konserven mit Obst und Gemüse, Nudeln und Tomatenmark. Seine gekochten Nudeln und das Obst wurden dankend angenommen. In der Not reichte das zur Stärkung der ausgehungerten Gruppe. Es war zwar nicht das gewohnte üppige Frühstücksbüffet, aber sie bekamen wieder etwas in den Magen.

Jana nahm, außer Tee, nichts zu sich. Als Mark sich besorgt zu ihr herunter beugte, bemerkte er sofort ihre übermäßig erhöhte Körpertemperatur. Sie hatte hohes Fieber. Außer ihren nassen Körper trocken zu frottieren und sie warm einzupacken, fiel ihm nichts ein, was er für sie tun könnte. Über ihren Zustand war er äußerst beunruhigt.

Robbi war auch in einer desolaten Verfassung. Schüttelfrost plagte ihn, dringend brauchte er eine ärztliche Versorgung und Medikamente.

Ulla war in Rage. Hart ging sie auf Torsten los, der gemütlich vor sich hin döste, und noch keine Anstalten machte aufzustehen.

„Beweg dich endlich, elender Säufer. Sieh zu, dass du mal etwas Sinnvolles unternehmen kannst. Die ganze Nacht hast du geschnarcht in deinem Alkoholdunst und uns allen die nötige Nachtruhe geraubt. du rücksichtsloser Egoist."

„Entschuldigung, das wollte ich wirklich nicht", stöhnte er noch schlaftrunken und reckte sich.

„Nach den Anstrengungen und auf den völlig leeren Magen, hat mich der Rotwein ganz schnell umgehauen. Ich war ziemlich fertig heute Nacht. Länger hätte ich nicht mehr auf den Beinen stehen können ohne zusammen zu brechen." Wenn Blicke töten könnten, hätte ihn Ulla gerade eben zum wiederholten Male umgebracht. Sie schrie ihn an:

„Sieh zu wie du uns hier raus bringen kannst."

Mark probierte wieder mit seinem Smartphone eine Verbindung zu bekommen. Es war erfolglos. Auch auf allen anderen Mobiltelefonen war nach wie vor kein Funknetz verfügbar.

„Verfluchte Technik, wenn man sie dringend bräuchte, funktioniert sie nicht", fluchte er und schleuderte aus Wut sein Smartphone in die Ecke.

Als nächstes wollte er die Wetterlage sondieren. Bereits das Öffnen der Eingangstür gestaltete sich schwierig. Sie gab nur einen Spalt breit nach. Der immer noch starke Schneefall hatte den Eingang zugeschneit. Zu dritt mussten sie sich dagegen stemmen, um sie wenigstens ein Stück aufmachen zu können. Nacheinander zwängten sie sich durch, um den Eingang wieder frei zu schaufeln.

Der Blick rundum war auch am Tage nicht sehr erbaulich. Schlechte Sicht und hohe Schneewehen soweit das Auge reichte. Die Bergbahnen würden bei diesen Verhältnissen sicher nicht in Betrieb sein, der Wind war immer noch zu stark.

„Ich werde jetzt den Weg ins Tal suchen. Sollte ich bald fündig werden, schicke ich euch die Bergwacht oder ich komme wieder zurück. Auf fremde Hilfe können wir nicht länger warten. Hier findet uns wahrscheinlich niemand, falls uns überhaupt jemand suchen sollte."

Als er sich bereit machen wollte, um sich alleine durch das Schneegestöber zu kämpfen, hielt ihn Micha ganz energisch zurück.

„Bleib du lieber hier drinnen. Jana braucht dich dringend, du kannst sie jetzt nicht schon wieder alleine lassen. Ich werde stattdessen gehen."

Sofort rüstete sich auch Torsten zum Aufbruch.

„Warte bitte noch einen Moment. Ich mache mich fertig und komme mit dir, für einen alleine ist es zu gefährlich in dem unbekannten Terrain."

Er wollte so schnell wie möglich aus Ullas Nähe verschwinden. Ihre missmutige Laune hielt er nicht mehr länger aus. Warum hatte sie auf einmal einen solchen Hass auf ihn? So kannte er sie bisher nicht. Einer Schuld war er sich nicht bewusst. Es war ihm unerklärlich, wie sich ihre Freundschaft und Zuneigung so plötzlich verwandeln konnten. Vor zwei Tagen waren sie noch ein Herz und eine Seele. Ob sich ihr Verhältnis noch einmal bessern würde, war aber jetzt kein Thema mehr für ihn. Sie hatten sich entzweit, das war unter den gegebenen Umständen auch gut so. Wenn dieses Drama erst vorüber war, gab es sowieso nur noch seinen Sohn und seine Frau für ihn. Inständig hoffte er, dass sie ihm seine Eskapaden verzeihen würden und er überhaupt noch zu ihnen zurückkehren konnte. Dass ihm etwas zugestoßen sein müsste dachte sie sich bestimmt schon. Aus dieser Situation kam er bestimmt nicht heraus, ohne ihr seinen Seitensprung zu gestehen. Sobald es möglich sein sollte, würde er sie sofort anrufen und ihr alles erklären. Bestimmt suchte sie verzweifelt nach ihm, weil er sich telefonisch nicht wie üblich gemeldet hatte.

Zügig machten sich beide, gut eingepackt in warme Kleidung, auf den Weg. Es war nicht mehr so klirrend kalt wie in der Nacht, aber der dichte Schneefall machte ihre Aufgabe nicht leicht. Da der Untergrund ständig wechselte, gingen sie zuerst zu Fuß los und trugen ihre Ski auf dem Rücken. Bald merkten sie, dass sie mit den angeschnallten Skiern wahrscheinlich doch besser vorankommen würden. Das war bequemer, als sie mitschleppen zu müssen. Sie blieben stets an der linken Seite der Halde, die von der Lawine hinterlassen worden war, um sich besser orientieren zu können.

Der Geländeform nach zu urteilen, sah es aus, als wäre hier vorher eine Piste gewesen. Solange sie immer den Wald an einer Seite hatten, würden sie den Rückweg nicht verfehlen können. Nur sehr langsam kamen sie voran. Torsten schaffte es kaum, das von Micha vorgegebene schnelle Tempo mitzuhalten. Das Verhältnis von Blut und Alkohol schien noch etwas ungünstig nachzuwirken. Nur mühevoll bekam er einen Fuß vor den anderen. Zur Unterhaltung war keinem von beiden zumute. Wahrscheinlich hatten sie sich auch nicht viel zu sagen. Anders als bei Mark, mit dem er sich gleich blendend verstand, fand Micha keinen Zugang zu Torsten. Sie waren zu unterschiedliche Charaktere. Ihre Atemluft und Energie brauchten sie sowieso, um einigermaßen voranzukommen.

Nach einigen hundert Metern war die Skipiste ganz offensichtlich nach der Seite weitergegangen, während die Lawine geradeaus steil in den Wald gefegt war. Also mussten sie auf die andere Seite der Schneise wechseln, geradeaus ging es nicht mehr weiter. Beim Überqueren der Halde blieb Micha plötzlich stehen und hielt Torsten zurück.

„Warte einmal einen Moment. Ich glaube eben Stimmen gehört zu haben. Bleib ganz ruhig stehen, vielleicht hören wir, woher sie gekommen sind und können uns bemerkbar machen."

Hoffentlich war es nicht nur ein Wunschtraum oder das Gesäusel des Windes in den Ästen.

Tatsächlich drangen jetzt schwache Geräusche, die wie Kommandos klangen, von weit her an ihre Ohren. Auch das Brummen eines Motors war zu vernehmen. Das könnte nur Hilfe für sie bedeuten. Wahrscheinlich war die Bergwacht auf der Suche nach Verschütteten oder Vermissten unterwegs. Sofort begannen beide laut zu rufen.

„Hallo, hierher, hört ihr uns? Wir brauchen eure Hilfe. Hier sind wir, hallo, hierher."

Zunächst kam keine Antwort. Sie versuchten es immer wieder, und fuhren dabei in die Richtung, aus der sie die Geräusche vermuteten.

„Wir müssen gut aufpassen, dass wir ja nicht aneinander vorbei laufen. Soviel ich weiß, gibt es hier einige Pisten, die parallel den Berg hinunter führen. Nicht dass die Helfer auf der einen Abfahrt hoch laufen und wir auf der anderen daneben an ihnen vorbei nach unten", riet Torsten besorgt.

Nach ihren wiederholten lauten Rufen blieben sie immer wieder kurz stehen und lauschten, ob eine Reaktion folgte. Aber bisher kam noch keine Antwort. Es war wohl ein ganzes Stück Abstand zwischen ihnen und dem vermuteten Suchtrupp. Die Motorengeräusche waren bald zunehmend deutlicher zu hören, also kamen sie ihnen näher.

Am rechten Rand der Lawinenhalde konnten sie jetzt sehr deutlich die Skipiste erkennen. Sie war zwar tief verschneit, aber nicht verschüttet. Hier kamen sie schnell voran. Den nachfolgenden Hang fuhren sie zügig hinunter. Er führte in einen flachen Abschnitt. Vor ihnen erhoben sich kleine Hügel über die sie nicht hinwegsehen konnten.

Schnurstracks fuhren sie auf den höchsten davon, um den besten Überblick zu haben. Sie hatten sich also nicht getäuscht. Die Geräusche waren auch keine Einbildung und keine Täuschung gewesen, sondern hatten eine sehr erfreuliche Ursache.

Eine Pistenraupe, sowie einige Personen in den markanten roten Jacken der Bergwacht, kamen von einer daneben liegenden Abfahrt und bewegten sich auf sie zu. Rufend und wild gestikulierend stürmten sie ihnen entgegen.

„Hallo, hier sind wir, hierher bitte", rief Torsten.

Vor lauter Erleichterung hätten sie Luftsprünge machen können. Sie waren endlich gerettet. Ganz schnell mussten jetzt nur noch die anderen oben in der Hütte geborgen werden.

„Wir haben euch schon gesehen und gehört. Seid ihr okay?", schallte es ihnen entgegen.

„Ja, wir beide schon, aber unsere Freunde sind noch weiter oben und brauchen dringend Hilfe."

Hektisch informierte Micha den Gruppenführer des Rettungstrupps über die in der Unterkunft noch verbliebenen Vermissten. Er mahnte ihn zur Eile wegen des schlechten Gesundheitszustandes von Robbi und Jana. So genau er konnte, beschrieb er ihnen die Lage der Berghütte, und anschließend auch den Hang, an dem die verschüttete Raupe mit dem toten Sepp zu finden war.

„Wir haben einen Suchtrupp der von oben kommt, den werden wir informieren. Nach der Beschreibung dürfte er schon ganz in der Nähe der Unglücksstelle sein, oder sie bereits passiert haben. Wir werden eure Angaben per Funk durchgeben."

Nachdem die beiden Teams sich untereinander abgesprochen hatten, wollten sie Micha und Torsten gleich ins Tal befördern. Die bestanden aber fest darauf, auf die Bergung der restlichen Gruppe zu warten. Sie hatten gemeinsam so viel durchgemacht und wollten deshalb zusammen im Tal ankommen. Entspannt freuten sie sich über den glimpflichen Verlauf, abgesehen natürlich von dem Unglück mit Sepp. Es hätte alles aber noch viel schlimmer kommen können.

Über den Ablauf des Unglücks und die ganzen Torturen, denen sie ausgesetzt waren, staunten nach einem kurzen Bericht auch die Retter.

Für die Versorgung der beiden Kranken wurde im Dorf ein Notarzt angefordert, der sich gleich mit einem Motorschlitten auf den Weg machen sollte. Zwei Krankenwagen für ihren weiteren Transport, sollten an der Talstation bereitgestellt werden. Weitere Pistenraupen für die Beförderung aller und ein Bergungsschlitten für Robbi, wurden auch angefordert. Als man erleichtert festgestellt hatte, wo die vermeintlich Verschütteten waren, ging es routiniert und schnell voran. Dass sie alle überhaupt überlebt hatten war eine Sensation, mit der sicher niemand im Dorf gerechnet hatte.

Ganz schonend und sehr einfühlsam hatte der Gruppenführer den Sohn von Sepp, der auch der Suchmannschaft angehörte, zur Seite genommen, und ihm von dessen tragischem Tod berichtet, was dieser bestürzt zur Kenntnis nahm. Er bestand aber darauf, trotz seiner Trauer, bei der Bergung seines Vaters dabei zu sein.

Gemeinsam mit dem Rettungsteam stiefelten Torsten und Micha wieder aufwärts zur Hütte. Für das Pistenfahrzeug gab es noch keinen befahrbaren Weg. Der musste erst geebnet werden. Nach der langen Suche, mit lange ungewissem Ausgang, freuten sie sich nun auf das Wiedersehen mit ihren Leidensgenossen. Das machte ihnen den Aufstieg erheblich leichter. Erlöst konnten sie aufatmen. Besonders Micha war beruhigt, dass er den Freund und Bergkameraden nicht enttäuschen musste.

Mehrere Pistenraupen rückten mittlerweile den Berg herauf an und ebneten, soweit notwendig, eine Spur für den Rücktransport.

Nun mussten nur noch Robbi und Jana versorgt werden. Nach der Bergung und dem Abtransport wäre diese Katastrophen-Tour endlich zu Ende.

KAPITEL 19

Nachdem Micha und Torsten aufgebrochen waren, um Hilfe zu suchen, wanderte Mark ungeduldig in der Berghütte umher. Zur Untätigkeit verdammt, konnte er seine innere Unruhe kaum verbergen. Warum war er nicht auch mit ihnen gegangen, anstatt hier zu verzweifeln. Hoffentlich würden sie schnell einen Weg ins Tal finden, um sie danach abholen zu können, oder die Bergwacht verständigen. Aus lauter Nervosität hatte er bereits seine eigenen Zigaretten alle aufgebraucht. Die beiden letzten aus Robbis Vorrat, die dieser ihm freundlicherweise abgegeben hatte, würden ihm auch nicht mehr lange reichen.

Dreimal war er schon vor der Tür der Hütte gewesen und hatte vergeblich Ausschau gehalten. Es war, außer Schnee in Unmengen, weder etwas zu sehen, noch zu hören. Sehr lange würde er das Warten nicht mehr durchhalten und sich auch auf den Weg machen. Die Tatenlosigkeit, zu der er verdammt war, zehrte an ihm. Zur Ablenkung und gegen seine stete Unruhe füllte er das Kaminholz wieder auf und hackte jede Menge Anzündspäne, um wenigstens irgendetwas Sinnvolles zu tun.

Drinnen hatte er sich immer mal wieder um Jana gekümmert. Außer, dass er sie ständig mit Tee versorgte, konnte er nur seelischen Beistand leisten und ihr Mut zusprechen. Mehr fiel ihm nicht ein. Sie versuchte ihn zu beruhigen, aber wie schlecht es ihr wirklich ging, war überhaupt nicht zu übersehen. Auch für Robbi hatte er kein Rezept.

Seine Erste-Hilfe-Kenntnisse stammten noch aus der Jugend. Diese aus dem Gedächtnis kramend wusste er, dass man früher bei Rippenbrüchen den Brustkorb bandagiert hatte. Ob das noch aktuell war, zweifelte er an. Ständig gab es in der Medizin wieder neue Erkenntnisse, die alle bisher üblichen Maßnahmen über den Haufen warfen. Er war nicht mehr auf dem neuesten Stand. Irgendwann würde er einen Auffrischungskurs belegen, nahm er sich fest vor. Diese Einsicht kommt leider immer erst, wenn es eine aktuelle Veranlassung dazu gibt. Da ihm das Verbandmaterial zum bandagieren sowieso fehlte und seine Unsicherheit zu groß war, brauchte er sich damit nicht lange zu beschäftigen. Gegen das bestimmt existierende Risiko einer Thrombose hatte er auch keine Lösung parat. Es blieb ihm also nur übrig, ungeduldig auf baldige Hilfe zu hoffen.

Gerne hätte er sich mit Ulla unterhalten, um das lange Warten zu überbrücken. Aber die war zu sehr in Rage. Mit saurer Miene kauerte sie in einer Ecke des Raumes und grübelte. Er traute sich nicht sie anzusprechen. Warum sie so grob zu Torsten war, leuchtete ihm nicht ein. Sie würde wohl ihre guten Gründe dafür haben. Damit mussten die beiden alleine klarkommen.

Jana war ebenfalls nicht nach Reden zu Mute. Sie döste fiebernd im Halbschlaf vor sich hin.

Auch in Robbi fand er keinen Gesprächspartner. Der brauchte seine Luft zum Atmen und hatte zum Sprechen keine übrig. Hechelnd quälte er sich und wagte kaum sich ein wenig zu bewegen.

Es war ein Zustand wie in einer Krankenstation.

Gedämpfte Geräusche vor der Hütte rissen Mark plötzlich aus seinen Gedanken. Er musste sich erst ein wenig sammeln, um sicher zu sein wo sie herkamen. Sollten Micha und Torsten bereits unverrichteter Dinge zurückgekehrt sein? War es zu aussichtslos und sie hatten aufgegeben? Bevor er noch die Tür erreicht hatte und nachschauen konnte, klopfte es.

„Hallo, ist hier jemand, können wir eintreten? Wir sind von der Bergwacht und suchen die noch vermissten Skiläufer."

Erleichtert öffnete Mark und musste sich stark beherrschen, um den Männern nicht aus lauter Dankbarkeit um den Hals zu fallen. Alle Sorgen und Ängste fielen mit einem Schlag von ihm ab und machten erlöster Freude Platz.

„Na endlich, das freut mich sehr, euch zu sehen. Wir warten dringend auf eure Hilfe. Diese beiden hier sind verletzt, beziehungsweise krank, und brauchen dringend einen Arzt. Zwei von uns sind losgezogen, um einen Weg ins Tal zu suchen oder Hilfe zu holen. Leider haben wir auch einen Toten zurück gelassen. Er ist in einer alten Pistenraupe verschüttet. Das dürfte einige hundert Meter den Berg hinauf sein, auf der rechten Seite der Piste."

Hektisch und nervös hatte er auf sie eingeredet. Die Retter versuchten ihn ein wenig zu beruhigen. Einer von ihnen legte ihm freundschaftlich die Hand auf die Schulter, bevor er ihn informierte.

„Alles wird gut, wir sind ja jetzt da. Bleiben sie ganz ruhig, in spätestens einer Stunde ist es vorbei.

Die Raupe mit Sepp haben wir bereits gefunden. Einige Kameraden von uns werden ihn bergen. Die anderen von euch sind bei dem Suchtrupp, der von unten kam. Sie sind auf dem Weg hierher. Wir haben bereits alles Notwendige veranlasst. Ein Arzt und Transportmöglichkeiten sind unterwegs. Durch die gefundene Raupe, mit dem leider verstorbenen Sepp, waren wir schon auf die Hütte aufmerksam geworden. Da habt ihr Glück, dass ihr hier untergekommen seid. Bei den Temperaturen hättet ihr draußen kaum überleben können. Keiner von uns hat geglaubt, dass wir euch noch lebend finden werden. Wir haben befürchtet, dass ihr von der Lawine verschüttet worden seid."

Während die Helfer sich umschauten, erstattete Mark ihnen kurz Bericht über die Umstände, die ihre Fahrt mit der Seilbahn verhindert hatten. Das zufällige Zusammentreffen mit Robbi und Micha, und die Wahl des falschen Weges bis zur Hütte von Sepp, erzählte er sachlich in wenigen Worten. Die Fahrt mit der Raupe und der Lawinenabgang bedurften keiner langen Erläuterung.

Sofort funkten die Männer zur Einsatzzentrale, die man nach dem Unglück eingerichtet hatte, um alle Rettungseinsätze zu koordinieren.

„Wir haben jetzt auch die restlichen Vermissten in der Hütte des Professors gefunden. Es sind zwei Männer und zwei Frauen. Einer der Männer muss liegend transportiert werden, eine Frau ist stark erkältet und hat hohes Fieber."

Da man überraschenderweise doch Lebende, anstatt der befürchteten Verschütteten gefunden hatte, entstand sofort hektische Betriebsamkeit. Das Funkgerät quäkte laufend und gab die neuen Meldungen durch.

Als bald darauf Micha und Torsten, zusammen mit den weiteren Bergwacht-Helfern durch die Tür kamen, wurden sie stürmisch empfangen. Alle waren erleichtert nun in sicherer Obhut zu sein.

Es dauerte noch geraume Zeit bis auch der Arzt und die Bergungsschlitten eintrafen. Mit mehreren Pistenraupen hatte man ihnen den Weg geebnet. Der Einsatz von Rettungshubschraubern, die in den nächsten größeren Städten bereit standen, war bei dieser Wetterlage noch nicht möglich.

Der Notarzt untersuchte die beiden Patienten. Jana erhielt sofort eine fiebersenkende Injektion und diverse Medikamente gegen die Erkältung.

„Sie werden mindestens die nächsten drei Tage im Bett verbringen müssen. Da können sie sich von den Strapazen erholen. Aber Skifahren kann man einige Tage sowieso nicht, erst muss wieder alles aufgeräumt werden", ergänzte er.

„Im Hotel wird man sich gut um sie kümmern. Ich komme täglich einmal zur Kontrolle vorbei."

Robbi erhielt eine Spritze gegen Thrombose und ein starkes Schmerzmittel. Laut einer vorläufigen Diagnose hatte er drei Rippen angebrochen. Das machte Röntgenaufnahmen erforderlich, um die Gefahr von inneren Verletzungen auszuschließen. Ein Krankenwagen, der ihn zum Röntgen in die Stadt bringen sollte, war an die Talstation bestellt. Unklar war jedoch immer noch, ob die Landstraße aus dem Dorf heraus und über den Pass nach dem

Lawinenabgang bereits wieder befahrbar war. Mit Hochdruck waren Schneefräsen im Einsatz, um sie frei zu räumen. Es bestand noch ein Restrisiko. Kleinere Schneebretter könnten sich lösen und der Freigabe im Wege stehen.

Die Abhängigkeit des Dorfes bei medizinischer Versorgung, der Anlieferung von Waren und dem turnusmäßigen Wechsel der Touristen, machten eine schnelle Passierbarkeit der Zufahrt zwingend. Man behauptete zwar immer, dass die Sicherheit vorginge, aber sehr oft waren aus wirtschaftlichem Interesse die Entscheidungen recht zweifelhaft.

Mit großem Interesse verfolgten die Leute der Bergwacht die detaillierten Schilderungen über das Unglück und die folgenden Aktivitäten. Sehr erstaunt waren sie über das von ihnen wieder flottgemachte alte Vehikel, das einige von ihnen noch aus früheren Zeiten kannten. Dass die alte Kiste noch jemals sinnvolle Dienste leisten könnte, hätten sie nicht für möglich gehalten. Die weiteren, von der Gruppe selbst getroffenen Maßnahmen zur Rettung, lobten sie mit großem Respekt. Die Berichte über die lebensnotwendige Öffnung eines Luftloches, das Herausnehmen der Heckscheibe und das spätere Ausgraben, zeugten von einem schulmäßigen Verhalten. Lächeln mussten sie über den umsichtigen Einfallsreichtum von Mark. Die Heckscheibe der Pistenraupe herauszutreten und später als Krankentrage zu verwenden, waren schon sehr ausgefallene und kreative Einfälle.

„Darauf muss man erst einmal kommen. Besser hätte man das in eurer Lage nicht machen können.

Da habt ihr gewaltig Glück im Unglück gehabt und könnt Gott danken, dass ihr noch am Leben seid. Es tut uns sehr leid, dass es Sepp getroffen hat. Wir kannten ihn alle gut, er war uns ein treuer Kamerad und Freund. Es wird schwer sein für seine Frau und seine zwei Söhne. Aber es hätte schlimmer kommen können. So seid wenigstens ihr noch mit einem sprichwörtlichen blauen Auge davongekommen."

Nachdenklichkeit und tiefe Trauer breiteten sich nach diesen Worten des Truppführers aus.

Eine ganze Kolonne brach nach entsprechender Vorbereitung ins Tal auf. Robbi und Jana hatte man gut gepolstert auf Bergungsschlitten gebettet. Um ihnen den Rückweg so bequem wie irgend möglich zu machen, lud man sie damit auf die Pistenraupen. Um die steileren Passagen risikolos zu überwinden, wurden sie nach allen Seiten gut mit Spanngurten gesichert.

Für die Rücktour hatte man mittlerweile auf der Piste eine breite Spur präpariert. Mark, Micha und Ulla, die in den Pistenfahrzeugen keinen Platz mehr fanden, traten zusammen mit der Bergwacht die Abfahrt ins Tal auf Skiern an. Einige der nach-gekommenen Retter, darunter auch Sepps ältester Sohn Michel, begaben sich zu der verschütteten Schneekatze, um auch Sepp zu bergen und ins Dorf zu überführen.

Als sich die Kolonne dem Skizentrum mit den Talstationen der Liftanlagen, den Ski-Hütten und den Lokalen näherte, waren die Geretteten und die Retter über den riesigen Andrang dort erstaunt.

Eine kaum überschaubare Menschenmenge hatte sich angesammelt. Wie ein Lauffeuer hatte sich die Nachricht über die Rettung der letzten Vermissten im ganzen Ort verbreitet. Viele Skitouristen hatten sich eingefunden. Da alle Liftanlagen noch außer Betrieb waren, war es nicht nur eine Abwechslung, sie wollten auch gerne die Geretteten angemessen empfangen. Außerdem standen auch Reporter und Fernsehteams bereit. Sofort, nach der mittlerweile erfolgten Öffnung des Passes, waren sie schnell aufgebrochen, um möglichst hautnah und aktuell über das Lawinenunglück berichten zu können. Eine schnelle Information der Bevölkerung, aber auch die Befriedigung der Sensationsgier mancher Menschen, forderte ihren Tribut. Schaulustige aus der Region waren auch in großer Zahl angereist. Diese Katastrophentouristen wurden missbilligend beäugt, wenn sie sich zu weit vorwagten, um Fotos oder Videoaufnahmen zu machen.

Natürlich standen auch die Tischnachbarn der beiden Paare in der vordersten Reihe. Außerdem die Frauen von Robbi und Micha. Sie alle hatten die ganze Zeit die Hoffnung nicht aufgegeben, dass man die Vermissten noch lebend aufspüren würde, und kaum ein Auge zugetan. Etwas abseits hielten sich die Ehefrau und der jüngste Sohn von Sepp auf. Für sie muss es ein sehr schwerer Gang gewesen sein. Den einzigen der Gruppe, der das Unglück nicht überlebt hatte, mussten sie jetzt tot in Empfang nehmen.

Robbi wurde sofort in Begleitung des Notarztes in den bereitstehenden Krankenwagen befördert.

Die recht aufdringlichen Reporter ignorierte er, dafür hatte er überhaupt kein Verständnis.

Mit einiger Mühe gelang es seiner Frau Lisa sich durch die große Menge zu kämpfen, um ihn zur nächsten Klinik zu begleiten. Mit Tränen in den Augen umarmte sie ihn innig und küsste ihn.

„Bin ich froh, dich einigermaßen heil wieder zu haben. Vor Sorge bin ich fast gestorben. Martina hat mich zum Glück getröstet und aufgerichtet. Der Arzt hat mich bereits informiert, dass deine Verletzungen nicht lebensgefährlich sind und bald geheilt sein dürften. Das war wohl ein ungünstiger Abschluss eurer Tour. In Zukunft darfst du solche Eskapaden nicht machen. ‚Wir' brauchen dich."

Das ‚wir' hatte sie so übertrieben stark betont, dass Robbi ganz erstaunt und fragend aufblickte. Sollte es das bedeuten, was er vermutete und noch nicht zu glauben wagte?

„Was soll das ‚wir' heißen? Haben wir bereits Erfolg gehabt, hat es schon geklappt? Bist du etwa schwanger? Das wäre eine nette Überraschung."

„Es ist noch nicht sicher, aber alle Anzeichen sprechen deutlich dafür. Sobald es geht, lasse ich mich genau untersuchen. Mein Gefühl sagt mir aber schon, dass es so ist, und werdende Mütter haben ein besonderes Gespür dafür. In ein paar Tagen werden wir es mit Sicherheit wissen."

Trotz der großen Freude über diese erfreuliche Nachricht schaute Robbi ganz betreten zur Seite. Er musste an seinen dummen Fehltritt und seine großen Sorgen darüber in den vielen vergangenen Stunden denken und hatte Gewissensbisse.

Erst nach einer ganzen Weile traute er sich ihre Hand zu nehmen, sie an sich zu ziehen und die Frage zu stellen, die ihm sehr am Herzen lag.

„Kannst du mir den Seitensprung verzeihen? Ich verspreche dir hoch und heilig, so etwas wird niemals mehr passieren. Mir ist in der Notsituation einmal mehr klar geworden, was du mir bedeutest. Mehr, als meine Schmerzen, hat es mich gequält, dass wir uns noch nicht richtig versöhnen konnten. Es wird nie mehr jemand anderes für mich geben."

Lisa ließ die Worte eine Weile unbeantwortet im Raum stehen, drückte aber fest seine Hand.

„Es war sehr erniedrigend für mich und hat sehr wehgetan. Lange Zeit habe ich geglaubt, dass ich es nicht verkraften kann, aber jetzt in der Angst um dich, habe ich es überwunden. Anscheinend haben wir ein Zeichen gebraucht, um festzustellen, wie stark wir zusammen gehören.“

Schluchzend waren ihr die letzten Worte über die Lippen gekommen. Beide waren jetzt nicht mehr in der Lage zu sprechen. Zu sehr waren sie überwältigt. Das Unglück hatte sie versöhnt und enger zusammengeschweißt.

Jana wurde gleich nach der Ankunft mit einem Wagen ins Hotel gebracht, wo Mark sie sofort ins Bett verfrachtete. Jasmin und Maria hatten bei der herzlichen Begrüßung versichert, dass sie sich um sie kümmern und ihr Gesellschaft leisten würden. Jonas schloss sich an. Alle waren erfreut, die neuen Freunde wieder in die Arme schließen zu können.

Ulla und Torsten gingen mit etwas Abstand durch die wartende Menge und versuchten den neugierigen Fragen und der Aufdringlichkeit der Reporter zu entkommen. Sie kamen nicht ganz unbehelligt davon. Einige Statements mussten sie zwangsläufig abgeben. Während die durchlebte Katastrophe alle anderen enger zusammengeführt hatte, waren sie weiter entzweit als je zuvor. Ihr Verhältnis würde wohl nicht mehr zu kitten sein.

Martina war ihrem Micha schon auf der Piste entgegengeeilt. Ganz eng umschlungen und mit Freudentränen in den Augen, umgingen sie die Menschenmenge und begaben sich auf schnellstem Wege direkt zum Hotel.

„Tu mir bitte so etwas nie mehr an. Eine solche Ungewissheit kann ich nicht noch einmal ertragen. Ich bin fast gestorben vor lauter Angst um dich", bat sie ihn inständig.

Zwei Tage benötigten die Geretteten, um ihre Strapazen zu bewältigen und sich zu regenerieren. In den Hotels wurden sie versorgt wie Prominente. Da alle Skilifte noch nicht wieder in Betrieb waren, standen sie bei den noch verbliebenen Touristen im Mittelpunkt und erhielten Bewunderung und regen Zuspruch. Lisa, Micha und Martina, die in einem anderen Hotel untergebracht waren, hielten sich ständig beim Rest der Gruppe auf, wenn sie nicht gerade Robbi im Krankenhaus besuchten. Nur Torsten hatte sich bereits am Tag nach der Rettung abgesetzt, um zu seiner Frau und seinem Kind zurückzukehren. Mit Ulla hatte er sich noch zusammengesetzt zu einer Aussprache. Nach den gemeinsam erlebten schönen Stunden und Tagen wollten sie jetzt nicht in Gram auseinandergehen.

Über viele Jahre hatte ihre lose Bindung gehalten.

„Das wird nichts mehr mit uns beiden. Es tut mir leid. Wir haben uns mittlerweile entfremdet. Es war eine schöne Zeit mit dir zusammen, aber meine Hoffnungen kannst du ja niemals erfüllen", eröffnete ihm Ulla. So resolut wie sie es sagte, gab er sich keine Mühe ihr zu widersprechen.

„Lass uns jetzt friedlich auseinandergehen und melde dich niemals mehr bei mir. Eine weitere Enttäuschung kann ich nicht verkraften. Du hast ja deine Frau und deinen Sohn. Kümmere dich um die und lasse mich zukünftig bitte in Ruhe."

„Meine Frau hat mich leider schon verstoßen und will die Scheidung einreichen. Das hat sie mir gleich am Telefon verkündet. Ich werde für unser Verhältnis mein Leben lang büßen müssen."

„Das tut mir aber leid für dich", war der wenig überzeugend klingende einzige Kommentar von Ulla. Mehr hatten sie sich nicht mehr zu sagen. Ihre Wege trennten sich endgültig für alle Zeiten.

KAPITEL 20

Robbi wurde bereits nach zwei Tagen aus dem Krankenhaus entlassen. Seine stabile Konstitution hatte zu einem guten Heilungserfolg beigetragen. Eine weiterhin erforderliche ärztliche Versorgung sollte nur ambulant erfolgen. Mit einer Gehhilfe konnte er sich selbstständig fortbewegen. Er lernte sehr schnell damit umzugehen und trug es mit Fassung. Die Rippenbrüche würden noch ungefähr sieben Wochen zur völligen Heilung benötigen. Die Quetschung des Beines war auch schon etwas zurückgegangen. Er fand eine sehr große, bereits fest zusammengewachsene Gemeinschaft vor, die ihn fürsorglich betreute.

Micha, Martina und Lisa hatten gleich nach dem ersten Zusammentreffen mit den anderen Leidensgenossen enge Freundschaft geschlossen. Auch Maria, Jasmin und Jonas gehörten fest der Gruppe an und waren nicht mehr wegzudenken.

Jana hatte sich recht schnell erholt und genoss die ihr entgegengebrachte Fürsorge sichtlich.

Ulla hatte sich anfangs etwas zurückgezogen. Ihre Trennung von Torsten und auch ihr Verhalten vorher, waren für alle nicht leicht nachvollziehbar. Nach vielen Gesprächen wurde es verständlicher. Alle trösteten sie und gaben hilfreiche Ratschläge.

Nach dem tagelangen starken Schneefall, dem Sturm und dem nachfolgenden Lawinenabgang, waren zahlreiche Aufräumarbeiten erforderlich. Auch die Liftanlagen waren zum Teil beschädigt und mussten instandgesetzt werden.

Drei Tage nach dem Lawinenunglück glänzten die Pisten wieder im strahlenden Sonnenschein und ließen die Herzen der Wintersportler höher schlagen. Den Urlaubern präsentierte sich wieder ein hervorragendes Skigebiet. Eine umfangreiche Aufklärung über das unglückliche Zusammenspiel der Naturgewalten, die zu dem Lawinenabgang geführt hatten, beruhigte die Skifahrer. Dadurch, und infolge des schönen Wetters, fühlten sie sich an ihrem Urlaubsort wieder sicher.

Maria, Jasmin und Jonas begaben sich in ihre Skikurse. Mark, Micha, Martina und Ulla gingen gemeinsam mit gemischten Gefühlen auf die Piste. Das gerade erst glimpflich überstandene Erlebnis steckte noch zu sehr in ihren Gliedern. Aber das verlockende Wetter, strahlender Sonnenschein bei klarer Sicht, eine angenehme Temperatur und die gut gepflegten Skipisten lockten sie an. Es sollte eine Bewährungsprobe für sie sein, ob Skifahren ihnen noch Spaß machen würde, oder ob ihnen ihr Unterbewusstsein das Lawinenunglück ständig neu vor Augen führen würde, und damit Angst vor einer Wiederholung schürte.

Lisa betreute derweil Robbi. Jana schonte sich auch noch und leistete den beiden Gesellschaft. Sie hatte mit dem Skifahren endgültig abgeschlossen. Diesen Entschluss hatte sie schon gleich nach dem Unglück gefasst und sich geschworen, keine Berge mehr im Winter zu betreten. So sehr hatte es sie nie gereizt und nach ihrer Ansicht gab es viele schöne Beschäftigungen, ohne die erheblichen Risiken.

„Das muss ich mir nicht antun", meinte sie.

Nachdem sich alle Beteiligten einige Tage zur Erholung und Genesung etwas aus dem lebhaften Touristenbetrieb zurückgezogen hatten, konnten sie den vielen Reportern und Fernsehteams jetzt nicht mehr so leicht aus dem Wege gehen.

Besonders Robbi, der meistens in der Lobby des Hotels saß, um Leben rundherum zu spüren, war als Opfer auserkoren. Immer wieder umringten ihn zahlreiche Reporter. Das Medieninteresse war sehr groß und versprach hohe Auflagen für die Publikationen oder gute Einschaltquoten für die Fernsehberichte. Jedes kleine Detail des Dramas versuchten sie aus ihm heraus zu kitzeln. Auch die zwischenmenschlichen Beziehungen unter der sehr großen Anspannung wurden immer wieder hartnäckig hinterfragt. Sie wollten möglichst viel über das Verhalten der Gruppe in der Notsituation wissen. Anfangs beantwortete er nur unwillig die eine oder andere Frage. Irgendwann wurde es ihm dann aber zu viel und er herrschte einen Reporter resolut und lautstark an.

„Lassen sie mich endlich in Ruhe, sie nerven. Wir alle haben genug mit der Bewältigung unseres Unglücks zu tun. Warum sollte ich ihnen jede Kleinigkeit auf die Nase binden? Was haben wir schon davon, wenn sie die Sensationsgier mit ihren meist übertriebenen Schlagzeilen und Berichten befriedigen? Wir sind heilfroh, dass wir das alles noch gut überstanden haben."

Der Reporter war ein Profi und verstand sein Handwerk. Er wusste, dass es sich meist auszahlt freundlich aber mit Ausdauer am Ball zu bleiben.

Die Ersten, die Details offenbaren konnten, hatten auch die besten Erfolge zu verzeichnen.

„Geben sie mir einfach ein Exklusivinterview für eine Reportage. Dann könnten sie alle anderen damit abwimmeln. Sie haben es nur noch mit mir zu tun und verdienen auch noch gut daran."

„Sollen wir unsere Seele verkaufen für ein paar Kröten? Um dann zu lesen, wie sie unser Innerstes nach außen kehren und das für jeden zugänglich machen. Das lohnt doch kaum", entgegnete Robbi.

Wortlos zückte der Berichterstatter daraufhin den Notizblock und schrieb eine Zahl auf, bevor er ihn zu Robbi über den Tisch schob. Mit Staunen nahm der die darauf notierte fünfstellige Summe zur Kenntnis.

„Ganz anständig. Da sieht man wieder einmal, was am Unglück anderer verdient werden kann. Das ist doch ein wenig unmoralisch. Ich habe es glücklicherweise nicht nötig daran teilzuhaben. Außerdem war ich nicht alleine. Ich kann es den übrigen Beteiligten vorschlagen, glaube aber nicht, dass es jemand wirklich haben will."

Beim gemeinsamen Abendessen erwähnte er das Angebot nur recht beiläufig, löste damit aber keine großen Begeisterungsstürme aus. Niemand hatte Lust jede Minute des Unglücks wieder neu aufleben zu lassen. Viel lieber wollten sie es verdrängen, soweit es ging. Besonders dem Andenken an Sepp wollten sie auch gerecht werden, und sein Schicksal nicht in der Presse breit treten, was zwangsläufig auch seine ganze Familie betreffen und mit einbeziehen würde.

Vier Tage später sollte die Bestattung von Sepp sein. Selbstverständlich würden alle geschlossen daran teilnehmen. Vorher wollten sie aber seiner Witwe und seinen Söhnen einen Kondolenzbesuch abstatten, was jeden Einzelnen ziemlich belastete. Aber sie schuldeten es ihnen.

Den folgenden Tag hatten die von dem Unglück betroffenen, außer dem bereits abgereisten Torsten, für verschiedene Erledigungen in der Kreisstadt eingeplant. Jana war soweit genesen, dass ihr die Beteiligung daran zugemutet werden konnte. Lisa und Martina bestanden auch darauf mitzukommen. Robbi musste zum Röntgen, dann könnten sie auch gleich in der Stadt den Professor besuchen, dem die Hütte gehörte, in die sie in der Not eingebrochen waren. Vorab hatten sie schon seine Adresse herausgefunden und ihren Besuch angemeldet. Zu sechst, bestückt mit einem großen Blumenstrauß und einigen Flaschen Rotwein, machten sie ihm ihre Aufwartung. Es hatte einige Mühe gekostet, den gleichen Wein aufzutreiben, den sie aus dem Vorrat in der Hütte konsumiert hatten. Der Professor hatte einen sehr erlesenen Geschmack. Auch Torsten hatte sich schon vor seiner Abreise großzügig an den Kosten beteiligt. Die von ihm verbrauchte Menge war ihm peinlich.

Der alte Herr empfing sie hocherfreut.

„Ich bin froh, dass meine Hütte von so großem Nutzen war. Schon lange habe ich sie nicht mehr genutzt. Früher war sie eine Rückzugsmöglichkeit aus dem Alltag. Als Pensionär bin ich zu bequem geworden, um mich auf den Berg zu begeben."

In allen Details ließ er sich dann den Ablauf des unglücklich verlaufenen Skitages schildern. Das Zusammenspiel der Umstände und der Abgang der Lawine beeindruckten ihn. Sehr erstaunt nahm er die erfolgreiche Suche nach dem gut versteckten Schlüssel zur Kenntnis.

„Ich habe immer geglaubt, den findet bestimmt keiner", bemerkte er zwischendurch.

Eine Entschädigung für die Nutzung und eine Bezahlung der aufgebrauchten Lebensmittel lehnte er ab. Stattdessen lud er sie sogar noch zum Essen ein. Seine Köchin hatte er darauf vorbereitet. Sie schien sehr erfreut darüber zu sein und servierte ihnen ein vorzügliches mehrgängiges Menü.

Für den betagten Professor war der Besuch wahrscheinlich eine willkommene Abwechslung. Seit einiger Zeit lebte er offensichtlich schon sehr abgeschieden. Gerne hätte er die Unterhaltungen noch länger ausgedehnt, aber die Gruppe drängte bald nach dem Essen zum Aufbruch.

„Wir haben noch eine dringende unangenehme Verpflichtung", ließen sie ihn wissen.

„Sie haben mich sehr erfreut mit ihrem Besuch, und motiviert wieder einmal meine Berghütte zu besuchen. Das werde ich im Frühjahr einplanen. Meine Köchin ist auch richtig aufgelebt, weil sie so viele Gäste bewirten durfte. Ihr fehlen die Feiern der vergangenen Zeiten. Ich bin alt und bequem geworden, das wurde mir heute bewusst. Wenn sie wieder einmal in der Nähe sein sollten, würde ich mich über ihren Besuch sehr freuen. Sie sind mir jederzeit herzlich willkommen."

Freundschaftlich verabschiedeten sie sich und bedankten sich für die nette Aufnahme und die großartige Bewirtung. Insbesondere aber für die kostenlose Nutzung der Berghütte, die zufällig am rechten Platz stand und ihnen den lebensrettenden Unterschlupf ermöglichte.

Der andere anstehende Besuch hatte weniger angenehme Vorzeichen, war aber noch dringender notwendig und eigentlich schon lange überfällig. Sie mussten der Frau und den Kindern von Sepp ihr Beileid und ihr Mitgefühl bekunden.

Trotz anscheinend zwingender Beschäftigungen wurden sie überaus höflich empfangen. Der kleine Bauernhof machte einen sehr gepflegten Eindruck. Die damit verbundene Arbeit war aber nicht zu übersehen. Neben Landwirtschaft und Viehzucht gehörten noch Ferienwohnungen zum Anwesen.

Trauer und Anstrengung spiegelten sich in den Augen und Bewegungen der Witwe. Ihr Leid war ihr deutlich anzusehen. Sie nahm sich etwas Zeit für Marks Schilderung über die letzten Stunden ihres Mannes. Da ihre Unruhe wegen der dringend auf sie wartenden Tagesarbeit nicht zu übersehen war, lud man sie für den nächsten Abend ins Hotel ein. Beim gemütlichen Abendessen könnte man sich ausführlicher und in Ruhe austauschen. Ihre beiden Söhne würde man auch gerne dabei haben und näher kennen lernen. Dankbar nahm sie die Einladung an, zu viele ihrer Fragen warteten auf Antworten. Jedes Detail über die letzten Stunden von Sepp würde sie gerne erfahren. Zudem musste sie sich aussprechen und brauchte Ablenkung.

In einem Nebenraum des Hotels versammelten sich alle Betroffenen mit ihren Partnern. Maria, Jasmin und Jonas schlossen sich an. Sie hatten ja mit den neu gewonnenen Freunden mitgelitten.

Mark schilderte die Abläufe des Unglückstages in allen Details. Ihr überraschendes Eintreffen an der Hütte, das Sepp alles andere als erfreute. Dann sein großer Einsatz beim Instandsetzen der Raupe. Beim Bericht über die Lawine und den tödlichen Schlag auf die Windschutzscheibe der Pistenraupe brach Senta, Sepps Frau, in Tränen aus.

„Wenigstens hat er nicht lange gelitten. Er muss ja wohl sofort tot gewesen sein."

Mark bestätigte es und fügte hinzu:

„Uns alle hat sein Tod sehr hart getroffen. Wir müssen ständig wieder an ihn denken. Ihm haben wir unsere Rettung zu verdanken. Ohne ihn hätte uns die Lawine sicherlich auf der Piste erwischt oder wir wären auf dem Weg nach unten erfroren. Es ist schwer, uns nicht schuldig zu fühlen. Aber wir hatten keine andere Chance. Wenn wir irgendetwas für sie tun können, um ihren Schmerz zu lindern, lassen sie es uns bitte wissen. Zurückholen können wir ihn leider nicht mehr." Schluchzend winkte sie ab, bevor sie nach einigen Minuten wieder Worte fand.

„Ich weiß nicht, wie es ohne Sepp weitergehen soll. Er fehlt mir so sehr. Den Hof werde ich ohne ihn auch nicht halten können. Alleine, mit einem schulpflichtigen Kind, schaffe ich es einfach nicht. Von der Landwirtschaft, dem bisschen Viehzucht und der Almhütte alleine können wir nicht leben.

Gerade erst haben wir damit begonnen, unsere Ferienwohnungen fertigzustellen. Sepp wollte es selbst machen. Handwerker können wir uns nicht leisten. Wahrscheinlich muss ich alles verkaufen."

Sie merkte sofort, dass die Blicke sich auf ihren zweiten, älteren Sohn richteten und fuhr fort.

„Michel, unser Großer, hat sich gerade erst mit einem kleinen Betrieb selbstständig gemacht und alles Geld und seine ganze Energie hineingesteckt. Das Geschäft muss erst noch richtig anlaufen. Er betreibt es alleine, das bindet ihn den ganzen Tag daran. Er hat nur die Wintersaison, um damit sein Geld zu verdienen. Im Sommerhalbjahr ist bei uns im Dorf nicht viel Betrieb. Da leben hier fast nur die wenigen Einheimischen."

Betreten schwiegen alle eine Weile, bis Robbi das Wort ergriff, um eine Lösung zu präsentieren.

„Ich habe einen Vorschlag. Gesetzt der Fall, es sind alle Betroffenen einverstanden. Eine große deutsche Illustrierte hat uns für die Exklusivrechte an der Geschichte eine recht beachtliche Summe geboten. Sie wollen eine aufwendige Bildreportage machen. Mit Rücksicht auf Sepp haben wir bisher abgelehnt. Aber unter den gegebenen Umständen würde ich vorschlagen, wir nehmen das Angebot nun doch an. Das komplette Honorar bekommt dann Senta. Der Zweck heiligt die Mittel. Dann hat sie wenigstens finanziell etwas weniger Sorgen. Auch unserem Gewissen würde es gut tun, wir sehen uns in der Pflicht, ihr zu helfen."

„Das kann ich doch nicht annehmen. Es ist ihre Geschichte, mein Sepp kann nichts mehr beitragen.

Sie können auch nichts für das Unglück und hatten ja selbst genug Schaden."

„Machen sie sich um uns keine Sorgen, wir sind alle gut versorgt. Jeder von uns hat einen sicheren und gut bezahlten Job. Wie schon gesagt, würden wir das Angebot nur für diesen Zweck annehmen. Es wäre uns eine Genugtuung, wenn wir das für sie tun könnten. Drei Tage sind wir jetzt noch hier, wenn wir ihnen sonst zur Hand gehen können, würde ich das auch anbieten. Sagen sie uns, was wir für sie machen können. Nehmen sie bitte an, damit wir uns etwas besser fühlen. Ich nehme an, alle von uns sind der gleichen Meinung."

Zustimmend nickten alle sofort und fühlten sich sichtlich erleichtert. Senta war sprachlos.

Bereits am nächsten Tag war alles in die Wege geleitet. Ein ganzes Team Reporter und Fotografen kam in kürzester Zeit zur Unterstützung angereist. Sie stellten Unmengen an Fragen und schrieben und fotografierten. Die gesamte Strecke wurde abgelaufen und nichts ausgelassen. Die Route von Robbi und Micha wurde auch, unter Führung von Bergführern, nachvollzogen. Ein Hubschrauber unterstützte sie dabei. Nach zwei Tagen war alles im Kasten, wie sich ein Berichterstatter ausdrückte. Zur Korrektur, sowie eventuellen Nachfragen, stellte sich Mark zur Verfügung. Eine großzügige Anzahlung auf das vorab vereinbarte Honorar konnte bereits an Senta übergeben werden. Der Preis dafür war es allerdings, dass die Zeitschrift detailliert über den Verwendungszweck berichten durfte, was ziemlich stark ausgeschlachtet wurde.

Die Berghütte, der Bauernhof und hauptsächlich das ganze Familienleben und die Vergangenheit von Senta, Sepp und ihren beiden Kindern wurden Bestandteil der Reportage, um die Tränendrüsen der Leser zu aktivieren.

Während des Fotoshootings und der Interviews verbrachten Maria, Jasmin und Jonas täglich einige Stunden bei Senta auf dem kleinen Bauernhof und gingen ihr zur Hand so gut sie konnten. Sie fanden es sinnvoller, als auf den Skipisten ihre Energie zu vergeuden. Als Michel nach Geschäftsschluss dazu kam, traute er seinen Augen nicht. So viel Großmut hatte er nicht erwartet. Mit großer Freude nahm er dann das Interesse an seinem Betrieb zur Kenntnis und bot eine Besichtigung an. Besonders Jasmin begeisterte sich dabei für den stattlichen jungen Mann und seine Aktivitäten. Die sichtbare, beidseitige große Sympathie deutete auf eine sich anbahnende enge Freundschaft hin.

Alle Dorfbewohner und viele Urlauber wohnten der Beerdigung von Sepp bei. Sein ehrenamtliches Engagement bei Bergwacht, Feuerwehr und einem örtlichen Musikzug, wurde ausgiebig gewürdigt. Der Bürgermeister fand viele freundliche Worte des Dankes für sein Engagement in der Gemeinde und der Region. Ein Vertreter der Landesregierung ehrte ihn postum mit der Rettungsmedaille. Man hatte einen wertvollen Menschen verloren.

Für die zehn verbliebenen Skifahrer, der elfte war ja schon abgereist, ging ein denkwürdiger Urlaub zu Ende. Er würde in ihrer Erinnerung haften bleiben. Sie hatten eine schreckliche Zeit, unter zum Teil lebensbedrohlichen Umständen, gemeinsam gut überstanden. Schwere Stunden der Not hatten sie zusammengeschweißt. Es waren Freundschaften entstanden, die noch lange Zeit halten sollten. Dementsprechend tränenreich fiel der Abschied aus. Senta und Michel bedauerten, dass sie nicht noch etwas mehr Zeit miteinander verbringen konnten. Sie vereinbarten, weiterhin in Kontakt zu bleiben. Wiedersehen wollte man sich spätestens im nächsten Jahr wieder in diesem Ort. Mark verpflichtete sich, die Terminplanung und die Organisation zu übernehmen.

KAPITEL 21

Einige Monate vergingen. Der Alltag hatte das unglückliche Ereignis weitgehend verdrängt, auch wenn es in Träumen und Erinnerungen immer mal wieder kurz auflebte. Die beiden Tourengeher und Bergwanderer, Micha und Robbi mit ihren Frauen, trafen sich weiter turnusmäßig. Ihre Freundschaft war inniger als zuvor und viele Unternehmungen verbanden sie. Lisa war tatsächlich am Ende des Winterurlaubs schwanger geworden. Sie bereitete sich sorgfältig auf die Geburt eines Jungen vor. Die freudige Erwartung begrenzte die gemeinsamen Wanderungen auf risikolose Touren. Manchmal waren die beiden Männer auch alleine unterwegs.

Jana und Mark waren ständig in Verbindung mit allen und besuchten die beiden anderen Paare manchmal am Wochenende.

Maria und Jasmin waren auch nach wie vor enge Freundinnen und pflegten zu allen Kontakt. Über SMS und Mails tauschten sie sich aus.

Jonas und Ulla, die beide geschäftlich öfter mal unterwegs waren, nutzten dabei die Gelegenheit zu kurzen Besuchen, wenn sie gerade in der Nähe von einem der drei Paare waren. Jonas war immer noch eingefleischter Single. Er genoss das Leben in vollen Zügen, soweit sein berufliches Engagement ihm die Zeit dazu ließ. In seiner Freizeit war er ständig auf Reisen in alle fremden Länder. Ulla hatte in einem ihrer Arbeitskollegen einen Partner für das Leben gefunden und lebte jetzt bereits mit ihm zusammen. Sie lobte ihn in höchsten Tönen.

„Niemals hätte ich erwartet, dass ich in meinem Alter doch noch einen Mann fürs Leben finden würde. Ich werde ihn verwöhnen und festhalten. Die lange Zeit, die ich mit dem Warten auf Torsten verschwendet habe, bereue ich jetzt. Endlich habe ich auch an den Wochenenden einen Partner."

Von Torsten wusste man, über Ullas Geschäftsverbindungen, dass er ein Sklavendasein in seiner eigenen Firma führte. Jetzt reute es ihn, dass er nach der Geburt seines Sohnes Teile des Unternehmens und auch sein Anwesen an seine Frau und seinen Sohn übereignet hatte. Seine Frau hatte ihn aus dem Haus verwiesen und sich scheiden lassen. Seine Weiterbeschäftigung in der Firma ließ sie aber zu. Um den Kontakt zu seinem Sohn nicht zu verlieren, beugte er sich ihrer Herrschaft. Auf bescheidenerem Niveau lebte er jetzt alleine in der gleichen Stadt. Zu Ulla hatte er keinen Kontakt mehr aufgenommen, obwohl er jetzt frei war und eigentlich versuchen könnte, sein Versprechen aus alter Zeit einzulösen. Er wusste ja nichts von ihrem neuen Lebensgefährten.

Acht Monate nach dem unglücklich verlaufenen Skiurlaub, organisierte Mark, wie vorgesehen, für alle ein Treffen am Unglücksort.

Die drei Paare bezogen die Ferienwohnungen auf dem Bauernhof von Sepps Frau, alle anderen belegten Zimmer in einem Hotel in unmittelbarer Nähe. Ulla brachte ihren neuen Lebenspartner mit, von dem sie unzertrennlich schien. Jasmin bestand darauf, selbst für Anfahrt und ihre Unterkunft zu sorgen. Sie wollte abends zu der Gruppe stoßen.

Torsten hatte man anstandshalber eingeladen, er sagte aber dankend ab.

„Ich möchte Ulla ersparen an mich erinnert zu werden. Außerdem habe ich mich damals, glaube ich, nicht gerade mit Ruhm bekleckert. Bevor wir das wieder aufleben lassen, erspare ich lieber allen die Konfrontation und wünsche euch alles Gute."

Am Anreisetag gab es gleich ein herzliches Zusammentreffen. Ein Durcheinander an Fragen und dem regen Austausch von Neuigkeiten begann.

Senta hatte sie freudig empfangen und schien ihre Umarmungen nicht mehr lösen zu wollen.

„Ich freue mich so sehr euch wiederzusehen. Nach dem schmerzlichen Verlust habe ich durch euch erst wieder Lebensmut zurückgewonnen. Ich weiß gar nicht, wie ich das sonst geschafft hätte."

Tränen unterstrichen ihre Wiedersehensfreude, ihre Herzlichkeit überraschte alle.

Zunächst war es auch Senta, deren Neuigkeiten alle brennend heiß interessierten. Den Tod von Sepp hatte sie jetzt einigermaßen überwunden. In ihre Arbeit geflüchtet, hatte sie sich ein stabiles Lebensumfeld geschaffen. Das finanzielle Polster hatte ihr der Verkauf der Exklusivrechte an dem Bericht über das Unglück gegeben. Zwar hatte man ihre familiäre Situation stark ausgeschlachtet und veröffentlicht, aber das hatte einen werblichen Nebeneffekt. Für das Dorf und die ganze Region, ihre Ferienwohnungen und auch die Berghütte war es eine sehr werbewirksame Publicity. Selbst das erst im letzten Winter neu eröffnete Geschäft von ihrem Sohn Michel partizipierte etwas davon.

Den Bauernhof mit der Viehzucht und die Ferien-wohnungen bewirtschaftete sie mit einer neuen Freundin, die sie allen später vorstellen wollte, erklärte sie etwas geheimnisvoll. Diese neue Freundin leitete, mit ihrer Hilfe, auch die nur in Saisonzeiten bewirtschaftete Berghütte.

Zwischendurch wurde auch die Chaos-Tour, wie sie ihr unglückliches Erlebnis nannten, noch einmal in Erinnerung gerufen. Die umfangreiche Reportage in der Illustrierten über das Unglück, hatten alle mit großem Interesse verfolgt. Dank der Unterstützung von Mark war sie sehr authentisch. Der Reporter hatte die Dramatik überaus deutlich darstellen können, aber an manchen Stellen sehr stark aufgebauscht. Ausgelassen hatte er sich auch noch ausgiebig über die Ursache der Lawine und eventuelle Versäumnisse der Verantwortlichen. Als man darüber diskutierte, konnte man seine Meinung, dass man vorher die Gefahr erkennen konnte, nicht teilen. Das zufällige Zusammenspiel von ungewöhnlich starkem Schneefall zeitgleich mit orkanartigem Sturm, war eine Seltenheit, die in diesem Fall die Lawine verursacht hatte.

Wie schnell Menschen ein Lawinenunglück herbeiführen können, verdeutlichten Micha und Robbi. Zum ersten Mal berichteten sie kleinlaut über ihr waghalsiges Erlebnis in der Schlucht auf dem Rückweg von ihrer Bergtour, als Micha von einem Schneebrett erfasst und abwärts getrieben wurde. Unumstritten hatte er es selbst losgetreten.

„Ein solches Verhalten an einem anderen Ort, wo nicht der angrenzende Wald die Schneemassen bremsen konnte, hätte wahrscheinlich auch einen Lawinenabgang verursacht."

Martina und Lisa schauten die beiden erstaunt und vorwurfsvoll an.

„Das habt ihr uns bisher einfach verheimlicht. Vielleicht wart ihr für die Lawine verantwortlich."

Robbi beschwichtigte beide.

„Es war ja nicht unsere Absicht ein Schneebrett loszutreten. Zum Glück war es weit abseits. Das Gelände ging in eine unpassierbare Schlucht über. Menschen oder Ortschaften waren nicht gefährdet. Außerdem befanden wir uns in einer Notlage, aus der wir wieder heil herauskommen mussten. Mit der Lawine, die uns getroffen hat, kann es nichts zu tun haben. Es war bereits viele Stunden davor. Aber vor Augen geführt, wie schnell es gehen kann, hat es uns. Das gab uns zu denken."

Mark erzählte danach auch von einem Erlebnis.

„Ich habe vor einigen Jahren am Arlberg einmal befürchtet einen Lawinenabgang mit zu erleben. Unsere Gruppe stand damals an einer Kante vor einem Steilhang. Wie so oft sammelten sich die Skifahrer dort, um Mut und Kraft zusammen zu nehmen und noch einmal durch zu schnaufen, bevor sie sich in die steile Piste stürzten. Wir hatten einige dabei die erst Zuspruch benötigten. Manche nahmen das Stürzen zu wörtlich. Auf der sehr steilen Abfahrt lagen sie dann und sammelten ihre Ausrüstung ein. Gegenüber unserer Abfahrt reichten die Hänge bis auf unsere Route herunter. Während der Fahrt in dem Steilhang bemerkten wir, wie sich kleinere Schneemengen aus der überhängenden Schneewechte auf dem Grat des Berges loslösten und nach unten rutschten. Dabei vermehrten sie sich ständig. Sie kamen unterhalb der Bergoberkante, mitten aus dem vom Wind erzeugten Bogen heraus, was uns verwunderlich vorkam. Plötzlich tat sich in der Wechte ein Loch auf. Uns schien das unerklärlich. Kurze Zeit darauf bekamen wir die Erklärung. Fünf Skifahrer kamen durch diese Öffnung gefahren, als wäre es das normalste auf der Welt. Sie hatten von der anderen Bergseite diesen Durchgang gegraben. Einen der Skifahrer davon kannte ich aus unserem Hotel, und stellte ihn am Abend zur Rede. Meine Frage, ob ihm überhaupt bewusst war, welcher Gefahr sie uns und sich, mit diesem Leichtsinn ausgesetzt hatten, tat er mit einem Schulterzucken ab. Er zeigte sich unbelehrbar und war sich keiner Schuld bewusst. Wissend um seinen Beruf als Pilot bei einer großen deutschen Airline, bei dem er die Verantwortung für zahlreiche Menschen zu tragen hat, endete unser Gespräch in einen handfesten verbalen Streit. Es gibt Menschen, die sich selbst überschätzen und nur auf der Suche nach einem Nervenkitzel sind, ohne Rücksicht auf die Folgen.

Ein Jahr später wurde an der gleichen Stelle ein Skifahrer von einem Schneebrett verschüttet und starb. Als wir einen Tag später mit unserer Gruppe diese Stelle passierten, waren wir erstaunt, dass dort nichts zu sehen war. Trotz der Schneemenge, unter dem das Opfer begraben war, konnten wir keine Unebenheiten erkennen. Es erschreckte uns, als wir den Unfallort passierten."

Froh darüber, das eigene Unglück überstanden zu haben und mit Rücksicht auf Senta, unterließ man nun weitere Schilderungen zu diesem Thema.

Zu vorgerückter Stunde erschien auch Jasmin. Gespannt hatten alle schon lange auf sie gewartet. Maria, die in ihre Absicht eingeweiht war, konnte oder wollte nicht erklären, wo sie abgeblieben war. Hand in Hand mit Michel, dem Sohn von Sepp und Senta, verharrte sie eine ganze Weile an der Eingangstür, um die gelungene Überraschung über ihr gemeinsames Erscheinen zu genießen. Alle stürzten sofort auf sie zu, um sie willkommen zu heißen und mit ihren neugierigen Fragen zu überschütten. Senta stoppte dann das entstandene heillose Durcheinander der vielen Stimmen und bat freundlich um Gehör.

„Darf ich euch jetzt meine neue, liebgewonnene Freundin vorstellen, von der ich euch ja vorhin schon erzählt habe. Jasmin ist die treue Seele, die uns der Himmel geschickt hat. Etwas Besseres hätte mir und Michel nicht widerfahren können."

Klammheimlich hatten beide bereits nach dem Lawinenunglück zusammengefunden. Schon beim ersten Treffen war der Funke übergesprungen. Bereits seit Monaten lebte Jasmin schon bei Michel. Sie hatte ihr Lebensziel gefunden und brachte ihre ganze Arbeitskraft freudig im Bauernhof, auf der Almhütte und auch im Geschäft von Michel mit ein. Maria wusste vorab bereits davon, war aber zum Stillschweigen verpflichtet worden. Dadurch war die Überraschung gelungen. Alle wünschten den beiden viel Glück für ihr gemeinsames Leben.

Michel bat etwas später um Aufmerksamkeit.

„Wir haben etwas zu feiern. Neben der Familie hätten wir gerne unsere besten Freunde dabei. Da wir euch komplett hier vereint haben, möchten wir euch zu unserer morgigen Verlobung einladen. Wir haben einige Zeit auf dieses Treffen gewartet, damit niemand Ausreden finden kann und ihr nicht noch einmal extra anreisen müsst. Jasmin hat darauf bestanden."

Natürlich waren alle hellauf begeistert.

Am nächsten Morgen war herrliches Wetter mit angenehm milder Temperatur und strahlendem Sonnenschein. Die Gruppe machte sich auf, um den Unglücksort zu besuchen. Lisa und Martina hatten darum gebeten. Maria und Jonas, die auch noch nicht an dieser Stelle waren, schlossen sich neugierig an. Mit der Seilbahn ging es hinauf bis zur Bergstation. Von dort aus marschierten sie auf Wanderwegen und teilweise über die Skipisten zu der Stelle, an der die Fahrt mit der Schneekatze so unglücklich geendet hatte. Ein kleines Holzkreuz mit einem Bild von Sepp erinnerte an das schwere Lawinenunglück, das sie beinahe alle das Leben gekostet hätte. Die mitgebrachten Blumen stellten sie liebevoll unter das Kreuz. Andächtig standen sie eine ganze Weile davor und dachten, um ihren Lebensretter trauernd, an das Erlebnis. Lange sprach niemand ein Wort, bis sie zur Hütte des betagten Professors aufbrachen. Auch dort dachten sie zurück an ihre glückliche Rettung. Jetzt, im Spätsommer unter der strahlenden Sonne, sah alles so friedlich und harmlos aus, dass sie sich schwer taten, die damalige Qual nachzuvollziehen. Nach einer deftigen Brotzeit vor der Hütte, traten sie den ziemlich langen Rückweg an.

Mit einem Blick zurück resümierte Mark:

„Das war für uns ein einschlägiges Erlebnis. Freuen wir uns über den glimpflichen Ausgang, und schauen wir jetzt nur noch nach vorne."

In der Erinnerung würden dieser Winterurlaub und die Folgen bei ihnen ewig haften bleiben.

Am Abend trafen sich die Familienangehörigen, die Kameraden der Bergwacht und der Feuerwehr und die, durch das Schicksal vereinte Gemeinschaft, in einem Lokal im Dorf.

Eine Blaskapelle untermalte die Verlobungsfeier von Jasmin und Michel. In zahlreichen lustigen Ansprachen und Trinksprüchen wurden beide in den Himmel gehoben und gelobt. Jasmin war sehr schnell zu einem beliebten und von der gesamten Gemeinde voll akzeptierten Mitglied der kleinen Dorfgemeinschaft geworden. Ihre Sturm- und Drangzeit hatte sie jetzt hinter sich gelassen. Sie war reifer geworden. Eine hübsche, gestandene Frau, die ihren Platz im Leben gefunden hatte, präsentierte sich den Anwesenden. Michel strahlte neben ihr voller männlichem Stolz.

Senta war ergriffen von dem regen Zuspruch und der fröhlichen Gesellschaft. Zu vorgerückter Stunde heulte sie wieder einmal schluchzend, bevor sie Jasmin umarmte und Michel an die Hand nahm. Sie bat um die allgemeine Aufmerksamkeit und bedankte sich herzlich bei allen Anwesenden, bevor sie zu ihrem Schlusswort ansetzte.

„Das Schicksal hat mir leider meinen lieben Mann genommen und unseren Kindern den Vater. Aber dafür habe ich wenigstens eine sehr liebe Freundin und eine zukünftige Schwiegertochter bekommen. Sie hat mir schon mindestens zwei Enkelkinder versprochen, auf die ich mich freue. Mein Dasein hat jetzt wieder einen Sinn und eine neue Qualität bekommen. Dafür bin ich zutiefst dankbar. Was will ich mehr vom Leben."

Helmut Baumgärtner
wurde im Oktober 1946 in Ingelheim am Rhein geboren.

In Mainz absolvierte er eine Ausbildung zum
Schriftsetzer, und übte diesen Beruf bis zu seiner
Einberufung zur Bundeswehr aus.

Die Ableistung des Wehrdienstes im Sanitätsdienst
führte ihn nach Mannheim, Koblenz,
Hamm in Westfalen und Amberg in der Oberpfalz.

Anschließende Weiterbildungen im grafischen Gewerbe
erfolgten während seiner verantwortlichen Tätigkeiten
in Mainz, Wiesbaden, Würzburg und München.

Viele Jahre arbeitete er als Betriebsleiter und
später geschäftsführender Mitgesellschafter eines
Dienstleistungsbetriebes in München.

Bis zum Ende seiner Berufstätigkeit war er in München
beratend tätig für Drucksachen aller Art und Werbung.

Während des Berufslebens war er wohnhaft in Mainz,
Würzburg, Taunusstein, München, Berg bei Starnberg
und in Geretsried bei Bad Tölz.

Nach seinem Eintritt in den Ruhestand lebt er heute
zusammen mit seiner Frau in Lorsch/Hessen.

Der erste Roman von Helmut Baumgärtner
erschien im November 2015 als Taschenbuch.

Strandfundstück

Eine schicksalhafte Begegnung zweier Generationen und die Folgen.

Ein Rentner findet eine leblose junge Frau
an einem einsamen Strand.

Ist sie noch zu retten? Was bewegt eine junge
hübsche Frau dazu, ihr Leben wegzuwerfen?

Aus seinem Strandspaziergang wird eine
dramatische Rettungsaktion.

Die Begegnung führt zu ereignisreichen Folgen
im Leben mehrerer Menschen.

Die pralle und bunte Handlung ist auch geprägt
von Vorurteilen über Beziehungen mit großem
Altersunterschied, geschäftlichen Intrigen,
aber auch von harmonischen Liebesbeziehungen
und von Schicksalen.

Personen von intensiver Lebendigkeit,
mit authentisch und glaubwürdig dargestellten
Charakteren, nehmen den Leser mit in ihre Welt.

Überarbeitete Neuauflage.

Anfang 2017 erschien der zweite Roman,
zunächst als E-Book und später auch als Taschenbuch.

Überlebenstraum

Verfluchter Stress!

Der Stress in unserem leistungsorientierten Leben,
verursacht bei einem Unternehmer erhebliche Zweifel
an seiner beruflichen und privaten Lebensweise.

Ein ungewöhnliches, tragisches Ereignis zwingt ihn
plötzlich zu anderen lebensnotwendigen Aktivitäten.

Durch seine akribische Planung und Organisation
sichert er das weitere Überleben.

Eine überraschend schlüssige Erklärung für den
Schicksalsschlag verändert sein Bewusstsein,
und führt zu einer neuen Lebensqualität.

Episoden und Erfahrungen aus vielen Bereichen,
mit glaubwürdig dargestellten Personen,
fließen in die abwechslungsreiche Handlung ein.

Kritische Überlegungen animieren zum Nachdenken.

ISBN 978-3-740-728724

TWENTYSIX – Der Self-Publishing-Verlag